文春文庫

危険なマッチ箱

心に残る物語——日本文学秀作選

石田衣良編

昭和四十九年六月に創刊された文春文庫は、このほど三十五周年を迎え、刊行総点数も六千点を越えるまでになりました。

これを記念し、山田詠美、桐野夏生、石田衣良、沢木耕太郎の各氏に、ご自身が愛読し、ぜひ多くの人にも読んでほしいと思う作品を選んでいただき、「心に残る物語——日本文学秀作選」シリーズとして刊行することにいたしました。

多くの読者の方々に、読書の喜びと感動をお伝えすることができればと願っております。今後とも文春文庫をご愛読ください。

文春文庫編集部

危険なマッチ箱　心に残る物語——日本文学秀作選【目次】

危険なマッチ箱　心に残る物語——日本文学秀作選

紫《し》苑《おん》物語

石川　淳

■石川淳　いしかわじゅん　一八九九（明治三二年）～一九八七（昭和六二年）

東京生まれ。東京外国語学校（現東京外国語大学）フランス語科卒。旧制福岡高校にフランス語講師として赴任するが、一年余で辞職し、東京で翻訳を始める。一九三五年、第一作「佳人」を発表。翌年「普賢」で芥川賞を受賞するが、三八年「マルスの歌」が反戦思想として発禁処分を受ける。戦後は「焼跡のイエス」「鷹」「荒魂」「至福千年」「狂風記」などの作品群を残す一方、評論、エッセイなど、晩年までその執筆活動は衰えなかった。

「紫苑物語」は「中央公論」一九五六年七月号初出。

一

国の守《かみ》は狩を好んだ。小鷹狩、大鷹狩、鹿狩、猪狩、日の吉凶をえらばず、ひたすら鳥けものの影に憑《つ》かれて、あまねく山野を駆けめぐり、生きものと見ればこれをあさりつくしたが、しかし小鳩にも小兎にも、この守の手ずからはなった矢さきにかかるような獲物はついぞ一度も無かった。そういっても、弓は衆にすぐれてつよきをひき、つねの的ならば百発あやまたず真中を射ぬく。しかるに、これが狩場となると、その百中の矢はどうしたことか、まさに獲物を射とおしたとは見えながら、いつもいたずらに空をふっ切った。ただ不思議なことに、あやうく矢をまぬがれたはずの鳥けものは、とたんにふっとかたちを消して、どこに翔《かけ》りどこに走ったか、たれの目にもとまらない。いや、その矢までがどこの谷の底、どこの野のはてに落ちたのやら、かつて見つけ出されたためしは無い。ひとびとの耳にしるくのこるのは、はげしい矢音だけであった。

「あっぱれの弓勢かな。」

「われらの矢はときにまぐれて鳥けものにあたるだけだが、守の矢は一うちで生きもののたましいをつらぬくと見えた。」

「かたちあるものをあとにのこさないのは、神箭《しんせん》といおうか。」

供のあいだに、いつもながらおなじささやきがおこる。それはふかく感に堪えたけはいではあったが、もしかすると、若い十九歳の守のいらだちを陰にあざける声とも聞きなされた。守はといえば、いかなる声もあざけりも耳に入らぬようすで、さらに馬をあおってすすむ。生きた的も飛ぶ矢も、すべて白日の宙に消えるということは、ますます守を狩のほうにせき立ててゆくようであった。

ある秋の夕、一日狩りくらした末に、人馬むなしく道の露を踏みかえして来た。例のごとき守の矢はともかくとして、この日、ひとびとの矢もまた運つたなく、何のまわりあわせか、ねらうところみなはずれ、森に谷に、鳥けものは息災に飛び舞って、かかしの役にもたたぬ狩装束をあざ笑った。日は沈もうとするのに、守の目はすさまじく血ばしり、つづく列も足おもく、しわぶきの声さえ立ちかねた。

やがて、谷川のほとりにかかったとき、行手の草むらに、いきなり刷毛ではらったように、ぱっと黄の影がかすめた。小狐。と見るまに、ひとびとが弓をとり直すより早く、守のはなった矢が草に光った。矢はすばやく逃げようとする小狐の背を射つけて、一瞬にそこにたおした。

「あ。」

うめくに似たさけびが列をゆるがした。守の矢でも生きものにあたることがあるのか。ひとびとはおのれの身が油断のすきを突かれたようであった。ついで、そのさけびがだみ声高く褒めそやすどよめきにかわったのは、主の意をむかえようとする追従《ついしょう》もまじったにちがいなかった。

守は馬上にひとり黙していた。たおれている獲物にはふりむきもせず、かなたにそそり立つ岩山の上の空、照りはえる夕焼雲のほうを見あげているふぜいであったが、その目は今つめたく澄んであやしいまでに谷川の水の色をうつしていた。わずかに血の色の濃いくちびるがゆらいで、

「生きものを射殺すとは、ただこうすることか。」

いや、そういったかどうか、ことばは風に吹きながされてたれの耳にも落ちこぼれなかった。

馬わきにいた雑色《ぞうしき》が二人、こころえ顔で、ばらばらと駆け出して小狐をとろうとしたとき、守は突然するどく叱咤《しった》した。

「手をつけるな。」

叱咤とともに、弦音がひびいて、切ってはなった矢が二本、一すじにつながって飛んだ。矢は雑色どもの背をつらぬいて、二人あとさきに、うつ伏せにたおした。列のだみ声がひたとやんで地をうすく這う夕やみの中に、谷川のせせらぎがひえびえと鳴った。

たちまち、守は馬に鞭をくれて、地を蹴ってはしりはじめた。ひとびとはあわててあとから追いつづいた。

二

守はもと都の歌の家にうまれた。うまれながらに、先祖代代あつかいなれた歌というものが因果にも身についていたようであった。五歳のときから碁石をならべるように三十一字を置きはじめて、はやくもうたいぶりにおとなびた手が見え、すこぶる父の意にかなった。父はうちつけには褒めなかったが、ひとには自慢して、

「宗頼はいずれ勅撰の集の撰者ともなるべきものじゃ。」

げんに、亡祖父もその撰者をつとめたという系譜があった。しかし、それがなにか。うまれぬさきの世からうまくつくれるにきまった歌を、どうしてこの世のかぎりつくりつづけなくてはならぬのか。宗頼はこどもごころにそうおもった。そのくせ、そうおも

うそばから、ことばはしぜんに歌となってくちびるにうかんだ。

七歳のとき、年のはじめにつくった歌を、父が見てあからさまに褒めあげた。たしかに手筋がよい。すでに一かどの歌よみの歌である。しかし、父は朱筆《しゅひつ》をとって、ただ一ところ、ことばをあらためた。

「これで非のうちどころは無い。」

その朱を入れられたところは、宗頼もまた迷ったところであった。そこに二いろのいいまわしが考えられて、どちらにすべきかと思案の末に、まさったとおもわれたものを取り、おとったとおもわれたものを捨てた。しかるに、父があらためて書きしるしたことばは、さきに宗頼みずから捨てたことばそのままにほかならなかった。おのれがおとったと見たものを、長者である父はまさったと見ている。歌の道に於て、父はおのれよりおとっているのだろうか。しかし、朱筆の跡まぎれなくあらためられたところを見直すと、どうやらこの捨てたことばのほうこそまさっていたようにもおもわれて来る。父はやっぱりおのれよりもまさっているのだろうか。いや、今さらなにを迷うか。そもそも、まされぱこそ取り、おとればこそ捨てたものである。朱筆の跡は詠草《よみくさ》のよごれであった。かさねて筆を入れて、これを元のごとくにあらためなくてはならない。

宗頼は小さい膝をすすめて、目をあげてまともに父の顔を見た。大きく、きびしく、しかもおちつきはらった顔がそこにあって、たかがこどもひとり目の中で舞をまわせても痛くないというふぜいであった。錨のしずんだようなこの父の安定はまたしても宗頼をわれにもなく迷わせた。おのれを迷わせにかかって来るもの、たたかいを挑んで来るもの、しかも正面きってまぢかに立ちはだかるもの、すなわちそれは敵の顔であった。やにわに、子は父の手から下に置かれたばかりの朱筆をうばいとって、顔をめがけて投げつけた。筆は面上におどって、おのずから赤い隈どりをかきつけた。その顔は目をみひらいたままうごこうともしない。まさに道化の顔であった。とたんに、あやしい鏡に照らし出されたように、宗頼は何倍かに大きくふくれあがった未来のおのれの顔をそこに見たとおもった。おちつきはらった道化。宗頼は声をはなって泣いた。

父はおさない子がさすがに即座に非礼を悔いて泣いたものとおもいなして、はげしいまでには叱らなかったが、いったいなにゆえにこれほどの狼藉《ろうぜき》をはたらいたのか、問いただしても答はついにえられず、逆に長者の胸もとを押しかえして来るような無言の気合には、ぶきみなあと味を消しかねた。そして、その後はいつとなく、ひとにむかってもうわが子の自慢はしないようになった。宗頼のほうでは、そのときかぎり、歌をつくることはふっつりやめた。いや、歌は抑えようとしてもあいかわらずしぜんにくちびるにうかびがちではあったが、そのいいまわしを案じて五言七言のかたちにまとめるという操作は、みずからつとめてこれを禁じた。

手はすでに筆をたたき捨てた。宗頼は歌膝をくずして屋の外におり立った。蹴鞠《けまり》。そのわざにはまもなく熟したが、これではものたりない。手はその力にかなうもの、力を呼びおこすようなものをつかまなくてはならない。宗頼はやがて太刀をとり、弓をとり、騎射をもならうに至った。もっとも気に入ったものは弓である。馬によし、かちによし、あからさまでも、かくれてでも、近くより、また遠くより、これをもって欲するままに敵を射ることができる。ときには、敵がなにものの矢さきにかかったとも知らぬうちにたおれることもありうるだろう。じつは、遠くにひそんで、敵にさとられずに、しかも尋常《じんじょう》の太刀打ではおよびがたいような強敵をすらよくたおすというこの弓の性能こそ、宗頼がとくにこころ魅せられた所以のようであったが、これは当人みずからさとらぬけしきと見えた。そういっても、敵はおろか、生類というものをまだ的にこころみたことはない。弓の稽古《けいこ》は邸内の柳の木かげにかぎられていた。師は伯父なにがしである。伯父に本名があるにはちがいないが、それはおこなわれず、弓に神妙なるゆえをもって弓麻呂と呼ばれた。伯父はおさない姪《おい》が日日に稽古をはげみ、その上達のすみやかなことに、ひそかに舌を巻いた。しかし、当人にはそうは告げずに、なおきびしくこれを鍛えるにつとめた。宗頼は十二歳になったとき、弓をとっては都にかくれのないつわものどもとくらべて、まだ勝負をあらそったことはなくても、陰におとらぬほどの実力をそなえていた。

そのころ、いや、そのずっとまえから、父はかねがね子の振舞をよろこばず、ついにはこれをにくむこころを露骨に見せるまでになっていた。まず歌を廃したことがはっきり気に入らない。しかも弓とはなにか。歌の家には無用の道具、兵家のものではないか。そのうえ、わるいことに師は弓麻呂であった。これは兄にはあたる。しかし、身分のひくい生母をもったこの異腹の兄を、嫡流の当主はその名すら口にしないで、家のやっかいもののごとく、ならずもの同然に見下していた。もっとも、そう見られるようなわけが異腹の兄の側に無いこともなかった。この弓麻呂、幼少のときから歌のヌタのという沙汰《さた》にはとんと係《かかわ》らず、力つよく、こころねじけて、賭事をこのみ殺生をよろこび、はやく家をとび出して無頼のむれに入り、どうやら盗みをはたらいたこともあるらしいと、まんざら濡衣《ぬれぎぬ》でもなさそうな嫌疑のかかったものであった。それがまた家に舞いもどって来ているのは、今はようやく年老いて、あまつさえどこで受けた刀傷か、片あしの太腿をえぐられ、立居いささか不自由のせいにも依るのだろうが、家の側としては、外に放しておいては一門の恥とあって、幸便にこれを檻《おり》の中に閉じこめたつもりのようにうかがわれた。ただ檻は狼を羊に変生させることはできなかった。弓麻呂は老い傷ついた狼のすさまじい形相をもって、とくにあらくれるでもなく、そこにじっとうずくまっているということだけで、逆に当主の歌よみの礼節をあざ笑っているような効果をあたえた。その弓麻呂のほうに子が近づいてゆくことは、そむかれた父の身には心配のたねにちがいない。異腹の兄は見はなすことができても、わが子の逸脱はすてておけぬ仕儀であった。しかるに、父はしきりにいらだちながらも、子の手から力ずくで弓をうばいとって、これを元の歌の座にひきもどすことはとてもよくなしうるかぎりでなかった。というのは、この父、うまれつき弓と見れば身ぶるいがとまらない病があって、遠くの矢音をきいてもたちまち面色あおざめ口さえきけぬありさまは、かの雷《いかずち》をおそれるひとがごろごろと鳴る音におびえるにも似ていたからである。かつて七歳の子に投げつけられた朱筆の朱のはねは、今となっては血のしぶきを顔にあびせられたようにもおもいあわされて、なおさら弓をもつ子のずんと背たけの伸びたすがたをまえにしては、父はわれにもなく尻ごみする姿勢に追いこまれた。そして、これは揣《はか》らずも宗頼にとってはおもうままに弓の技にふけることができるという結果になった。

十四歳のとき、宗頼はさる権勢の家の女を妻にめとった。この縁組は権門に手づるをもとめようとする父の念願に出たもののようで、かたわら子の性のおもむくところを弓から色に切替えさせようという下ごころもひそむと見えた。女はときに十歳、太りじしの、色黒く、かたちみにくく、うつろ姫と名に呼ばれて、白痴のうたがいも無いことはなかった。この姫、みやびなたしなみはすべて欠けていたが、ただ一つ男女のまじわりについては幼少はやくも感得するところあるかのごとく、十四歳の夫にむかって、白昼ひとの目をはばからず、あからさまに情交を迫り、日夜いくたびとなく快楽をかさねて飽きることを知らぬふぜいであった。きたならしい。夫はついに妻を突きはなして、しぜん閨中《けいちゅう》から遠ざかるようになった。宗頼が女色についてえた最初の感銘は、父のおもわくに反して、ただ不潔ということであった。

十八歳のとき、宗頼はさる遠い国の守に任ぜられた。あきらかに、これは妻の家の権勢に依るはからいと知れた。そして、任地が遠国とさだめられたのは、父のたくらみにちがいないことにやがて気がついた。父の発したことばというのが、どこからとなくつたわって来て、宗頼の耳にもはいった。

「宗頼は歌の道にもはずれ、恋の道をも解さぬあさましい無道人じゃ。わしは家のほまれのためにあの子を捨てた。もはや顔をも見たくない。都からも追い下そう。所詮《しょせん》このものは遠国にはてるべき身ときわまった。」

宗頼の任官とおなじとき、父はあらたに勅撰の集の撰者を命ぜられた。

出発の朝、宗頼は馬に乗って門から立とうとしたとき、ふとふりかえると、かなたの廊のはしに、この日ごろ顔をあわせたことのない父のすがたを見つけた。勅撰の集の撰者はあたらしい烏帽子《えぼし》をきて、けわしい目つきで、最期を見とどけるというけはいで、はるかにこちらのようすをうかがっていた。たちまち、宗頼は庭のうちに駆けもどって、馬上ながらに声たかく、廊の父に呼びかけた。

「別れのおことば、うけたまわろう。」

父は身をかくすひまもなく、うろたえ、おびえて、声をふりしぼってさけんだ。

「行け。二度とかえって来るな。」

　とたんに、宗頼の手の中に、弓の弦音が鳴った。矢は飛んで父の横面をかすめた。しかし、そこに毛ほどの傷も負わせることなく、矢はみごとに烏帽子のひもを射切って、うしろの柱にふかく突き立った。烏帽子は地に舞いおち、父はどうとしりえにたおれた。すでに、宗頼は馬をかえして、門の外に駆け出ていた。

　任国に下る一行の中には弓麻呂もいた。夫のそばをはなれようとしないうつろ姫もいた。これは権門が新任の守の背に負わせたおもいつづらのようであった。遠い道のはてに著いたさきの、国を治めるということにかけては、目代の藤内という算にあかるいものがいた。守のすることはおそらくなにもあるまい。ほとんど流謫《るたく》である。その国には死ぬほどの無聊《ぶりよう》のほかにはなにも待っていないものと、宗頼はかねて覚悟していた。そして無聊はまさにそこにあった。しかしまったくおもいがけず、無聊にくるしむひまが無いまでに、そこには行けども涯《はて》のない山野があり、山野には捕れども尽きない鳥けものがあって、宗頼の弓を待っていた。すなわち狩である。

　宗頼のはなった矢がはじめて生きものの血に染《にじ》んだのは、そのときから一年後の秋のことであった。

三

「わしの矢はどうして今まで血というものを知らなかったのか。」

その今までのことにしても、獲物をねらってはなったおのれの矢がついそれを射はずしたとは決しておもわなかった。信ずべからざることである。発した矢はおのずから的にあたらなくてはならぬ。宗頼は矢はあたったものと信じた。そして、その矢と獲物とがもろともに宙に消えたというまのあたりの不思議は、これは見たままに信ずるほかなかった。ただその不思議のなぞがとけたとおもったのはようやく今である。宗頼はとたんにさとった。なぞは歌にあった。おもえば、都から遠くあらあらしい天地の中に突きはなされて来て、はしるけもの飛ぶ鳥を追って駆けめぐりながら、この一年のあいだ、いったいなにを追いなにをもとめていたのか。あらたに見つけた自然の豊饒《ほうじょう》と荒涼《こうりょう》とのさかいに身を置いて、手の中の弓はじつはわすれられたにひとしく、このときおのずから発したものは矢ではなくて歌、ただしすでに禁じていた長歌短歌のたぐいとはちがうもの、まだいかなる方式も定形も知らないような歌が体内に湧きひろがり、音にたたぬ声となって宙にあふれ、そのききとりがたい声は野に山に水に空に舞いくるった。狩に憑かれたということは、すなわち歌に酔ったということにほかならなかった。わすれられた弓からこころなき矢が飛んで、獲物もろとも歌声のただようかなたに消え去ったとしても、不思議とはいえまい。宗頼は今それとさとって、もはやその不思議を毫末《ごうまつ》もうたがわなかった。しかるに、かの谷川のほとり、草むらのかげに、小狐の黄の影がさっとかすめたとき、そこに歌声のおこるすきもなく、とっさに手はたしかに弓をとり、弓は手に応じて矢を発した。つづいて、二人の雑色を射たおしたときには、宗頼の目にあきらかに見えたのは二箇の男の背であって、他のなにものでもなかった。そして、館《やかた》にもどって、血ぬられた矢をあらためて見た今では、歌声はまったくやんでいた。この日の唯一の獲物であった小狐も、二人の雑色も、むくろは地に置き捨てさせて来たが、すべてそのけしきは目にのこらない。谷川のせせらぎもここまではきこえない。ただ館にあるかぎりの矢が突然ことごとく血を欲して、ひそかにうなりをたて、あるじの手を待ちかねているようであった。まさに必殺の矢の気合ときこなされた。その気合にせきたてられて、獲物がどこにいるとも見えない夕闇の中に、宗頼は坐するに堪えがたいまでにおののいた。

するど、かたわらに声があって、

「守もどうやらものを知りはじめたようじゃ。なにも知らぬがほとけの守がよ。」

弓麻呂がついそこにいた。

「ものを知るとは、いや、知らぬとは、なにごとをいうか。」

「おれがものといえば、弓矢よりほかに無い。そのほかのものは、おれは知らぬ。またそれだけ知っておれば十分じゃ。」

「それはわしが弓矢のことはまだ十分に知らぬといわれたようにきこえるな。」

「十分どころか、毛ほども知らぬわい。そろそろ目があきかかって来たところじゃ。」

暗がりに燭がはこばれて来た。あかりのもとに、伯父のたけだけしい顔つきを見ると、宗頼はにわかに狩のあとの渇《かわ》きをおぼえた。しかし、酒を酌んでも、酒はにがく、渇きはさらに癒《い》えなかった。

「伯父よ。伯父はわしがためには弓の師ではないか。なぜ十分に教えてはくれぬ。」

「教えうるかぎりのことは、すでに教えた。あとは、知るべきことをみずから知らなくてはならぬ。おりにふれて、さとるということもあろう。たとえば、きょうの狩のおもむきはどうじゃ。」

「小狐のことか。」

「たかが小狐一匹、こどものあそびにもたらぬ。」

「雑色を射たことか。」

「なにしに、あのものどもを射たぞ。」

「わからぬ。何となく射たまでじゃ。なにもおぼえない。」

「おのれの手がしたことを、おのれでおぼえないというか。おぬしの体内には二いろの血がながれておると見えた。」

「二いろの血とは。」

「はて、歌の血と、弓矢の血じゃ。なまぬるい歌の血が濃いかぎりは、弓矢のことはさとるに至るまい。おのれの手がしたことに、目がひらかぬというも道理か。因果なあきめくらよ。」

「あきめくらとは、なにをいうぞ。」

宗頼はわれにもなく激して伯父に詰めよろうとした。そのとき弓麻呂はっと目をそらして、庭のかなた遠く闇をすかして見ていたが、たちまちその目に殺気がはしった。宗頼もしぜん庭のほう、かなたに黒くむらがる木木のほうをうかがうと、そこに、かたちこそ見さだめかねても、たしかに生きもののうごくけはいが感じあてられた。犬か。いや、犬のようではなかった。

弓麻呂はじろりと宗頼の顔を見かえって、

「おれがはなつ矢は闇の中でも、目をつぶったままでも、木の間を縫って、かならず生きものの背をつらぬくぞ。」

いうより早く、手をのばして、宗頼の背後にあった弓矢をつかみとると、片膝たてながらに庭のかなたに切ってはなった。矢は飛んで、遠くに人間の悲鳴がおこった。

「これはどうしたことじゃ。」

宗頼があきれるのに、

「おぬしのすべきことを、おれがして見せたまでよ。」

もう立ちあがった弓麻呂は、そういい捨てただけで、傷ついた片あしを、しかしあぶなげなく引きずりながら、廊づたいに去って行った。

宗頼は燭をとって庭におりた。黒い木木の向うに小道があり、小道の向うに池がある。その池のほとりに、うつ伏しにたおれているものがあった。男である。背には矢が立っている。燭をちかづけて見ると、この館につかえる家人《けにん》のひとりであった。まだかすかに息があるらしい。ひとがちかづくと知ってか、男は顔をふりあげて、そこに宗頼をみとめると、うらめしげに、

「それがしひとりでもないのに、むごいことを……」

いいおおせずに、息絶えた。その末期《まつご》のことばがなにをいおうとしたのか、宗頼はすぐには解しかねた。

この池をめぐる小道はみだりにひとの立ち入らぬ場所であった。ことに夜陰である。ここを行けば、うつろ姫の住む棟《むね》に至る。およそ、この一年のあいだ、宗頼は姫の閨《ねや》に足を踏み入れるということをしなかった。姫が日ごろなにをしているとも知らなかった。いや、姫がそこにいるということすら、ほとんどわすれていたといえた。木がくれに、姫の住むあたりに、ともしの色がきらめいている。ひとはまだ寝ずにいるのだろう。宗

頼はとたんに姫のみだらな姿態をおもってべっと唾をはいた。

唾は男のむくろにかかった。唾のほかには、男がそこに死んだということを突きとめたものは無い。宗頼は沓《くつ》のさきでそのむくろを蹴って、池の中に沈めた。

四

あくる日、朝はやく、宗頼はまた狩に出た。したがう列の中に、きょうは弓麻呂のすがたは見えない。いや、見えないのがほとんど常のことであった。弓麻呂は館に格別の役目があるわけでもないのに、めったに狩に出ようとはしなかった。片あしが不自由といっても、馬に乗れないことはない。おりおり騎射をこころみることもある。それがあまり出たがらないのはおそらく狩というものに気のりがしないせいだろう。というのは、まれに狩場にあらわれたときでも、弓麻呂が弓矢をとって獲物を追いまわしたり、これをねらって射たりするところは、たれも見たことがなかったからである。この弓の老手は、かならず射あてるにきまっているような獲物を追うということものあそびには、もうあきはてているのだろうか。もしくは鳥けもののような可憐なものの血では、その矢のはげしい飢をみたすにたりないのだろうか。問うてみても答えるやつでない。ひとびとはいつか狩場に於ける弓麻呂の所在をまったく気にしないようになっていた。しかし、獲物をもとめて駆けめぐるさなかに、たまたま山の峡《かい》、森の奥なんぞで、どこにいるとも知れない弓麻呂がついそこにいるのにぶつかったときには、いかなる猛者《もさ》でもあやうく弓をとりおとすまでに、いや、逆立になった馬からころげおちるまでに、ぞっとさせられた。そこにいるのは弓麻呂ではなくて、一箇の血にうえたけもの、突然ひとをおそい、馬をたおし、また突然すがたを消すような悪獣としか見えなかった。奇怪なことに、さすがにこれはきわめてまれながら、狩場では一行の中から死人を出すことがあった。たれかが血に染んでたおれている。けものの害をうけたとは見えない。背にするどい矢傷がある。矢はすでに抜きとられていて、なにもののしわざとも知れない。そういうとき、それはながれ矢のせいとして、そのままに見てすぎられた。狩場の矢にあたるのは、あたったやつが不心得ではないか。たれとも知れぬ矢のぬしを詮議《せんぎ》することに気をつかうほど、ひとびとは気が小さくなかった。そういっても、あまたの中には気の小さいやつもいて、ひょっとその矢のぬしが弓麻呂ではないかと、まぼろしのような疑念をもつこともないではなかったが、それはまちがってもロに出せぬことであった。もしうっかり口に出したとすれば、つぎには当人が背に矢をうけなくてはならぬ番になるものと、これは小胆《しょうたん》もののならいとして、必至にそうおもいなされたにちがいない。

弓麻呂とはひきかえて、わずかのひまをぬすんでも、狩の列にしたがうことをのぞんだものに目代の藤内がいた。藤内は役目がらいつも公用をかかえていたが、ときどき抜け出して狩場にあらわれた。そして、ここでも守のそばをはなれず、はなしのふしぶしに国のうちのことについて報告もし、意見ものべ、指示もあおぐ。その事務の才は高く買われた。しかし、弓のほうの腕はどうもこころぼそく、はなつ矢さきに鳥けものは領民のように従順ではなかった。ただ妙をえていたのは、およそ獲物がどのへんにひそむか、ありどころの見当をつけることであった。そこ、ここと、指さす。指のあたったところには、かならず獲物がおおかった。きょうは藤内が守のうしろについて馬をうたせていた。

行く道に、藤内は宗頼にまぢかく馬を寄せて来て、

「きょうの狩は上首尾と見えますぞ。」

「ふむ。」

「昨夜、算を置いてうらなうに、きざしは吉と出ましたな。」

「算でそれがわかるか。」

「これしきは、たやすいこと。算の秘法をもってすれば、吉を凶にかえ、凶を吉にかえるのも、できぬことではありますまい。」

「その心得があるか。」

「ほんの、いささかは。」

「算の効はなににあらたかか。」

「なにごとでも。」

しばらくすすんでから、宗頼はひくくつぶやいた。

「なにごとでも、か。」

そして、つづけてなにかいいそうなけはいと見えた。藤内がそのことばを聴きとろうとして乗り出したとき、たちまち宗頼は鞍《くら》にのびあがって弓をかまえた。矢ははるか向うの森かげに飛んで、そこに一頭の牡鹿を射たおした。それが第一の矢であった。

狩は日くれまでつづき、きょうは宗頼に一本のむだ矢もなかった。めんめんいずれも功をおさめて、獲物はかつてのいつの日よりもゆたかであった。かえり道は手柄ばなしににぎわった。

谷川のほとりにかかったとき、かなたにそそり立つ岩山のけしきをながめながら、宗頼はふと藤内にたずねかけた。

「あの岩山のかなたには、いかなる土地があるのか。」

岩山を越えたさきまでは、宗頼はまだ一度も行ってみたことがなかった。問はなにげなく発せられた。しかし、それは意外にもちょっと藤内をまごつかせたようであった。

「荒地と申すほかに、これというほどの土地ではありませぬ。」

藤内はすぐにおちついて答えた。

「領内か。」

「左様。ともかく。」

「ひとは住んでおるのか。」

「いぶせきものどものほかには住んでおりませぬ。」

「そのものどもはなにをよすがに日日をすごしておるのか。」

「田をつくり、畑をうち……」

「荒地と申したではないか。」

「さればこそ、荒地をひらいて田畑をつくるとおぼしめせ。」

その答えぶりはかえって宗頼の好奇心をそそった。

「館からたれかそこに行ったものはおらぬのか。」

「みつぎとりのほかには、たれも行くものはおりませぬ。」

「つまり、目代として検分に行ったことはあると申すのだな。」

「は。」

おちついた藤内の顔にかすかに苦渋《くじゅう》の色がうごいたが、それは守の目にはとまらなかったようであった。宗頼は岩山をふりあおいでこういい出した。

「わしもいつか行ってみるとしよう。」

「おやめなされませ。」

藤内は手で押しもどすようにさえぎった。

「なにゆえじゃ。」

「狩の獲物はなにもありませぬ。」

「守が領内を見まわるのに、さまたげがあろうか。」

「いや、それに値いする土地がらではありませぬ。」

宗頼は剛情になった。

「守の見まわりに値いせぬような土地が領内にあろうとは、異なことだな。そう聞いて、捨てておけようか。」

「万一、おん身にあやまちがあってはなりませぬ。」

「なにものが守の身に害をするのじゃ。そこに住むものどもがか。」

「荒地の民は気性あらきものなれば。」

宗頼は気負ってさけんだ。

「それならば、一段と興あることじゃ。鬼神なりとも、弓矢をもって、おくれをとろうか。」

藤内もまた今は剛情にさからった。

「おやめなされませ。血のちがうものどもにおちかづきあるな。」

「なに。」

宗頼はおもわず馬をとめた。

「血……血がちがうと申したな。どうちがうのじゃ。申せ。藤内。」

「ただ、おやめなされませ。」

藤内はそれきり堅く口をつぐんで、答えようとするけしきも無かった。夕風が二騎のあいだをひややかに吹き抜けた。宗頼はまた馬を乗りすすめながら、一言うしろにあびせ捨てた。

「弁の立つ目代がその土地のはなしを今まで一度も守に告げたことはなかったな。」

この問答のあいだに、列はすでに谷川のほとりを駆けすぎていた。そこの草むらのかげに、きのうの雑色のむくろが二つ、わずか一夜のうちに犬の牙に食いあらされて、無《む》慙《ざん》なすがたをさらしていたが、それにはたれも見むきもせず、また見たにしても、山野にはめずらしからぬこととて、わざわざ馬のあがきをとめるような酔興《すいきょう》ものがいるはずもなかった。かの小狐のむくろはといえば、これはどうしたことか、きれいにかたちを消して、毛の一すじ、血の一しずくも跡をとどめず、草すらもみだれを見せずに、音もなく風になびいているのは、なおさらひとの目にとまりようのないありさまであった。

その夜、館には狩の仕合せを祝う酒宴がもよおされた。

夜ふけて、宴のはてようとするころ、ひとびと酔いしれ、酔い伏したすきに、宗頼はひそかに席をすべり抜けて、弓をとって、庭におり、池のほとりにしのび出た。守は寝所に入ったものとおもいなしたのか、あとからついて来るひとの影は見えなかった。ただ、ゆうべ池の中に蹴りおとしたやつの、末期のことばが耳にあった。「それがしひとりでもないのに……」今、たれもこの道を通るものは無い。かなたの、うつろ姫の住む棟には、ともしの色がまだあかあかともれている。宗頼はそこにちかづき、むずと内に踏みこんだ。姫のそばにつかえる女どもは、いることはいたが、ものかげに正体なくねむりこけているのに、奥の方、姫の閨《ねや》とおぼしいあたりから、夜陰にまざまざと、尋常ならぬけはいがひびき寄せた。ともしの色もまたあかるくそこからながれて来た。

宗頼は奥にすすみ入った。閨の帳《とばり》はついそこにある。帳はひらかずとも、内のようすは耳に痛く、拒みようもなく、聞きとれた。男女さけびあうみだらな声。精かぎりに、ふれあう音。さしのべた弓のさきに、帳は突きはなされた。まず、はだかの男の、たくましい背が見えた。男は首だけねじまげて、ふりむいた。いやしいうえにも、ゆがんでいやしいそのつらには、見おぼえがあった。館にいる下人の中でも、もっとも下司の、名もなきやつであった。とたんに、矢はおのずから発して、その背をつらぬき、絶え入るさけびとともに、男はもはやいのち無きむくろであった。たちまち、そのむくろを刎《は》ねかえして、下から、鹿のとび立つように、赤黒くかがやく女のはだか身がおどりあがった。燃えるばかりの燭の光の中に、宗頼はこの一年のあいだ見ることをおこたった姫のはだか身を一目で隈《くま》なくそこに見た。これが姫か。たしかに姫ではあった。みにくい顔はあくまでもみにくく、赤黒い肌はあくまでも赤黒く、みだらの性はあくまでもみだらのままに、しかしこの館にあるかぎりのほとんどすべての男の精根を三百六十五夜手あたりにむさぼり食らい、存分に食らいふとり、増長の絶頂、みがきぬかれ、照り出されて、みごとにうつくしい全体がそこにあった。矢は男の背を突きとおしても、姫の胸には刺さらない。いけにえの血はおもうさま盛りあがった乳房をいろどった。姫は四肢ゆたかに、真向に立ちはだかって、これだけは白くにおう歯ならびを光らせて、歓喜の鐘をつくような笑をひびかせた。かつてのきたならしい白痴。そういう影は今やみじんも無かった。代代の名族の血をうけて、ぬくぬくと権門にそだった生きものの、おそれを知らぬ威令がこのはだか身いちめんにあふれ出た。

宗頼は不覚にも、たじたじと、あとにさがった。いや、すすむ足なく、突きもどされた。鉄壁であった。「血のちがうものどもにおちかづきあるな。」どこかで、そういう声がしたようであった。ゆらゆらと、夕ぐれの空に見あげた岩山のすがたがまのあたりに迫った。岩山はここに、姫のはだか身に於てそびえた。宗頼は弓を突き立てて、踏みとどまって、これに対した。

五

岩山のふもとに、宗頼は馬をとめて、空に高く切り立ったその頂上を見あげた。岩肌はまばゆい日ざしをはじきかえして、銀白につめたく光った。うつろ姫の閨に事件がおこった夜から三日目の朝であった。

二日のあいだはげしい風雨におそわれたあとの、きょうの空はからりと晴れて、露やや寒く、山野はひとをいざなった。宗頼は待ちかねたように狩に出た。弓麻呂は気がすすまないらしい。藤内は風害水害の始末にいそがしく、これもついて来ない。狩がはじまってからまもなく、宗頼はひとり馬をあらぬ方にそらして、たれの目にもつかずに、岩山のふもとに駆けつけた。なにを待ちかねたのか、みずから判然としないそぶりであった。

岩山はかなたの土地をうしろに秘めて、見あげるかぎり、きびしくそびえている。まぢかまで来て、そのまま馬をかえすということはもう考えられない。背をめぐらしても、背にのしかかって、岩山の重量はずっしりこたえて来て、あとに引きもどす力がそこにあった。首を曲げても、首はまた岩山のほうにむき直させられて、まともにそれに対さなくてはならない。おもえば、かの姫のはだか身は、それにまのあたりに対するときこそ威令にみちた盛観をあらわしたが、ひとたび目をそむけ背をめぐらすと、たちまちそこにはなにも無きにひとしかった。一瞬のまぼろし。宗頼はその夜姫に背をむけて、うしろから射かけて来るような矢も受けず、呼びもどされるような声もきかず、閨をあとに去って以来、二日たち三日目というへだたりをおいた今では、姫がこの世のどこにいるものとも完全におぼえなかった。ただここに見る岩山のまえからは、引きかえそうにも引きかえしようの無いということが、現在身にしみることの全部であった。宗頼はさらに馬をすすめた。

岩山には、のぼる道が見えない。すくなくとも、馬ではのぼれない。宗頼は馬からおりて、これを木につないだ。そして、岩のあいだに道をもとめて、のぼりはじめた。すると、足もとをかすめて、まっくろなやつがさっと駆け抜けた。犬であった。

「黒丸。」

知らないうちに、手飼の犬がついて来ていた。このあたりの山にうまれ、山になれきって、ほとんど狼に似たやつである。その黒丸がのぼるあとから、宗頼はのぼりつづけた。道はけわしく足すべって、日は午をすぎても、頂上はまだ遠い。ようやくのぼりつめて頂上に達したときには、日はすでに沈もうとしていた。

高きに立って、かなたの地を見おろしたとき、宗頼は足の痛みをわすれて、おもわず感歎の声をはなった。荒地どころではなかった。燃える落日のもとに、地はひろびろと暢《の》びて、水きよく森青く、田畑はみのりの秋のけしきゆたかに、花あり、果実あり、ここに馬を飼い、そこに牛をはなち、木がくれに見える藁屋の、屋づくりこそ鄙びていたが、夕餉のけむりあたたかく立ちのぼり、鶏犬の声もまぢかにきこえるかとおもわれた。およそ領内に、これほどうつくしい豊饒の地はほかに無かった。

しばらく茫然とながめているところに、不意にうしろから、

「なにものじゃ。」

ふりむくと、たけ高く、手足すこやかに、髪髯みだれた男がひとり立っていた。粗服をまとって、年たけたように見えたが、そのわかわかしい声はおそらく宗頼とおなじほどの年ごろを告げていた。宗頼は男が身に寸鉄もおびていないことを目でたしかめると、しずかに答えた。

「守じゃ。」

「守。館のものか。みつぎものはすでに納めてあるぞ。」

「そのことではない。」

「ここはみだりにひとの来ぬところじゃ。なにごとあって、来たか。」

「まだ見知らぬ土地を、見に来たまでのことじゃ。」

男は宗頼のようすにじっと目をつけていたが、やや声をやわらげて、

「それはならぬ。」

「ならぬとは。」

「みつぎとりが来るのも、ここまでじゃ。この頂上を堺として、こちらのふもとに下ることはゆるさぬ。」

「そのような掟《おきて》を、たれがさだめた。」

「里の掟じゃ。まして夜はな。」

「よからぬことがあるとでも申すのか。」

男は声をあげて笑った。

「里にはよいことがあるばかりじゃ。昼はひねもすはたらいてのち、夜は酒のみ、うたい、おどって、たのしむ。このたのしみをさまたげるものは、土地のけがれじゃ。」

「土地をけがすものがあれば、何とする。」

「いやでも、殺すほかあるまい。」

「いかにして殺す。」

「はて、背に矢を射たてて、その背を踏みつけ、髪をつかみ、地に押し伏せる。そうすれば、悪鬼のたたりを封じることができる。それがひとを殺すということじゃ。」

「このわしがやすやすと殺されるものとおもうか。」

「たわけ。」

すさまじい叱咤が下った。とっさに、宗頼の手にした弓は男の手にうばいとられていた。いや、弓がおのずから跳ねて男の手にわたって行ったようであった。

「殺すことができるか、できぬか、ではない。そもそも、この土地では、ひとを殺すということを好まぬのじゃ。」

そのことばはつよい酒のようにあやしく一口で宗頼を酔わせた。

「よし。それでは、しいてかなたに下ろうとはいうまい。ただ、つかれた。しばらく休みたい。」

男は弓を投げてかえした。

「休むというなら、こなたに来い。」

男は背をむけてあるき出した。その背のおだやかなけはいは、それに矢を射かけるということをわすれさせた。ついちかくの、岩穴のところに、ひとがやっと住めるほどの小屋がもうけてあった。

「はいれ。」

小屋の中にはいって、円座に腰を据《す》えると、宗頼は急にぐったりつかれが出た。

「ひもじい。ものがあれば、食いたい。」

「食わせよう。」

瓶にはどぶろくがあった。榾《ほた》の火に粟《あわ》の粥《かゆ》を炊《た》き、山の鳥を焼いて、犬にも頒《わ》けてあたえた。飢がみたされるにつれて、宗頼はこころしずまって来た。

「男よ。名は何という。」

「平太。」

「平太よ。ここにひとりで住むのか。」

「そうじゃ。」

「何のために。」

「念願がある。」

「念願とは。」

「ほとけを彫《ほ》る。」

「ほとけ。」

「里のやすらぎを護るほとけじゃ。じじいも彫った。おやじも彫った。そして、今ではおれの番じゃ。おれがいつか女房をめとり子がうまれたなら、その子もやはり彫りつづけることじゃ。」

そういえば、小屋の中にはノミ、槌《つち》なんぞの道具があまた置いてあった。

「そのほとけを、なにに彫る。木にか、石にか。」

「この岩山の岩肌に、ただちに彫りつけるのじゃ。崖をめぐって、花ざかりよ。」

「花ざかりとは。」

「遠くからこれを望めば、岩山に花が咲いたようにも見えるだろう。」

いながらに、夕闇の中にもかなたに突き出た崖のかたちは堅く、たしかに、天にむかってゆるぎなき位置を占めたものと見てとれた。そこに彫ってあるというほとけのすがたはここからは見えない。それはふもとの里から高くあおぐべきものなのだろう。日はもう沈んだが、残照はまだ草にのこっている。崖からこの小屋のまえにかけて、あたりいちめんにしげった草のみなおなじ草であることに、宗頼はふと目をうたれた。

「これは、この草は。」

「わすれ草じゃ。」

「わすれ草。」

「ここに来ては、世の中のことはみなわすれなくてはならぬ。」

宗頼は火のそばにごろりと横になって、

「わしもどうやらこの日ごろのことをみなわすれたようじゃ。」

そういいながら、目をとじて、うとうと睡にさそいこまれた。

しばらくして、宗頼はゆりおこされた。

「夜があけると、里から糧《かて》をはこんで、ひとがのぼって来る。よしなき客を泊めたと、見とがめられては、おもしろくない。立て。月はあかるい。」

「昼の道さえ難儀した。夜道をいかに下ろう。」

「気づかうな。ふもとまで、おれが送ってやる。」

平太はさきに立った。道の近いところ、足がかりのよいところを撰んで、飛ぶように下って行くに、のぼりの半分ほどの道のりもなく、やがてふもとに下りついたときには、夜はまだあけるに至らなかった。馬のいななきがきこえた。木につないでおいた馬が、綱を嚙みきって、駆け寄って来た。

「二度と山には来るな。」

みじかくいい捨てて去ろうとする平太に、

「いや、またのぼってみたい。ほとけのすがたとやらも拝したい。もしこのふもとに下るおりがあったなら、館にもたずねて来い。目代の藤内というものに、とりつぎを申し入れてくれ。」

その藤内の名をいったとたんに、平太はぶるっと肩をそびやかして、そこにはげしい気合がほとばしった。宗頼もおもわず一あしさがったほどの、突然の殺気であった。黒丸がおびえたように吠えたてた。

「犬めが。」

その一言を吐きつけて、平太はたちまち身をひるがえして、岩かげにはしり去った。犬めとは、黒丸をしかったようにも、また藤内をののしったようにもきこえなされたが、しかしそれは宗頼の面上にむかって、唾がはねるまでに、まともに吐きつけて来た一言であった。じかにはずかしめを、いや、のろいを受けたのはおのれの顔である。赫《かっ》とした。「血のちがうもの。」宗頼ははじめて平太に於て血のちがう敵を感じあてた。岩山のかなたの側では、おなじ領内でありながら、おそらくこちら側のものを犬としか見ていないのだろう。よくいった。よくぞ本音をきかせてくれた。このふもとの地におり立っては、山上の火のぬくもりは一瞬にして冷えきった。宗頼はすでに消えた敵の背をにらんで、弓をにぎりしめた。

「守はわしだということをわすれるな。ひとを殺すことは好まぬと申しおったな。わしはそれを好む。好んでみせる。ひとの殺しようは、やつめがおしえてくれた。いずれ、やつめのつらの皮を、やつめのほとけのつらの皮まで、剝いでくれよう。」

宗頼は馬にまたがって館のほうにむかった。谷川のほとりまで来たころ、空はもう白みかかった。すると、行手の草むらのかげに、なにやら白い影のたゆたうのが見えた。近づくと、ひと、若い女のようであった。突然、黒丸がけたたましく吠えはじめた。犬は馬よりもさきに駆け出てその影におそいかかった。影は逃げる。犬は追う。逃げまどい、追いつめられて、あわや、犬の牙がそこに嚙みつこうとした。

「黒丸。」

宗頼は馬を乗りつけて、わずかに犬を制した。そこに、朝露にふるえて立ったのは、十七にもみたぬらしい、かたちすずしく、あでやかな女であった。宗頼は目をみはった。これほどうつくしいひとを、ここに見ようとはおもいがけなかった。

「そなたはなにものじゃ。」

「野のはての、山のふもとに住むものでございます。」

「なにしに、ここには来たぞ。」

「里の知るべをたよって、きのう一日、夜をこめてさがしましたが、どこに移ったのやら、行方もわかりませぬ。道に迷って、ここには出ました。」

「家はどのあたりじゃ。途中まで送ってとらそうか。」

「その家とても無きにひとしい身の上でございます。」

「父母は。」

「ふたりながら、なくなりました。きょうだいも、身よりも、ございませぬ。」

「日日のいとなみは何としておるのか。」

「父母の遺されたものの、あるかぎりを売って、ほそぼそとくらしてまいりました。ひとり召しつかっておりましたものにも、きのういとまをとらせました。」

ことばつきもみやびて、あわれふかく、気品があった。宗頼はちょっと思案して、

「わしは守じゃ。ともかくも、館までついてまいれ。」

馬をすすめると、女はしたがって来たが、つかれきったようすで、足もはかどらず、おくれがちになった。

「これに乗れ。」

宗頼は女の手をとって、鞍の上に抱えあげた。

「そなたの名は。」

「千草と申します。」

露にぬれたからだのおもみが腕の中にしっとり溶け入った。

そのとき、川霧のけむるかなたから、いくたりか、騎馬の駆けつけて来るのが見えた。

「守。それにおいでなされたか。」

館から行方をさがしに出たものどもと知れた。

六

千草は宗頼の腕に抱かれたまま、館に入り、室に入り、その夜ついに閨に入った。そして、あくる日は風もなく空は晴れていたのに、宗頼は狩に出ようとはいわなかった。かの一日一夜を外にあかしたいきさつは、これはたれにもかたらぬことであった。さいわいに、そのことについて根ほり葉ほり問いただして来るようなものはまわりにいなかった。

狩に出ないことはさらに二日三日とつづいた。そして、その二日三日がやがて七日ともなり十日ともなるにおよんで、もはや宗頼に於て狩という考はまったく消えうせたように見えた。宗頼は今までのならわしとちがって、夜はすぐ閨にこもり、朝はおそくおきて、昼もめったに室の外に出ようとせず、みだりにちかづくものがあると、公用のものですら、癇癖《かんぺき》つよくこれをしかった。そのくせ、奇怪にも、国のうち館のうちを通じて、事の大小となく、かくれたこと、ごまかしのこと、うかつなことに至るまで、いつかのこらず守の知るところとなっていて、係の役目のものはときどきおもいがけぬ急所を突かれて、ことばつまり、うろたえた。気むずかしい守。油断のならぬ守。千草はその守のうしろにしのんで、ひと目をさけて、かりそめにもすがたを見せまいとこころしているようであった。

　千草の身については、しぜん館にあるかぎりの好奇の目がそそがれたが、ひそかな詮《せん》索《さく》にも係《かかわ》らず、たれもその来歴を知るに至らず、またそれを知るべき手がかりもつかめなかった。そして千草のやさしいすがた、控えめのふぜいは、ついひとびとをして、不審ながらに、この若い女がそこにいるということを納得させていた。しかし、はじめから気にもとめぬようすの弓麻呂は別として、ただひとり、藤内は納得しなかった。来歴があきらかでないということは、うたがいの晴れるときがないということではないか。藤内は執拗にうたがい、徒労にさぐり、ついに算をもってこれを考えた。すると、算はたれかの手でかきまわされたように、たちまちみだれた。濛濛《もうもう》とした霧が見とおしをさまたげる。算をみだすものは、妖気と判じられた。藤内はくるおしい目つきで、なおも千草をねらいつづけて、帳のかげのたたずまいを読みとろうとした。妖気はむしろその目の色にただよった。

　狩を好む家人どもは秋の佳日がむなしくすごされてゆくことをなげいた。ある朝、ふたりのわかものが澄みわたる空のけしきをふりあおいで、

「あったら、きょうのような日を、鳥けものの飛びまわるにまかせておくか。」

「守は惜しいともおぼさぬらしい。」

「それもそのはずか。守はさきごろの夜の狩に、うつくしい獲物をもちかえられて、味のよいのにたんのうしておられるそうな。」

「それにひきかえ、われらのようなひとりものは、使わぬ矢をいたずらに錆《さ》びさせるばかりじゃ。」

「何の矢じゃ。うつろ姫のお気には入らぬか。」

「その儀はまっぴらじゃ。」

声をあわせて笑った。そのふたりのいたところは、館の片隅で、あたりにひとなきおりとて、たれの耳にもささやきをきかれるようなおそれは無いはずであった。しかるに、ほどなく、ふたりは守のまえに呼び出されて、庭さきにかしこまった。

そこに、宗頼は弓をもってあらわれた。

「さきほどかげで申しおったことを、ここにてあからさまに申してみよ。」

ふたりは顔色をかえた。

「獲物はまさに鳥けものにはかぎらぬ。狩に出なくとも、矢を錆びさせぬ法はある。」

ふたりは地にひれ伏して、許しを乞うた。宗頼はそれをひややかに見て、目の下にならんだ二つの背に矢を射たてた。そして、その背を沓で踏まえ、弓のさきで髪をからめて押しつけた。

「おぼえたか。このことはゆめわすれてはならぬ。」

それはわれとわが身にいいきかせることばのようであった。

そのとき、廊から声がして、

「よくした。」

弓麻呂がそこに立って見ていた。

「守もようやく弓矢の道を知るに至ったらしいな。矢はもっぱら生きものを殺すためのものじゃ。たかが鳥けものなんぞのたぐいではなくて、この世に生けるひとをこそ、生きものとはいう。殺すものと知ったうえは、すなわち殺さなくてはならぬ。さらに多くを、いやさらに多くを、殺しつづけなくてはならぬ。おのれの手がすることに飽きるな。おのれに倦むな。おぼえたか。」

弓麻呂はもうこちらに背をむけて、片足をひきながら、廊のかなたに去ろうとしていた。宗頼は目を光らせて、その背をにらんだ。おのれよりもさきに、おのれよりも遠くに、それはおのれを追い越して、置きすてて、とても追いおよびえぬところに去ってゆくもののように見えた。不敵の背であった。これにこそ追いつき、追い勝たなくてはならぬ。宗頼は弓をとり直して、さけびかけた。

「伯父よ。おさとし、たしかにうけたまわった。」

弓が鳴って、二本の矢がはなたれ、それが一すじにつながって、あわや、遠い背をつらぬこうとした。とっさに、弓麻呂は片足で飛びちがえて、ながれる二本の矢を両手につかんだ。

「たわけ。」

弓麻呂は柱をかかえて、ふりかえった。

「二本の矢を一すじに射ることは、そもそもこのおれが編み出した秘法じゃ。おぬしにちとの見どころあればこそ、かねてこの法をつたえたぞ。これすなわち、一は知の矢、一は殺の矢、知と殺と一すじにつながって、まったきをうるとはさとらぬか。この法をもってこのおれを射ようとは、おこがましい。小せがれめ、たわむれるな。」

矢はぴしりと折りすてられた。そして、遠い背はすでにそこに見えなかった。

宗頼はくちびるを噛《か》んで目を伏せた。足もとの地に、二つのむくろから吹き出した血がながれていた。ときに、ふっと近くにひとのけはいを感じて、目をあげて見ると、向うの木の間に、いつしのび寄ったのか、藤内が腰をひくめてこの場のようすをうかがっていた。

「藤内。」

「は。」

「この血のながれたあとに、紫苑《しおん》を植えさせておけ。」

「紫苑はものをおぼえさせる草、いつまでもわすれさせせぬ草じゃ。」

「と申されるのは。」

そのままに、つい行こうとするのを、

「守。」

ためらいがちに、藤内が呼びとめた。そして、まともに守と向いあうと、かえって目をそらして、呼びとめたことを悔いてでもいるように、なにかいい出そうとして、おずおずと口ごもった。いおうか、いうまいか。ついに堪えきれずに、ずばりといった。

「さきの夜、守はかの岩山のかなたにおいでなされたな。」

用心ぶかいこの男にしては、おもいあまった一言ときこえた。宗頼は藤内の目の中をじっと見入って、

「今の殺しようをぬすみ見て、そちはそう読んだか。そのとおりと申したなら、何とする。語るにおちるとは、このことじゃ。わしのほうでは、今の一言をきいて、どうやらそちの身もとが読めたぞ。血のちがうものが、その血がにごって、かなたの掟にそむき、こちらの風を好んで、なにかの手づるをもとめ、まぎれこんで来たのでもあるか。」

藤内は無言のうちに、あからさまな憎悪と猜疑《さいぎ》とのまじった目の色をもって、守のことばを受けとめた。

「犬めが。」

おもわず、宗頼は声に出してさけんだ。そして、あとふりむかずに、足をはやめて室にもどって行った。

室にはいると、ものかげに、千草は立って待っていた。

「あれまでの仕打をあそばされずとも……」

ことばはうちつけに非難をこめていたが、いそいそと迎えたそぶりはむしろもっとひどい仕打をとそそのかしているようにも見なされた。そういっても、千草の目はつねとかわりなく澄んで、そこにいかなるおもいを宿しているとも読みとりかねた。

「あれしきのことは、ほんの手はじめじゃ。さらに多くを。そうじゃ。そなたがおもうよりもさらに多くの血をもって、矢の飢をみたさなくてはならぬ。それはみたされるときの無いわしの飢じゃ。」

宗頼は千草を膝の上に抱きあげた。

「かしこいやつじゃ。そなたほど耳さとく目あきらかなものは、よもほかにはあるまい。国のうちのこと、館のうちのこと、みな一つとして網にもれず、そなたの目からかくれる隈《くま》もなく、耳からのがれるすべも無い。あたかもわしの矢さきからまぬがれるほどの獲物がおらぬのと同然じゃ。そなたが告げてくれるおかげで、わしはいながらにして大小の秘事《ひじ》に通ずることができる。すなわち、獲物にはいつも事を欠かぬ。そなたが告げてくれるかぎりのところに、そこには死をもって罰すべき生きたやつがいて、そやつがわしの矢を背に受けるさだめになる。もしそのようなやつがいないときは、たれかを手あたりにそこに立たせればよい。そなたの耳目のはたらきにこたえるのは、わしの手の力じゃ。いや、わしの手はそなたの耳目のおよばぬきわまでも伸びてゆくはずじゃ。」

千草はなにかいおうとして、たちまちはげしく身ぶるいした。宗頼がおさえようとすると、その腕にすがって、あおざめた顔をふりあげた。遠くに犬の吠える声がしたようであった。それがなおも大きく吠えたけり、近くに迫って来るけはいで、今は宗頼の耳にもはっきりききこえた。

「黒丸。」

狩に出ない日がつづいてから、黒丸は宗頼にしたがって山野を駆けめぐるというよろこびをうばわれた。そして、あるじのそばに寄ることすら禁じられた。というのは、千草がはなはだしく犬を忌《い》みきらったからである。黒丸は下人の手にあずけられたが、その制止をきかない。綱でつないでおくと、綱を嚙み切ってあばれた。そこで、鉄の鎖につないで、これを柵の中にとじこめておいた。その黒丸の吠えたける声がまぢかにきこえるのは、鉄の鎖がどうなったのか。

宗頼は廊に出た。庭のかなたに、黒丸が草を蹴ちらし、土けむりをたてて、荒れくるっている。下人おおぜい、棒をもってこれをしずめようとするが、犬は棒を跳ねとばして、ひとを寄せつけない。下人のひとりが地にひざまずいて、守に告げた。

「なにものかが知らぬまに鎖をはなしたとみえて、このありさまでございます。」

「なにやつのしわざじゃ。」

「わかりませぬ。」

宗頼は藤内の顔をおもった。犬はあるじのすがたを見ると、一声たかく吠えて、まっしぐらに駆けよろうとした。黒い影が草むらに飛んだ。と見るまに、あるじの切ってはなった矢が犬の背をつらぬいていた。とたんに、かの谷川のほとりで小狐を射たおしたときのけしきが、白日にひらめいて、宗頼の目にうかんだ。まぼろしはすぐ消えた。宗頼はまぼろしのあとを追うようにもう一本、矢をはなった。矢は犬の首すじを射とおして、うつ伏せに、これを地に縫いつけた。

七

五日とたたないうちに、庭の土はさらにおびただしい血を吸って、そこに紫苑がつづいて植えられた。紫苑の数だけ、矢がはなたれ、ひとが殺された。死にあたるほどの罪ではなくても、罰はつねに死であった。そして、館のものばかりでなく、国じゅうのたれかれがその死の座に引き出された。死者の数がおおくなると、無実の罪とおもわれるものもしぜんその中にまじることになった。宗頼にとっては、ねらいは罪の有無を問うことではなく、生けるひとの背に矢を射たてるということに係っていたのだから、このような成行は当然であったが、千草にとっては当然ではなかった。というのは、秘事のかずかずを宗頼に告げたのは千草ではあっても、目にも耳にも入らぬような無実の事は告げるすべを知らなかったからである。告げられたものに対しては、死はすでに重きにすぎ、告げられざるものに対しては、まったくいわれなくこれを殺した。宗頼の矢の飛ぶさきは、はやくも、千草が告げたかぎりのところを越えはじめていた。すなわち、宗頼の手の力にとって、やがて千草の耳目のはたらきは無用のものともなりそうに見えた。生けるひとの狩。このあたらしい狩は、突然おそいかかった怒濤のように、館のうち国のうちを一気に恐怖の底に巻きおとしたが、わずかにひとりその外に立っていたはずの千草こそ、かえってこころに痛く、見えぬ矢を一本、射こまれたようであった。

ある夜、閨の中で、宗頼は千草を腕につよく抱きしめながらこういった。

「そなたというものをえてから、わしはこの世がいかにうつくしく、掛替《かけがえ》なく、生きるにかいあるものか、はじめておもい知った。この知慧はそなたがさずけてくれたものとおもえば、なおさら身にしみる。」

「そのように仰せあっても、この日ごろのおん振舞はこころえませぬ。」

「わしのすることが気に入らぬとでも申すのか。異なことをきくものじゃ。わしが矢をはなって見せれば、そなたのよろこぶ的にあたるものとばかり、おもっておったに。」

「わたくしをそれほどむごいこころの女とおぼされてか。」

「いや、そのこころ根がふびんなればこそ、飼いならした黒丸の血までながしたぞ。」

宗頼のことばはやさしい調子ではあったが、どこやらに剣をふくんでいるようにもきこえた。千草がなおあらがおうとするのを、軽くおさえて、

「よせ。なにかと申しては、閨のむつごとにはならぬ。この世のもっともうつくしいものは、ただ一つ、このそなたのはだか身にきわまった。ひたと、そばに寄れ。これこそまたとなきわが宝じゃ。」

そのことばに、いつわりは無かった。千草をこの閨にむかえて、はじめての夜から、かつてうつろ姫に於てきたならしいとのみおもわれたものは、たちまち生きるにかいあるよろこびにかわった。男女のまじわり。突然そのうつくしい道は宗頼のためにひらかれた。しかも、なめらかな千草のからだの中には、汲めども尽きぬさまざまの妙技が秘めてあって、夜ごとに手をかえ、おもむきをかえて、いのち死ぬまでに宗頼をたのしませた。そして、夜があけると、いのちの泉あたらしく体内にほとばしって、宗頼はここ ろ猛く弓のほうにむき直ることができた。ただ意にみたないのは、閨には堅く燭が禁じられたことである。衣をぬぎすてた千草のすがたをあからさまに見ようとしても、その願はついにかなえられない。千草は燭をきらい、月の光がほのかにさしこむことをさえおそれた。この夜もまたあたりは闇であった。

「千草。このうえはそなたのはだか身を、すみずみまでも、こころゆくばかり見とどけたい。」

「なりませぬ。」

「外にはあかあかと月が照っておるのに、なぜここには光がさしこまぬぞ。ならぬといわれるとなお見たい。」

「なりませぬ。」

「いや、ぜひ見たい。」

「なりませぬ。」

ことばは闇の中にたわむれあった。からだは燃えて、すでにたわむれていた。宗頼は一きわつよく、はだかの手と足とをもって、千草のからだをしめつけた。そのよろこびのさなかに、

「見るぞ。」

さけぶとひとしく、宗頼はやにわに枕をとると、かなたの帳めがけて投げつけた。そこに、この夜こそ、じつはひそかに仕掛がしてあった。帳はばさと落ちた。とたんに、あけはなした廊の方から、月の光はいちめんに、のこる隈なく、波あふれて、ながれこんで来た。

「あ。」

千草はかなしい声をあげて飛び立とうとしたが、宗頼は力まかせにこれを押し伏せて、髪をつかんで、膝もとに引き据えた。そのみずみずしいはだかの背に、一すじいたましく、まぎれもない矢傷の痕がさらし出された。

「小狐め、うごくな。」

その一言は矢よりもするどく千草を打ったようであった。千草はもはや逃げようとはしなかった。月の光の中に、しばらくものの音はしずまった。

たちまち、宗頼は起き直って、千草にも衣をきせかけ、これを抱きよせて、声やさしくいたわった。

「千草よ。ゆるせ。ありのままのすがたは、ぜひとも一度はまのあたりに見とどけなくてはならぬ。そなたにかなしみをあたえたとしても、これはよんどころない仕儀じゃ。こちらをむけ。」

千草はわるびれずに、うなだれた顔をふりあげた。

「かの谷川のほとりの小狐と、正体を見やぶられましたうえは、存分にあそばしませ。さきのおん矢には、かろうじていのち一つをとりとめました。あらためて、おん手の矢さきにかかりましょう。」

宗頼は笑った。

「このうつくしいものを、なにしに殺そう。射かける矢は無い。存分にするとは、末ながく添うことじゃ。」

「正体をおさとりなされたうえで、か。」

「小狐と知って、なおさらいとしい。この月の光のもとに、今こそ、わしはしんからそなたに恋いわたった。」

「それでも、わたくしはふかく守をうらみまいらせ、この仇をむくいるため、おん身に害をしようとて、わざとすがたを変じ、おそばに近づきましたものを。」

「うらみはさもあろう。害と申すは何のことか。そなたがわしにあたえてくれたものといえば、益あるすすめばかりじゃ。」

千草はためいきをついた。

「わたくしは狐の妖術をもって、館のこと、国のこと、かくれた隅に至るまで、のこらず見とおし聞きとることをたやすくいたします。その秘めたるをあばき、ほこりをたたいて、もっぱらよからぬことをのみ忠義顔に告げまいらせたのは、やがて守のおん身をばほろぼそうがためでございました。およそ隅のかくしごとを知りつくし、かげの悪言をききもらさないのは、過ぎたるはおよばず、かえって国を治めるものの、つまずきのもとともなりましょう。守のみこころにうたがいの毒をそそぎ、まちがった裁き、むごい仕打、みだれた道に追いおとして、上下たがいに信をうしない、うらみあい、にくみあうに至らしめようものをと、ひそかに念じておりました。また閨にては、夜ごとにまじわりをいどみ、しきりに淫をすすめまいらせたのは、申すまでもなく、守の精気をあまさず吸いとろうとの、たくらみでございます。この奸智《かんち》をにくいとはおぼされませぬか。」

「なんの。それゆえにこそ、そなたは世にもうつくしい生きものとはさとらぬか。」

千草はあえぎながら、引きよせられるままに、宗頼のふところにもたれた。

「今にしておもえば、わたくしのたくらみはすべて女の、いいえ、狐のあさはかな智慧でございました。精気を吸いとられるのは逆にわたくしのほう、たのしみをさずけられるのもまたわたくしのほう、守は朝ごとに陽根をふるいおこして、さわやかに打って出られます。この陽根こそわたくしが人間の世にたよる力、ふつつかな身にはありがたい宝でございます。また館のうち国のうちをあまねく見わたせば、わたくしの念じたところとは事ちがって、守をうらみ、にくみまいらせるほどのものは一人もおりませぬ。守のあそばされようはただ一つ、殺の一事、これこそ撓《たわ》むことを知らず、あやまつことを知らぬ秘法でございます。ひとびと、これを荒ぶる神の憤怒とあおいで、ただ畏れ、おののき、この世をば死の世と観念するばかり。わたくしがおん身をおとしいれようとかまえた穴は、悪運でございました。それなのに、守は逆にその悪運に乗って、天にいどもうとなされます。わたくしの幻術なんぞは、遠くおん手の力におよびませぬ。今こそ、守は生きながらに魔神のおんすがたと拝されます。」

宗頼はかすかに身をふるわせて、うなずいた。

「なに、魔神。よくいってくれた。魔神。それこそわしがさがしていたことばじゃ。わが身をもってこのことばを充《み》たさなくてはならぬ。魔神となって、わしはこの世にただひとりじゃ。そうと知って、そなたはわしをきらうと申すか。」

「いいえ。なおさらおしたわしく存じあげます。わたくしもどうやらひとの世のあわれが身にしみてきたようでございます。わたくしが仕えまいらせるべき、ただひとりのおんあるじは、守のほかにはございませぬ。」

月はいよいよ冴えて、光ふりしく中に、今はことばなく、また契《ちぎ》った。

八

あくる朝、おきるとすぐに、宗頼は庭に出て、家人をよんだ。

「伯父のもとに行って、わしがここに待っておると申せ。」

そこに、藤内が近づいて来て、機嫌をうかがうような上目づかいで、そっとささやいた。

「守。御油断なされますな。弓麻呂どのは守のおんいのちをねらっておりますぞ。」

宗頼はひややかに突きはなした。

「そちの算には、わしの死と出たか。」

まもなく、弓麻呂があらわれた。そのすがたを見るより、宗頼は声をかけた。

「伯父よ。このわしを的にして弓をひかぬか。伯父の矢おもてに、わしは背をむけて立とう。」

弓麻呂は答えもせず、ただちに弓矢をとった。矢はすなわち発して、二本一すじに、宗頼の背に飛んだ。とっさに、宗頼は身をひるがえして、二本の矢を両手につかんだ。そして、ふりかえって見ると、弓麻呂はこちらに背をむけて、無言のまま、あるき出していた。

「伯父よ。さきの日のこころみを、かさねてこころみる。わしが伯父の背に射かける番じゃ。」

弓麻呂は足をとめようともしなかった。その背があざ笑っているようであった。

「この世に笑うのは今をかぎりとおもえ。」

宗頼のはなった矢が二本、いや、三本、一体一すじ、まっすぐにつながって、宙に光った。弓麻呂はその二本を両手につかんだが、第三の矢ありと知って、片足で跳ねあがり、目にもとまらぬ速さの、稲妻のかたちに、飛びちがえた。しかし、矢もまた獲物のあとを追って、おなじく稲妻のかたちに、あやまたず飛んで、その背をつらぬいた。

「小せがれめ。」

そうさけんだときには、弓麻呂のからだはうつ伏せに地にたおれていた。

「けものめ。」

宗頼はさけびかえして、獲物におどりかかり、背を蹴った。いくたびも蹴り、しらがの髪が土に黒くまみれるまでに、踏みつけ、押しつけた。

「弓麻呂。おぼえたか。なにものもわしのさきに越すことはゆるさぬ。知の矢、殺の矢のごときは、けものの智慧じゃ。第三の矢は、これこそわしが編み出した秘法、魔の矢とは知れ。魔はわしの力に依ってこの世にすがたを現ずるもの、わしがみずから手をもってつくり出すものじゃ。知と殺と魔と、三本の矢が一体一すじとなって、この世はわしがおもうままの世と変相する。こやつ、地獄に落ちてもわすれるな。」

踏みつける足の下に、背の骨の折れる音がして、弓麻呂のがっと吐いた血が土を染めた。

「ここは一むら紫苑を植えるべきところじゃ。」

宗頼はついその場を見すて去ろうとして、背にひとの目がそそがれているのを感じた。ふりむくと、そこに藤内がいた。

「藤内。なにものもわしの背をうかがい、そこにしのび寄り、追い迫ろうとすることはゆるさぬぞ。」

藤内はびくりとして、あとにさがった。そして、そこの木の幹におのれの背をよせて、うごかなかった。宗頼は弓麻呂のむくろを指さしてこういった。

「見よ。そこに死んでおるやつめが背を、よっく見さだめよ。背の上になにがあるか、気をしずめて目をひらけ。」

藤内の目には、ただ血にけがれた背のほかに、なにも見えなかった。なにをいわれているのかわからなかった。

「そちの算では、見えぬらしいな。」

藤内はひそかに算をもって見ぬこうとしていた。しかし、算はいたずらにくもって、目のさきはくろぐろと閉ざされた。

「藤内。見えぬとあらば、わしが見せてやる。この弓にこもる力をもって、見るべからざるものを顕わし、隠れたるもののかたちをまのあたりに示す。しばらくこころを澄まし、息をととのえて、弓のむくさきにひたと目をとどめよ。」

宗頼はかなたの地に伏したむくろのほうにむけて、弓をさしのばし、ぴたりとつけた。弓はそのさきから陰に気合を発して、藤内のこころにまでそれがするどく応えた。弓のゆるぎなくさし示すところに、しばらく目をこらしているうちに、

「や、や。」

藤内は声をあげて、のけぞった。そこに、弓麻呂の背の上に、おりかさなって、一頭の老いたる狼の、たくましく大きいのが、針のような毛を逆立てて、黒血を吐いて死ん

でいた。とたんに弓の弦音がたかく鳴って、狼のかたちはふっと消えた。

「見たか。ひとの目にはあらわれぬが、弓麻呂の背に憑《つ》いておったのは、そやつじゃ。藤内、そちの背にはなにが憑いておるのやら。他人の狼すら見えぬそちの算では、おのれの背まで目がとどくまい。」

藤内は顔の色をかくすようにうなだれて、かたくなに口をとじていた。日はさしているのに、この一ところ、雲くらく、はらはらとしぐれが落ちかかって来た。

宗頼は室にもどった。室のけしきはあらたまって、綾錦《あやにしき》はなやかにかざり、酒さかなの支度おろそかならず、千草は一きわうつくしくよそおっていた。

「わしをこの場におちつかせようというつもりか。」

「いいえ、われにもなく、おちつくほうにいざなわれますのは、このわたくしでございます。守に仇する下ごころが消えうせたのちは、ひとの世のならわしも興あるものに見えてまいりました。野にうまれたこの身には、いっそおそろしいことと存じます。」

「そのひとの世のならわしを、わしはわが手でやぶらなくてはならぬ。わしこそ、そなたをしたがえて、見しらぬ野のはてにもはしりたい。この館はわしが出で立つ足跡をしるしとどめるところじゃ。」

「紫苑の茂みに誓《ちかい》かたきおん振舞のかずかずをおしるしなされてか。草は秋ごとに花をつけて、ひとの目にあたらしく、いつの世にもわすられず、これを文に書きのこすよりも、たしかなしるしでございましょう。」

　宗頼はさかずきをあげた。千草は酌をすすめながら、

「館のことと申せば、守のおん矢の威力のために、かの藤内の算はおのずからやぶれたと見えました。わたくし、これまでにも、ひそかにかのものの意中をさぐりましたが、かれにも算の手妻《てつま》あって、わたくしの幻術をさまたげ、心底ふかくまでは読みかねておりましたところ、今はその肚《はら》の黒さがありありと見えすきました。かねて守の御明察のとおり、藤内はもと岩山のかなたのうまれながら、こころねじけて、きよらかな里の水になじまず、かえってこなたの地の、ひとびと押しあい落しあって利をもとめ名をのぞむ風儀をよろこび、うまれた里には悪事をかさねていたたまれず、岩山を越えて、出世の蔓《つる》をつかもうとて、身もとをいつわり、この館にはしのびこみました。もっとも、世才にたけ、算のこころえもあるところから、目代にもなりあがったものでございましょう。それが今となって、身のほどを知らぬ大望をいだき、守をおとしいれまいらせて、おん背に毒をそそごうと、陰に手だてをめぐらすこと、うたがいございませぬ。」

「わしの背には、悪運の雲がある。矢もたたず、毒もきかぬ。」

「藤内は守と弓麻呂どのとのおん仲不和をはかり、御両人たがいにたたかい、射ちがえて、相打にうしないまいらせようと、たくらんでおりましたが、守のお勝となって、事はやぶれました。さりながら、かのもの、なおも悪智慧をはたらかして、おん身に迫る

こと必定でございます。」

「わしをほろぼして、やつめ、何とする肚か。」

「藤内のねらうのは、守という位にほかなりませぬ。」

「位。」

「守なきあと、おのれが守の位につこうというたくらみでございます。」

「これしきの位、わしにとってはものの数でない。もし望むならば、隣国をも、そのまた隣国をも、四方あまねく併《あわ》せとろう。そして、わしの望はさらに大きい。しかし、かりにわしをうしなっても、藤内めがただちに守にはなれぬ。叙任は都よりの沙汰に依ることじゃ。」

「されば、藤内は昨夜ひそかに腹心の下人を密使に仕立て、いそぎ都にのぼらせました。守の日ごろのあそばされようを乱心の悪行のといいたてて、あしざまに訴え出たものでございましょう。それに、かのもの、あろうことか、やがて守になるためには、みずからうつろ姫の夫ともなろうとくわだてております。」

「なに、やつめまでも姫と通じておったのか。」

「いいえ、この館のうちにて、かのものただひとり、まだ姫の閨にはしのんでおりませぬ。と申すのは、笑止のきわみながら、藤内はうまれついて陽根あわれにも小さく、しかも皮かぶりにて、ひとなみの役にはたちかねるものなれば、当人もみずからふかく恥じて、これはひとには見せもせず語りもせぬことでございます。まして、このちび筆をもって、ほかならぬ姫のお相手に、恋の手習がかないましょうか。さりとて、事ここに至っては、当人身にとり一期の浮沈の瀬戸ぎわとて、おくめんもなくまかり出て、うつつなき姫のおんありさまにつけこみ、これを犯しまいらせぬものでもございますまい。」

「捨ておけ。位も姫も、今は二つながらやくたいもないはなしじゃ。藤内めのごときは、わしの矢さきをけがすまでもなく、首うって市にさらすに手間はかからぬ。きょうにも成敗を申しつけよう。それよりも、わしはもはやこの場にじっとしてはおれぬ。こころにかかる一儀がある。」

宗頼は酌む酒に酔うけしきも見えず、千草のものがたるのをふかくも耳に入れず、こころここに無きがごとく、次第にいらだって、あらぬ方に目を光らせた。

「守。いかがなされました。」

宗頼はさかずきをすてて、つと立ちあがった。

「岩山のいただきがわしを呼んでおる。わしもまたかなたに呼びかけずにはおれぬ。この声を何とする。」

千草は足もとに寄りそって、

「守。ものにお狂いあそばしたか。おしずまり下さいませ。」

「さわぐな。身もこころもしずまっておる。わしはこころたしかに、かのいただきにのぼって行かなくてはならぬ。」

「その仔細は。」

「かなたに住む平太というもの、知っておるか。」

「存じております。」

そう答えながらも、千草の顔にうすくかすめる影があった。

「わしは平太に逢って、じかにはなしをつけるべき大事の儀がある。」

「はなしをつけるとおおせあるのは、勝負ということでございましょうか。わたくしはわたくしで、じつは平太どのにはいささかうらみある身でございます。」

「うらみとは。」

「さきに、平太どのがまだふもとの里におりましたころ、これこそ手柄にたぶらかしてみしょうと、わたくし、都ぶりのたおやめに身を変じて、夜陰にしのんでまいりましたが、たちどころに見あらわされて、桃の枝をもってしたたか打ちのめされ、おもわぬ恥をこうむりました。狐の、いいえ、女の身にとってこれほどのうらみはございませぬ。そもそも、平太どのは守にとってなにものにておわすのか。」

「平太はわしじゃ。」

「え。」

「わしでもあり、わしではない。ここにわしがいる。そして、岩山のいただきに赤の他人の見しらぬ男がいて、そやつがまた遠いわしのごとくでもある。ともかく、わしは一刻もはやく岩山のいただきに行きつかなくてはならぬ。そうでなくては、わしというものがこの世にありうる力はうまれまい。すでに、わしの矢はかなたに翔《か》けろうとしておる。こういううちにも、ときが移る。いざ、行こう。そなたもともについて来い。」

千草は首をふって、かなしげなようすを見せた。

「お供したいは山山ながら、その儀はかないませぬ。」

「何として。」

「かのいただきにはほとけのすがたが彫ってあり、それを彫るものは平太どのにて、このひと、ほとけの威徳と岩山の霊気と、二つを身一つに受けて、みだりに犯すことはできませぬ。もし妖気あるものがのぼるときは、いただきに行きつかぬさきに、身はおのずから八にも裂けてうせるでございましょう。」

「うむ。」

千草はしばらく考えていたが、ぽんと膝をうって、

「よいことをおもいつきました。守がおん手をおはなし下さらずば、わたくしもかなたに近づけぬことはございますまい。」

「どうする。」

「わたくし、弓と化して、おん手の中からはなれず、おん力にすがって、もろともにの

ぼりましょう。」

「みごと化すか。」

たちまち、千草のすがたは消えて、そこには一張の弓の置かれたのを見た。見るからに、妖気が座にただよった。これを手の中にとれば、妖気しぜんにおさまって、弓は月をも射るべきいきおいがあった。

九

宗頼は弓をとって、みずから馬に鞍《くら》をおいて、ひとり館を出た。たれにも告げず、たれにも気づかれなかった。岩山のふもとに馬を乗りすてたとき、日はすでに午をすぎていた。山路はしぐれていたが、手にした弓が案内をこころえたけはいで、それをたよりにのぼって行くと、けわしい道がおもいのほかはかどって、日のくれに、頂上にたどりついた。かなたの里のけしきは夕霧にとざされて見おろすことはできなかったが、かの岩かげにある平太の小屋は、戸のすきからもれる薄あかりに、すぐそれと知れた。

戸のそばに近づいて、すき見すると、榾を焚《た》く火のほとりに、平太はひとり坐して、なにやら経巻とおもわれるものを手に、ひくい声で誦《ず》していた。

「なにものじゃ。」

戸のうちから、さきにとがめられた。

「守じゃ。」

締まりもない戸をあけて、ついはいろうとすると、

「なにしに来た。かさねて来るなと申しておいたに。」

「先夜もてなしを受けた。その借をかえさぬうちは、気がすまぬ。山にはめずらしい魚のひもの、酒もすこしは提げて来た。夜あけまでにはもどろう。しばらく休むぞ。」

宗頼は押してはいった。平太もしいては拒もうとしなかった。ふたり、ことばすくなく、それでも火をかこんで酒を酌みかわしはじめた。

平太は宗頼の顔にじっと目をつけて、

「おぬし、あやかしに憑《つ》かれたな。」

「なに。」

「おれの目はくるわぬ。肚に一物《いちもつ》あって来たと見た。」

「一物とは。」

「ものいいたげに見えるぞ。申すことあらば、ひたと申せ。」

「よし。聞け。」

宗頼はすわり直して、まともに対した。

「かの岩肌にきざみつけたというほとけ、あまたあるにもせよ、ここから見わたすかぎ

りのところに、おぬしが手ずから彫ったのはどこじゃ。そのすがたはまのあたりには見えずとも、およそどこと、知れておろう。さきの日、かなたに突き出た崖とは聞いたが、崖のどのあたりか、目じるしはあろうな。その目じるしを、わしに告げよ。」

「告げたらば、何とする。」

「射る。」

「なにとて、射るぞ。」

「まわりくどいことはきくな。いいもせぬ。ただ、ひたと射る。」

平太は黙して、燃えさかる火の色を見つめていた。

「臆《おく》したか。わしの弓勢をおそれるか。」

吐き出すような声がそれに応えた。

「たわけ。ほとけはこの里の空においでなされる。ねじけびとがこれを射ようとならば、どこに向ってなりと、矢をはなてばよい。矢はおのれの身にかえるだけじゃ。」

「いや、どこにもあるほとけではない。おぬしが岩にきざんだほとけのことじゃ。かのほとけはこの岩山のすべてを背に負うて、山の向う側からは射かけるよしも無い。さればこそ、ここにはのぼって来たぞ。いえ、目じるしを。」

「射ようとて、射れるものか。」

そのあわれむような目つきは、かえって宗頼をせきたてた。

「いや、たしかに射るぞ。射たらば、おぬし、何なりとわしの申すことをきくか。」

「おれの手で彫ったほとけについて、おれは賭はせぬ。」

「いや、わしは弓矢を賭けていう。」

平太はまた黙した。宗頼はなおも詰めよった。

「申さぬか。」

「ほろびるのは、おぬしの身よ。」

「申せ。」

とたんに、平太の目があやしく光った。宗頼をその場に射すくめるほどの、するどい光であった。

「よし。申しきけてやる。かなたの崖は三段に高く切り立っておる。その三段目のはなの、わけてもうつくしいかたちの岩じゃ。そう、今しも月はのぼっておろう。この刻限では、まさに月の真下、空と谷とのさかいに、その岩があきらかに見える。そここそ、おれが手ずから彫りつけたほとけのしずもるところじゃ。またそれはこの里の空におでなされるほとけの、おのずから岩にうつり出た影じゃ。おぬし、影を射ようというか。あわれなやつよ。おれはこのわすれ草の茂れる地にひとり住むものじゃ。おぬしの身がどうなろうと、よしなきことには見むきもせぬ。おぼえもせぬ。行け。」

宗頼は床を蹴って立った。

「見ておれ。」

あけはなした戸口の、さしこむ月影に、その声がのこった。

十

日くれて、館では、うつろ姫の閨に、勝ちほこった藤内の声がきこえた。

「不思議じゃ。われながら奇妙じゃ。所詮《しょせん》だめとおもわれたおれのものが、みごとに役にたったぞ。たしかに姫をば射とめたぞ。天運はおれにある。守の位は身にそなわった。この運をのがすまいぞ。」

さっそく、ひそかな一室に、かねて語らいあった腹心のものども、徒党のみなみなが呼びあつめられた。藤内は上座にあって、気勢あらく、

「めんめん、たしかに聞け。この藤内こそ、こよい姫といいかわして、夫婦の契《ちぎり》をむすんだぞ。およそこの国の守の位につくべきものは、まことは姫そのひと、すなわち姫の夫たるに恥じぬものがその任にあたるべきじゃ。姫をないがしろにして、うまれも知れぬ化性《けしょう》のものとたわむれるがごとき、かの守めはもはや位をうしなったも同然じゃ。まして、この日ごろの乱心悪行は、国中これをにくまぬものは無い。今や、姫の夫はおれじゃ。すなわち、おれがまことの守じゃ。おれの背には、うしろ楯として、都なる姫の

家の権勢がある。おっつけ、都よりおもてむきに、ありがたき沙汰をこうむること必定じゃ。かねがね申しあわせたとおり、無道の守めをほろぼすことは、ここに名分あきらかにて、一夫の紂《ちゅう》を伐《う》つがごときものよ。めんめん、こよいをすごさず守めを討ってとれ。かの賊は日の高いうちから閨にこもってすがたを見せぬ。やつめに弓をとらせるな。ただひた押しに閨に押し入って、討て。千草もおなじ枕に討て。もっとも、千草を所望のひとびとあらば、こぞってこれを犯せ。」

威令おもおもしく、貫禄おのずからあらわれて、つねの藤内とは見えなかった。意外な閨の上首尾よりも、このほうが不思議のようであった。

「たれか、守めのようすを見とどけてまいれ。」

二三人立って行ったが、やがて引きかえして来た注進には、守と千草と、閨のうちやすらかに眠っているけはいという。そして、枕もとにもはなさぬ守の手なれの弓が、これは何のことか、帳の外に置きすてられてあったという。

「弓をわすれるとは、やつめの武運も尽きたぞ。めんめん、ぬかるな。押せ。」

太刀ひらめかして、どっと閨にみだれ入り、燭をかざして見れば、そこには枕が二つならんでいるだけで、守も千草も、のこり香すらにおわなかった。館のうちを隈なくさがしても影すら無かった。

「逃げたか。逃げたとしても、まだ国のうちは出まい。朝日ののぼるまでに、きっとさがし出し、斬りすてよ。」

　手配きびしく、要所をかためて、奥殿ではとりあえず祝宴となった。宴たけなわのころ、はらはらと軒にふりかかった音の、たちまちざっと横なぐりにふりしきって、はげしい雨であった。藤内は酔のあまりに、ふらつく足で廊に出て、軒のしぶきに首をちぢめながら、かなたの空を見あげると、はるか岩山の上あたりに、そこは雲はれて、月が高く照っていた。

十一

　照る月の光をあびて、宗頼は岩角に立った。足の下は底しれぬ深い谷である。谷はくろぐろと闇をたたえて、入海のようにかなたにひろがってゆき、そのはてに、ぐっと突き出た崖が、高くゆるぎなく、岩肌あかあかと照りかえって、波に浮く半島のかたちに、下から打ちよせる闇を堰きとめていた。そこに、闇は一きわ黒く、崖は一きわあかるく、空と谷との境をあらそうところに、崖の三段目のはなにあたって、夜目にもうつくしい岩のすがたがあざやかに見さだめられた。月は今まさにその真上にあった。

　宗頼は踏む足たしかに、かなたのうつくしい岩をにらんで、弓をひきしぼった。気合みちきって、声もなく、三本の矢はおのずからひとしく発した。矢は一体一すじ、闇を切り、月に光り、宙はるかに、まっすぐに射わたした。第一第二の矢は岩にぶつかって、そこに砕け、ぱっと折れ散ったと見るまに、あなや、第三の矢はみごとに岩のあたまを射けずり、これを射おとして、なおいきおいあまったか、空ざまに飛んで、月の高きにいどみ、遠く消えた。

「たしかに射たぞ。平太よ、おぼえたか。千草よ、わすれるな。」

そうさけんだとたん、足に踏んだ岩角の、さしもに堅い石が裂けくずれて、宗頼のからだは宙の闇に落ち、谷の底ふかく落ちこんで行った。そのとき、手にした弓は手からはなれ、たちまち炎を発し、一すじの光りものとなって、月の光をあざむき、谷からいただきに翔《か》けあがり、いただきを越えて、向うの空に舞いくるい、館の方角に飛び去った。

小屋の中には、火のほとりに、平太はまたもひとり経巻を手にとっていたが、かの第三の矢音がひびくとともに、巻はおのずから手をすべってさらさらと床に落ちた。「たしかに射たぞ……」さけびはここまできこえて来た。そして、木魂がまたそれをさけびかえして、声は小屋をめぐって鳴りわたった。平太は巻のすべり落ちたことにも気づかぬけしきで、耳を打つ声もついわすれ手足までうごくことをわすれたように、音もたてず、しばらくそこにうずくまったままであった。榾の火のおとろえてゆくのに榾をくべたさないので、燃えた枝はやがて白くなろうとしていた。燃えさしがくずれた。灰の中から火の枝が床に飛んで、巻のはしに燃えついた。巻は焦げて、にわかに炎をあげた。平太は目をあげて、それを見た。炎の中に、ひとりの若い女の、衣の色綾もあきらかに、なまめかしく立ったすがたがゆらめいた。束の間に、すがたは消え、炎は消え、床には燃えつくした巻の灰がのこった。

「小狐までが人間の妄執の炎に焼かれて死んだそうな。」

ぽつりとつぶやいて、平太は床に寝た。まださめない火のぬくもりに、うとうと眠ってゆくように見えたが、息はつい絶えていた。そのわかわかしい顔の、髪髯こそみだれたが、目鼻だちいやしからず、気合ひとに迫るのは、見まごうまでに、宗頼の顔にさも似ていた。

十二

その夜、館は宴たけなわのおりに、突然ふり落ちた光りもののために風雨もろともに炎となって、一瞬に燃えあがり燃えつくし、そこにいたかぎりのものは人馬ことごとく焼けほろびた。

夜があけると、晴れた空の下に、館の跡はいちめんの灰にうずもれ、燃えのこりの木があちこちにいぶりくさいけむりを吹いていた。その中にただ一ところ、青青とあざやかな色をたもって、草むらの、花をまじえ、風になびいているのが見えた。紫苑の茂みであった。茂みをすかして見ると、その奥に、なにやら黒焦げになった小さいものがたおれていた。ほとんど元のかたちをとどめなかったが、小狐のむくろと知れた。

焼跡の、今は目をさえぎるものなく、きのうまで館のあった地は、ただちにのびて、かなたの谷川のほとりにつづき、狩りくらした山野につづき、またはるかに岩山のふもとにつづいた。ここから遠く望めば、あたかも紫苑の一むらの背景をなすために、岩山がそこにそびえて、晴にも曇にも、空のけしきをととのえているというおもむきであった。

岩山のいただきには、岩に彫りつけたほとけだちが何体か、これは後方はるか下の紫苑には目のくれようもなく背をむけて、日日に息災《そくさい》な顔をならべていた。紫苑は年ごとに冬は死んでもつぎの秋にはまた生きかえる。ほとけだちは岩とともに変らない。すなわち、岩とともに変る。岩がくずれれば顔も手もくずれ、岩がほろびればいのちほろびて、生きかえるすべを知らない。ただ、ほとけだちは岩は絶対に変らないものと、その永遠の寿命を信じているようであった。

この死なない料簡《りようけん》のほとけだちの中に、ただ一体、首の欠け落ちたものがあった。崖のはなのうつくしい岩の、あたまの部分がすなわちほとけの首になっていて、その岩のあたまがくり抜いたようにけずり落されたので、ほとけの首もまた落ちた。しかし、首は谷の底までは落ちこまなかった。つい真下の岩のくぼみにころげて、くぼみに支えられて、そこにとどまった。この首のかたち尋常ならず、目をむき、牙《きば》をならし、炎を吐きかけ、あくまでも荒れくるって、悪鬼というものか、これを見れば三月おこりをふるうほどに、ひとをおびやかした。ところで、この首をもちあげて、それが元あった位置の、岩のあたまの部分に載せると、ぴったり納まった。そして悪鬼の気合はウソのように消えて、これを見れば相好具足、ずいぶん頼みになりそうな大悲の慈顔とあおがれた。そういっても、首は元の位置におとなしく納まっていない。夜になると、たれも手をつけるものがいるはずはないのに、首はおのずから落ちて、真下のくぼみに移った。また元にかえすと、また落ちる。ついに、その落ちたところからうごかないようになった。そこに、崖のはなの、ほどよきところに、ほとけだちの立ちならぶあいだから、悪鬼はぬっと首を突き出して、四方のけしきを見わたしていた。

　月あきらかな夜、空には光がみち、谷は闇にとざされるころ、その境の崖のはなに、声がきこえた。なにをいうとも知れず、はじめはかすかな声であったが、木魂がそれに応え、あちこちに呼びかわすにつれて、声は大きく、はてしなくひろがって行き、谷に鳴り、崖に鳴り、いただきにひびき、ごうごうと宙にとどろき、岩山を越えてかなたの里にまでとどろきわたった。とどろく音は紫苑の一むらのほとりにもおよんだ。岩山に月あきらかな夜には、ここは風雨であった。風に猛り、雨にしめり、音はおそろしくまたかなしく、緩急のしらべおのずからととのって、そこに歌を発した。なにをうたうとも知れず、余韻《よいん》は夜もすがらひとのこころを打った。ひとは鬼の歌がきこえるといった。

ふうふう、ふうふう

色川武大

■色川武大　いろかわたけひろ　一九二九（昭和四年）～一九八九（平成元年）

東京生まれ。旧制中学を中退し、終戦後の東京で無頼の日々を送る。編集者を経て一九六一年「黒い布」で中央公論新人賞受賞。六九年より阿佐田哲也名義で連載を開始した「麻雀放浪記」が絶大な支持を受け、世に麻雀ブームを巻き起こす。七八年「離婚」で直木賞受賞。代表作に「怪しい来客簿」「百」「狂人日記」など。ギャンブル、映画、ジャズなどを愛する型破りの趣味人として、文学の枠にとどまらない多大な影響を大衆文化にもたらした。

「ふうふう、ふうふう」は「話の特集」一九七六年一月号初出。

あの世、というと、どうもなんだかニュアンスがちがう。天国、彼岸、ますますぴったりこない。いっさいのものの向こう側だの、天の彼方《かなた》だの、そんな感じではなくて、あるとすれば、それは、我々の居る空間とはまったくダブっており、我々はただきわどくすれちがっているだけのような気がする。証拠はないけれど、こういう空間が他にあるものかと思う。

人が死んでどうなるかというと、燃えて死灰と化してしまうだけの話で、それにまちがいないようにも思われるが、確かなことはなにもわからない。人間は常にあやまちをおかしており、たとえ神さまが勘ちがいをなさっている場合でも、それ以上にミスをしている、とものの本に書いてある。

したがって我々は、逆にどれほどひどくまちがっても驚くことはないので、死ねばそれっきりと思おうと、死んだ向こうにまた何かあると思おうと、どう思おうがかまわない。どちらかといえば、死ねばそれっきりとなった方が、面倒がなくてありがたい。

あれは、突然やってくるもので、つい先日も大きな鳥が、頭上の夜空に来た気配で、夜鳥はひと声というが、その鳥は、

「御飯はいらない、御飯はいらない、御飯はいらない――」

二声も三声もそういって鳴きながら遠くへ去っていった。

そのとき私は寝転んで、胸の上の雑誌にぼんやり眼を向けていたが、周辺に陽炎《かげろう》がたったような気がする。そうして雑誌が何かに押されて顔の上に倒れかかった。

いそいで元の形に戻そうとするが、重たい空気の層のせいで雑誌がひしゃげていてなかなか立たない。宇佐美のお婆《ばあ》さんがもうそのとき脇《わき》に来ていて、遠慮がちにこういった。

「先《せん》だっては、ありがとうございました。思いがけなく、あたしのことなンかをまァ、あンなふうに書いてくださって――」

宇佐美のお婆さんは神楽坂《かぐらざか》の夜店に、大正頃から戦争中まで長いこと立っていた人で、昭和二十年代に養老院で亡くなったと覚しい。娘時代に不慮の出来事にぶつかり、それから終始一貫、世を捨てて孤独に生きた。人間は本当に生きようとすると化け物のように怪しく不恰好《ぶかっこう》にならざるをえない。

そういう感慨を下敷きにして、あのときはわざと名を伏せたが、つい二か月ほど前、『話の特集』にお婆さんのことを記した。どういうわけか、雑誌が出て二か月もしてから、不意に私のところにやってきたのである。

「ああ、お婆さん――」と私はいった。「あちらでも、達者で居たンですねえ」

「はい」

「お変りがなくて、結構です」

「はい」

宇佐美のお婆さんは客をよりつかせないほどの異相で、夏冬着たきりのぼろを荒縄なんかで縛っており、賑《にぎ》やかな夜店をそこだけポッッと暗くさせているような人だったが、その晩は髪に油をつけ、小ざっぱりとしたものを着ていた。そうして柔らかい笑顔を私に向け、こっくりこっくり頷《うなず》いた。

「――これが」と彼女がいった。「あたしの父親でございます」

小柄な、無精髭《ぶしょうひげ》を生やした老人がペコリと頭をさげる。

「これが、母親でございます」

母親という人は彼女より若い。

「これが、姉《・》とその連れあいでございます」

「皆さんお揃《そろ》いで――」と私はいった。

いつのまにか私はがっしりとした木の椅子《いす》にかけており、暗い本堂のようなところに居た。そうして彼女たちは小桶《こおけ》や花を手にしており、そそくさとどこかへ歩み去ってい く気配だった。ここが、皆の墓所で、今日は墓参に来たのですよ、とお婆さんがいった。私のかけている椅子がすべりだして、明るい戸外に出た。墓の中の小道を歩いている宇佐美のお婆さんたちの姿が見える。

私を乗せた椅子は逆の方に動いて、手洗場の藁《わら》屋根の下をくぐり、墓すれすれに空中を飛んだ。しかし、私の墓はない。

とうとう墓所のはずれに来、竹柵を越えた。そこは崖《がけ》になっていて、はるか下方に参道が見え、大勢の人たちが昇ってくるところだった。それとは逆に私の椅子は墓所に背を向けて下降していく。大勢の人たちは身体をぶつけあい押しあいながら、ただ一心に墓所を目ざしている。ところどころに枝道が合わさっている辻《つじ》があり、小商人が三寸を並べていた。

知人のP氏がそこで白い帽子を買っていた。P氏はまだ壮年で大元気である。私は急に気になって、延々と続く人波の一人一人を見定める姿勢になった。

昭和二十四年頃、都電通りに面していたにもかかわらず、その一帯はまだ焼跡のままで、風が吹くと焼けトタンが揺れてガランガランと鳴った。

そこに、ポツンとバラックが建った。三坪ほどの土間と、奥に畳を敷いた六畳があり、表に赤提灯《あかちょうちん》がかかる。

焼酎《しょうちゅう》と、豚汁と、暖かい飯ができて、おかねさんという寡婦《かふ》が、二十七、八になる息子と二人でやっていた。おかねさんは掌《てのひら》に乗るかと思えるほど小さくて細かったが、息子は逆に骨太でがっしりしている。

話好きで、おっちょこちょいで、お人好しで、まァ好青年といえたと思う。年長年下にかかわらず来る客から、まァちゃんという愛称で愛されていた。或《あ》いは、そういうふうに愛されているよりほかになかったのかもしれない。店の切り盛りはすべておかねさんがやっていた。まァちゃんの仕事は、主に皿《さら》や丼《どんぶり》を運んだりするウェイターの役で、それ以外は、午前中、母親にいいつけられたものを大いそぎで河岸《かし》に買いに行く。

調理も母親、洗い物も母親、鍵《かぎ》は母親が自分で持っている。二十四時間営業だったが、おかねさんは客のたてこまない時間、飯と汁をたっぷり作って少し余裕をこしらえ、奥の柱によりかかって数時間うとうとするだけである。客の誰もがごく当然のように、勘定はまァちゃんにではなく、おかねさんに手渡した。

一度、まァちゃんが黙って映画を見に行ってしまったことがあった。彼が帰ってきたとき、おかねさんは土間の奥でバケツに水を汲んでいたが、いきなり、頭から水を浴びせた。まァちゃんの眼鏡の蔓《つる》から糸のように水滴がしたたり落ちた。

「母親を寝ずに働かせて、何してやがンだい——！」

私はいつのまにかその店に、ほとんど毎夜立ち寄るようになった。特別の仔細《しさい》はない。閉店時間がなかったからだ。客の大半がタクシーの運転手で、彼等も気さくに我が家のように振舞っており、私が焼酎に酔ったふりで隅の板壁によりかかって朝までうとうとしていても目立たなかったせいもある。

その頃私は、片一方で火の出るような博打《ばくち》にふけっており、生家を飛びだして、巣無しであった。その片方でいろいろのことをやった。例えば乗馬クラブに入って馬場馬術の基礎を習い覚えたり、例えば知人の家に集まって同人雑誌をやったり、旧知の浅草のショーの世界の人たちともつきあっていたし、上野の地下道に寝ている人たちには大体顔を知られていた。知り合いの女の世話で、その父親が勤める通運会社に勤めたこともあったし、炭屋の小僧になったこともあったが、そのどちらのときも夜は博打場に戻り、そこから出勤した。おかしな生活だった。乗馬クラブの知人たちには横浜に住んでいるといい、浅草の人たちには大久保に居るといった。炭屋では大井町にいることになっていた。私は自分でもその気になるために、ときどき横浜や大久保や大井町に出かけていき、そのあたりの道路で寝た。

夏は、主に六郷《ろくごう》川の鉄橋で寝た。あるとき橋桁《はしげた》のつもりがまちがえて線路の上で寝ており、起きて、鉄橋を渡りきったとき、始発の電車が走ってきたことがあった。

しかし冬が辛《つら》かった。二十歳前後の私が打てる博打は、たとえ修羅場であっても金嵩《かねがさ》が細い。勝つことも負けることもあり、少し油断するとタネ銭が細る。切りつめられる出費はなくさねばならない。私は放縦で、無計画に金を使うが、そのかわり放縦ではない基本的な出費を減らそうと考えた。普通の日はカケソバ一杯ですごした。ドヤに泊る金も倹約した。

おかねさんの店は、だから便利だった。安かったし、飯も汁も吟味《ぎんみ》されていた。豚汁が吸えない日は焼酎一杯でもよかった。私はどの筋の知人にもこの店を教えなかったから、いつも一人だった。

ある夜、客がとぎれたとき、おかねさんがこう問いかけてきた。

「あンた、女は居ないのかい」

「居ないよ」

「嘘《うそ》だろう」

「居るように見えるかい」

「一人じゃ、辛いだろうに」

私は誰も連れていかなかったけれど、一人だけ例外があった。私が結局、不実なことをしてしまった女の人が、探り当てて店を訪ねてきた。私たちは黙って豚汁で酒を呑《の》み、女の人は泣いた。彼女は二時間ほど泣いて帰った。私はまァちゃんには、姉だといった。

「誰が姉なンかであるものか」とおかねさんが笑った。「早く世帯を持っちまえばいいンだよ、そうすりゃあンただって――」

私は孤独とはいえなかった。私はとにかく博打に身を燃やしていたし、他にもいろいろとやりたいことがあったから、私の眼には、この親子の方がそれぞれよほど孤独に見えた。

都電通りはゆるく長い坂になっており、坂下では犬がよく轢《ひ》き殺されたし、時々犯罪がある公衆便所があった。店の水道がよくこわされるので、おかねさんはしょっちゅう公衆便所まで水を汲みに行かねばならなかった。

ある夜、小さな身体で両手にバケツを持ってふうふういっている彼女と出会い、代りに持ってやった。すまないね、と彼女がいった。

「こんなこと、まァちゃんにやらせればいいのに」

「役に立つもンかね、あンな奴」

まァちゃんは夜半の三時すぎから明け方まで仮眠する。その時間、客の註文がとぎれたとき、土間の火鉢《ひばち》のそばに出てきて一服するのが彼女の唯一の楽しみらしかった。

「娘時代、こンなにちっぽけだから、男は誰も振りむいてくれないしさ、売れ残っちまうと思ってね、ほンとに二十八まで、あたしゃ男を知らなかったね、もう誰でもいいから片づきたかった、やっと世帯を持ってくれる人が居て、それだけでもうあたしゃその人が好きになっちまった――」

「やれやれ、と思ったさ。ところが亭主が突然病気で死んじまってね。円タクの運転手だったから貯えもないし、子供は居るし、それから二十年――」

「二十年だよ、あンた、戦争をはさんでね。それでやっと、この掘立て小屋ができたンだ、その柱ひとつ、板壁一枚、あたしが一人で働いて作ったんだ、一人でさ――」

「女の人はいいな――」と私はいった。「二十年も、ひとつの宿題をとおして生きてこれるンだ、これをやらなきゃしょうがねえって生き方ができるンだからな――」

「だがね――」と私は続けた。「まァちゃんに、おばちゃんのように働けといっても無理だぜ。男には、これでいいって生き方はねえンだ。男はいつも、迷い、なやンでる。まァちゃんだってきっと――」

「あたしは息子のために働いてきたンだよ」

「そいつァそのとおりだろうさ。結婚して、子供を育てる、そういう女の生き方を笑える奴ァ一人も居ねえだろうよ。ところが野郎ときたら、どんな生き方をしたって、どこか不完全で、誰かに笑われているような気がしてしょうがねえもンだ。子供を育てるなンて立派な項目は男の生き方にはねえンだからな。男のすることの一番根本は、誰にも笑われねえ場所をみつけるために、もがくってことなンだ。そのもがきを封じちゃいけねえ。まァちゃんにももがく自由を与えてやりな」

「むつかしいことはわからないけどね、あたしゃ子供のことばかり考えてきたよ」

「一人で働いて辛かったろうが、そうしてるときがおばちゃんは幸せなンだよ」

「じゃァ、女にはなやみなンか、ないっていうのかい」

おかねさんはあきらかに私を軽蔑《けいべつ》したようであった。

「女を知らなすぎるよ。早いとこ世帯を持って、それから大きな口を叩《たた》くがいいンだ」

「まァちゃんも女を知らねえようだぜ。奴こそいい年だろうに」

「甲斐性《かいしょう》があればみつけてくるだろうさ。いくらいそがしくたって、女の一匹や二匹くらい」

私はおかねさんともまァちゃんともそんなふうに口論ばかりしていた。つまり、その店の内輪に近い客になったのだ。勘定は、あるとき払いの催促なし。

店ができてから五、六年の間に、その一帯もめっきり変って、印刷の町工場やタクシー会社などが建ち並び、それらの会社の給食なども引き受けた。店はあいかわらずの狭さだったが、坂の中途の石垣の所にはひと休みにくるタクシーが列をなして停まっていた。

「今度ね、二階を作ろうと思うンだけど——」とおかねさんが嬉《うれ》しそうにいった。「でも、かんじんの嫁さんがきまらないからねえ」

私も少し暮し方を変えていたが、まァちゃんも三十をとうに越した筈で、表面屈託なく籠《かご》などをぶらさげて河岸へ行ったりしていた。が、肉がだいぶつき、中年の感じが顔に出はじめていた。

私の眼にはあまりつかなかったが、おかねさんはいろいろ手を打っていたのではないかと思う。丈夫で、長持ち、というのがおかねさんの嫁に対する条件であった。それに対してまァちゃんは、いつもそうだったが、自説をあまり主張しない。店はますます繁《はん》昌《じょう》し、階下を全部土間にし、住まいを二階に建て増したが、嫁の件はどうも埒《らち》があかない。

貧乏人には田舎の女に限る、といいだしておかねさんが近県の伝手《つて》のところに時折り出かけた。

ある日、ひと眼で気にいったので、話をきめてきた、と彼女がいった。

「そりゃ無茶だろう、本人がきめることだぜ」

「無茶なもンか、いつまでたってもあン畜生にゃきめられないンだもの」

まァちゃんはその人と見合いをし、いいよ、といったという。私たちには、越路《こしじ》吹雪《ふぶき》に似てるぜ、といったりしたので、ひそかに笑い者になった。

ところが式をあげた夜、嫁と二人でおかねさんにこういったという。

「僕たちは外に出て、自分たちで何かやってみるよ」

そうしてその翌日、二駅ほど離れたところに母親の店よりまだ小さい店を借りておでん屋をはじめた。

おでん屋は実を結ばず、麻雀屋に転向した。が、それも狭すぎて駄菓子屋に変った。それから又、母親の店と同じような運転手相手の飯屋になった。

おかねさんは私の顔を見るたびに、息子の店に行ってやってくれといい、まァちゃんも昼間などやってきて立ち働き、母親の身体を休ませてやったりしていた。母と子の関係にさして変りはないように見えた。

私の環境の変化でしばらく無沙汰《ぶさた》し、ひさしぶりで寄ってみると、夜のかきいれの時間だったが、まァちゃん夫婦が庖丁《ほうちょう》を握っており、おかねさんの姿はなかった。

「――お袋は出て行ったよ」とまァちゃんが眼を伏せたままいった。

「高尾山の麓《ふもと》に、今居るよ。悠々《ゆうゆう》自適ですよ」

高尾の町はずれにアパートを建て、管理人を兼ねてそこに居るという。

その次にその一帯を歩いていたとき、一軒の商店からおかねさんが走りだしてきて私の名を呼んだ。

「会いたかったよ、あンた」

「アパートを建てたっていうじゃないか」

「狸《たぬき》が出そうなところだよ。知っている人間は居ないし、離れ小島に流されたようで淋《さび》しくって淋しくってあンなところに居らンないよ。一言も口をきかない日が多いンだよ。なンにもすることがないンだよ」

彼女はそこまで一気にいうと、ポロッと涙を散らした。

「馬鹿な一生を送っちまったよ、あたしゃ」

「そンなことないよ、立派だったよ」

「ねえ、女になやみなンかないっていっただろう、大ありなンだから、今じゃなくたって、昔から大ありなンだよ、それが男にゃわからないンだ、あたしだっていろンなことがしてみたかったンだよ」

息子のところに来た途中なのかと思ったがそうではなかった。彼女とまァちゃん夫婦の間は交通杜絶《とぜつ》していて、彼女は以前の近隣の誰彼と話がしたいために、小一時間もかけて出てくるのだった。

それからしばらくして、おかねさんが病院にかよっているという噂《うわさ》を耳にした。腎臓《じんぞう》だとか、老人性結核だとか、いや癌《がん》らしいとか噂はいろいろだったが、そうなってからも彼女はしょっちゅう息子の店のそばまでは遊びに来ていたらしい。

交番のある四つ辻で、次にばったり会ったとき、小柄な彼女が糸くずのように細くなっているので驚いた。顔は逆にむくんでいた。

「遊びに来て頂戴《ちょうだい》よ、泊りに来てよ、ねえ、電車に乗ればすぐなンだからさ」と彼女はいった。

「まだ世帯は持ってないンだろう、洗濯《せんたく》でもなンでもしてあげるよ、自分の家みたいにしていればいいンだからさ、ほんとに来てくれる、布団《ふとん》だってなンだって二組も三組もあるンだから、忘れないで頂戴よ、地図をもう一度あげとくからね、楽しみに待ってるよ、ほんとだよ、あっちだっていいとこさ」

ああ、きっと行くとも、もちろんだよ、お酒ブラさげてくよ、嘘じゃないよ、ほんとに行くよ、と私はくり返した。しかし、まもなくおかねさんは死んだ。肝臓癌だった。

寝返りを打とうと思って右手を動かそうとするが、柔らかい粘土《ねんど》か、湿った糠《ぬか》の中に突っこんだような感じで手が思うように動かない。そのあたりの空気が密度を増しており、そのために、ずきん、ずきん、と断続的に頭がしびれてくる。何かがすぐそばにやってきていることは自明の理で、だからその方を眺めてみたいが、首が廻らない。

「あンた——」

私はその声で誰かすぐわかったが、ちょっと驚いた。あれからもう十数年もたつのに、おかねさんがまだそのへんにうろうろしているとは。

「おばちゃんだな、あれからずっと、達者だったかい」

ふうふふふン、ふうふふふン、とおかねさんは鼻唄《はなうた》を、わざとのように唄っていたが、不意に糸くずのような頼りない身体で、ぺたと私の背中に張りついた。

「おばちゃん――」と私は背後にいった。

ふうふふふン、ふうふふふン、と鼻唄を唄いながら、おかねさんは私の背中にばかりでなく、下半身から足の裏側にまでぴったり張りついてきた。私の股《また》の間にも入ってきた。

おかねさんというより野の獣のようで、たとえようもない悪感《おかん》に襲われた。しかしその悪感ゆえに或《あ》る安定した気持にもなった。ああ、おかねさんもやっぱり、獣だったンだな、と思った。

もうすっかり眼がさめており、身体も自由に動いたが、おかねさんの身体は私にぴったり張りついたままだった。私は彼女の気配がうすらぎ、消えるまで、ベッドで身を動かさないでいることにきめた。

「神戸」より第九話「鱶《ふか》の湯びき」

西東三鬼

■**西東三鬼**　さいとうさんき　一九〇〇（明治三三年）〜一九六二（昭和三七年）

俳人。岡山生まれ。日本歯科医専（現日本歯科大学）卒。シンガポールで歯科医を開業し、帰国後は東京で病院に勤務する。一九三三年、句作を始め、新興俳句運動の興隆とともに頭角を現すが、四〇年「京大俳句事件」に連座し検挙され、終戦まで筆を折る。四二年神戸に移住。戦後復活し、現代俳句協会の設立、俳誌「断崖」の主宰など、旺盛な活動を展開した。句集に『旗』『三鬼百句』『夜の桃』『今日』『変身』がある。

「神戸」は「俳句」一九五四年九月号〜五六年六月号初出。

私は「神戸」の話を既に八回書き、これからも書くのだが、何のために書くのか、実はよく判らないのである。読者を娯《たの》しませるためなら、事実だけを記録しないで、大いにフィクションを用いるだろう。しかし、頑強に事実だけを羅列していたところをみると、目的は読者の一微笑を博したいのでもないらしい。しからば稿料であるのか。残念ながら「神戸」一篇の稿料は、毎回の徹夜を意に介しないほどの魅力を持たない。

かくして、ようやくおぼろげながら判って来た執筆の目的は、私という人間の阿呆さを公開する事にあるらしいのである。だから、私のくだくだしい話の数々は、何人のためのものでもなく、私にとっても恥を後世に残すだけの代物である。しかし私は、私が事に当るたびに痛感する阿呆さ加減を、かくす所なくさらけ出しておきたいのである。

私はワイルドも、ルソーも、芥川龍之介も、懺悔録に関する限り信用しない。信用はしないが、彼等がそれを書いた気持、書こうとした気持だけはよく判る。誰よりも判るといいたい位に判るのである。

さて私は本篇の第一話に「東京のすべてから遁走して神戸に来た」と書いたが、最大の理由は、私自身の阿呆さ加減にひどく腹を立てたからである。それも事に当ってヘマをやったというような事でなく、私の性格の中には、誰も納得してくれない阿呆性が厳存しているのである。これは子供の頃から少しずつ判って来て、四十歳を過ぎる頃からは、「わが一生は阿呆の連続ときわまったり」と覚悟をきめるようになった。

私は女の人に頼まれて、その人に子を産ませたのだ。

その人とは昭和九年に東京で知り合い、まもなく普通の知り合いでなくなったのだが、私には妻と一人の子があった。だから私は、私の血の流れ伝わる子を、相手が誰であろうと、もう一人産ませようとは思わなかった。その頃の私は、昭和十年秋に肺患に罹り、一時小康を得たが、昭和十三年春、再び重態に陥って入院、危篤という有様であった。その間、その人は、昼間は他の病院に勤務し、夜はしばしば徹夜で私を看病してくれたのである。その人（などとよそよそしい呼び方をすると、これを書いている今も、台所で何かコトコト刻んでいるからあとで憤慨するだろう。では名前をはっきり書こう。絹代である。）には、長崎近くの海辺の生家に両親があって、長女の彼女が東京から帰らず、婚期を過ぎようとするのに、結婚の話をうけつけない事を歎いていた。

私の病気は奇蹟的に癒って、昭和十四年には、職業を変えて会社に関係したり、商売を始めたりしたが、一度覗き見た死の深淵は、眼をつぶりさえすればいつでもありありと現出した。私を死から引き戻してくれたのは、ひどい麻薬中毒の医者と、看病した絹代である。

昭和十五年八月末日の未明、私は京都府警察部のお迎えと共に家を出て、しばらく京都で過したが、絹代という女性は私を相手に定める位だから、少し好人物の所があって、私がとぐろを巻いていた松原警察署の署長宛に、三日にあげず歎願書を送るのには閉口した。閉口したのは私ばかりでなく当の署長で、彼は警察本部の特高から、うるさい人間を預かって取扱いに苦労している所へ、その留置人がいかに善人であって、大それた謀叛など企らむ人物でない事を、自分の体験を主にして掻き口説く絹代の手紙が後から後から来るのである。うるさいやら、くそいまいましいやらの彼は、その手紙だけはいつも自ら特高の部屋へ持参して、餡パンなど食っている私の前へポイと投げ出し、何か一言いいたいのだが、私がいかなる大罪人か判らないので、遠慮してガタビシと去るのであった。餡パンはその手紙を書いた人が、既に甘い物の少なくなった東京中を歩いて、やっと探し当てて送ったものであった。

その年の秋、私は京都から帰ったが、翌々年の昭和十七年春、私は途方もない難題を彼女から吹きかけられた。

子供を産ましてくれというのである。

驚いて理由をきくと、九州の働きものの老母が病気にかかり、それが子宮癌と診断が決まったが、本人も死期を感づいており、死ぬまでに孫が欲しいと、未婚の絹代を責めるというのである。彼女は元々母親思いだから、何とかして今生のうちに、母の念願をかなえてやりたい、といって今から結婚の相手を探していては、癌の母の死までに間に合わないし、仮に結婚の相手がみつかったとしても、母に見せてやりたい子供が出来るかどうか判らない。

だから何とかして、母の死ぬまで（彼女は看護婦だから、それが一年以内である事を知っている。）に子供を産ませてくれと、眼の色を変えて要求するのである。

私は死にかかっている時、彼女に救われた。その返礼は一生出来ないと思っていた。今私にその機会が来た。それでは甚だ心元ないけれど、彼女のために、又彼女の死にゆく母のために、種馬となって一人の人間を創り出す事に協力しよう。若し子供が生れたならかくし子になるのであるが、成長の後に、自分が人々に切望されて創り出された事を知ったら、許してくれるかも知れない。

阿呆はぼんやりとこう考えた。

春過ぎて夏、彼女は胎内に子を持った事に気がついた。生が死よりも早く来た。

私は絹代が両親にどういう手紙を書き送ったのか知らないが、父親からは母の死の前に「ムコどん」同道で一刻も早く帰れといって来た。彼女の「ムコどん」は四十三歳で、人の夫であり父である。

私は後年になってつらつら考えたのであるが、絹代が子供を産む事を望んだのは、果して母のためというだけの理由であったろうか。彼女も亦、一人の子を産むことで、もう一人の女性に挑戦する資格を得ようとしたのではあるまいか。しかし、その時の阿呆は「償い」の事ばかり考えていたのだ。そして、そういう事になった自分に心底から腹を立てた。

私は断われない人から頼まれて子を産むことに協力したために、難儀はこれからスタートを切って、今日まで続くのであるが、その時は、私が「ムコ」として彼女と共に長崎くんだりまで行くのだといわれ、びっくり仰天したのである。私はあらゆる弁舌で、それが如何に無茶であるかを彼女に説いたが、既に自信の根源を胎内に奪略した彼女は、ニコニコとして「ムコどん」を連行する事に決めているのである。そして微笑の間々に涙を流すのである。私は空気の抜けた風船玉のようにしぼんだ。

世に「乗りかかった船」「五十歩百歩」「毒食わば皿まで」等という諺がある。（隣国には「没法子《メイファーズ》」という言葉がある。）

昭和十七年秋、私は東京発九州行の汽車にぼんやり乗っていた。傍には大きな腹をした絹代が、大満悦の顔で窓外の景色を賞めていた。彼女にとっては里帰り、しかも老母待望の孫を胎に持参しているのだ。

窓硝子《まどガラス》に私の顔が写っている。私は眼をそらさずにその顔を見る。彼は口をうごかして何か物を言う。車輪の響の間々に、何かブツブツとつぶやいている。「こんな話聞いた事がない」とつぶやいている。

私達は門司で一晩身体を休める事にした。

駅の旅館案内所に訊ね、薄ぎたない宿屋に着いた。火鉢には割箸がつきさしてあり、食事は旅館仲間の共同炊事で、そろそろ薄ら寒いのに、暖かい食べものは一つもない。コロモ沢山の鰯の天ぷらを、その火箸代りの割箸にはさんで、乏しい火鉢の火を口をとがらして吹きながら、その上であぶり、ジュッともいわないのを食っていると、又も耳のそばでつぶやく声がした。

「こんな話聞いた事がない」

翌日の午後、私達は湖水のような大村湾に面した絹代の家に着いた。風景は絶佳であった。しかし此際の私にとって風景が何の役に立つか。

私は彼女の両親の前に、両手をついて長い礼をした。何を言ったか、今は覚えていないが、多分何も言わなかったであろう。私は両手をついて頭を垂れて、しばらくそのままでいたが、その間に「これは変だぞ、こういう事は前にもあったぞ」と気がついた。

そしてその通りである。私は並大抵の阿呆ではないのだから、既にニセムコの経験者であったのだ。それを思い出した。

それは私が二十六歳で学生生活を終って、長い間の婚約者と結婚する事が目前に控えており、その上、その年の冬には海外へ渡航する事が決まっておりながら、Y新聞の婦人記者とアッというまに恋愛してしまい、夏から秋にかけて、狂った走馬燈のような毎日、毎夜を過した時の事である。

その頃、新聞の婦人記者は、東京にも二、三人位のものであった。そしてその美貌にも拘らず彼女にスキャンダルがなかったのは、賢明な彼女が職業を大切にして、男嫌いをよそおったからであった。

彼女にも老いたる母があって、娘が結婚の相手を引き合せてくれる日をひたすら待っていたのだ。

そこへ私が登場した。

彼女は当時の流行語で「モダンガール」という、いやな言葉で呼ばれていた女性ではあったが、これも母思いで、いよいよ私の結婚が、私のどたん場の悪あがきでもどうする事も出来なくなって、十一月某日挙式と決定した時「一生の願い」だから、彼女の結婚の相手の顔をして母に会って「長い間の期待に、たとえウソでもいいから応えてやってほしい」と言われ、私はその人と死んじまおうかと思っていた位だから、一生一度だと思って母なる人の前で、花ムコ候補の大演技をやってのけたのである。その時憔悴しきった青年は、それから二十年後、九州の果《はて》で同じように、老いたる人にしたように、万の言葉で詫びながら、だまって長い礼をしたのであった。

何たる事だ。

・

大村湾の老父母は、素朴きわまる方言で私をもてなした。私にはその言葉の意味が殆ど判らなかった。判ったのは、彼等が都会にいる娘を愛しており、その娘が連れて来た中年男に敬意を払っている事であった。

着いた日の翌日、父なる人は、古びたムコどんに食わせるため、庭の直ぐ下の海に膝まで浸って、岩にかくれている飯章魚《いいだこ》をつかむのであった。私も同じ事を試みたが、私のさぐる岩には何物もいず、腰が痛くなるばかりであった。老父も時々身体を起して腰を叩いた。

絹代は平然としていて、私には解し難い言葉で、父や母と昔語りをし、牛小屋へ飼料を運んだり、鶏小屋の前で菜っ葉を刻んだりしていた。私はすっかり板についたその姿を遠くから眺めて感心していた。彼女には父母をだましている気持が毛頭ないのであった。早く子供を産んで両親に捧げたいだけであった。そして、胎の中にその子供が存在する事は、決して嘘ではないのだ。——しかし、そこのところが、男の私には何とも判りにくいのだ。

その翌日は私の最も恐れていた日で、親類一同を招待して、娘とそのムコを引き合す祝宴が張られるのである。

その日は朝から人の出入りがはげしく、台所には近所のおかみさん連中が、外国語のような言葉でわめき立てていた。そのうち、市場へ行った男達が魚籠《びく》を提げて帰った。土地の習慣で、祝宴の魚料理は、その日集った人達が自ら庖丁をとるのだ。

私は海辺の舟虫の群がる崖に腰かけて、観念の眼をとじていたが、どんな魚を料理するのか覗いてみたくて、男達の背後からソッとみると、地べたの上には三尺程の灰色の鱶《ふか》が二本投げ出してあった。

やがて熱湯が運ばれ、その薄気味の悪い魚が、何度も地べたで裏返されては熱湯を浴びた。どこかのおやじさんが、まな板代りの板切れを地べたに置き、忽ちその鱶の皮を剝ぎ出した。ざらざらした灰色の皮が、ベリベリと剝がれると、中身は白ナマズのようなイヤな色をしていた。どこかのおやじさんは、それを長い三枚におろし、ギョキギョキと刺身に切り出した。嘔きそうになって、私はそっと逃げ出し、鶏小屋の前にしゃがんだが、そこの飼箱には、いつのまにか、ザラザラの鱶の皮がブツ切りにして投げ込んであった。

私のいるところはなかった。私の顔の色は裸にされたあの鱶の色であったろう。

子宮癌の老母が、ニコニコしながら、判り憎い言葉で私に風呂をすすめた。土の代りに藁を壁にした風呂場で、私は素直に裸になった。水と燃料を節約するので、湯は膝頭にようやくとどく程度であった。直径二尺位の小さな底板の上にしゃがんで、私は又もや眼をつぶるのであった。

祝宴は正午から夜まで続いた。

大きな皿に鱶の刺身が山と盛られ、老若男女、ここをせんどと駃舌《げきぜつ》を交換しながら、酢味噌をつけてむさぼり食うのである。その皿は幾度も私の前に廻されたが、私は嘔吐しないために、頑強に眼をつぶっていた。

酒はくさくて咽喉に落ちてゆかなかった。

善良なる海辺の人々は、やがて皆々手拍子を叩いて、緩慢な唄をうたい出した。その意味は勿論私に解しようはなかったが、太陽があって、海があって、魚貝があって、男は強く、女はよく子を産むという意味ではないかと思われた。

絹代はチラチラと私の方をうかがっていた。私は山盛りの食物を前にして、空腹のために冷たい汗を額に流しながら、人々に合せて手拍子を打った。

私の膝の上は、善良な人々が無理にすすめながらこぼした酒で、ビショビショになっていた。やがてその冷たい液体は、老父から借りた袷を滲透して、私の膝を冷却した。いつのまにか私は震えていた。すると初めて、私の眼前にいる女の胎内の子に、愛に似たものを感じたのである。その夜、祝宴が果てるまで、私は震えながらも席を立たなかった。

その翌日、私はひどい嘔吐と下痢をし、悪寒、戦慄で倒れた。食わなかった鱶があたる筈はない。原因は裏の海にころがっている真珠貝である。

家の庭から見下ろすと、四尺下に海があって、水深四、五尺の底に大きな貝がごろごろしている。あれは食えるかと絹代に訊くと、禁漁になっているが、肉は厚くて焼いて食うと「ウマカ」という。「ウマカもんなら一ちょう食おう」と、ムコドンも郷の言葉で、いろりで焼いて貰って昼飯に一口食ったが、口に入れる前に、「これは中毒《あた》るぞ」と思った。食後十分、案の定で七転八倒の苦しみ。これが私だけで、常々盗漁して食う家人には、あたったためしはないという。

阿呆に天罰が下ったのである。

その翌日、私だけ東京に発った。

老母は翌年、孫の顔を見てから死んだ。

私が東京から遁走したのは、九州から帰った年の冬であった。

東京からといっても、実際は東京の私の「阿呆」から逃げたかったのだと——これは神戸に着くと再び始まった阿呆な行状に、われながら呆れてから気がついたのである。

つまり、どこまで逃げてみても、私は私から逃げられない事に、神戸に来てから少しずつ気がついたのである。

逃げても軍鶏《しやも》に西日がべたべたと

という写生句を播州で作ったのは、戦争が終ってからであった。

絹代は今は私の家人であり、祈願されて産まれた子は中学一年生である。

おーい　でてこーい／月の光

星　新一

■星新一　ほししんいち　一九二六（大正一五年）〜一九九七（平成九年）

東京生まれ。東大大学院在学中に父の一（星製薬創業者）が死去、中退して同社を引き継ぐ（のちに倒産）。一九五七年「セキストラ」が「宝石」に掲載されデビュー。以降、ショートショートを中心に創作活動を展開、その作品数は千篇を超える。短篇集に『ようこそ地球さん』『妄想銀行』など、他に長篇ＳＦ「声の網」、父・一の伝記「人民は弱し官吏は強し」などがある。

「おーい　でてこーい」「月の光」は、一九七一年に刊行された自選短篇集『ボッコちゃん』に収められた二篇。

おーい　でてこーい

台風が去って、すばらしい青空になった。

都会からあまりはなれていないある村でも、被害があった。村はずれの山に近い所にある小さな社《やしろ》が、がけくずれで流されたのだ。

朝になってそれを知った村人たちは、

「あの社は、いつからあったのだろう」

「なにしろ、ずいぶん昔からあったらしいね」

「さっそく建てなおさなくては、ならないな」

と言いかわしながら、何人かがやってきた。

「ひどくやられたものだ」

「このへんだったかな」

「いや、もう少しあっちだったようだ」

その時、一人が声を高めた。

「おい、この穴は、いったいなんだい」

みんなが集ってきたところには、直径一メートルぐらいの穴があった。のぞき込んでみたが、なかは暗くてなにも見えない。なにか、地球の中心までつき抜けているように深い感じがした。

「キツネの穴かな」

そんなことを言った者もあった。

「おーい、でてこーい」

若者は穴にむかって叫んでみたが、底からはなんの反響もなかった。彼はつぎに、そばの石ころを拾って投げこもうとした。

「ばちが当るかもしれないから、やめとけよ」

と老人がとめたが、彼は勢いよく石を投げこんだ。だが、底からはやはり反響がなかった。村人たちは、木を切って縄《なわ》でむすんで柵《さく》をつくり、穴のまわりを囲った。そして、ひとまず村にひきあげた。

「どうしたもんだろう」

「穴の上に、もとのように社を建てようじゃないか」

相談がきまらないまま、一日たった。早くも聞きつたえて、新聞社の自動車がかけつけた。まもなく、学者がやってきた。そして、おれにわからないことはない、といった顔つきで穴の方にむかった。

つづいて、もの好きなやじうまたちが現われ、目のきょろきょろした利権屋みたいなものも、ちらほらみうけられた。駐在所の巡査は、穴に落ちる者があるといけないので、つきっきりで番をした。

新聞記者の一人は、長いひもの先におもりをつけて穴にたらした。ひもは、いくらでも下っていった。しかし、ひもがつきたので戻そうとしたが、あがらなかった。二、三人が手伝って無理に引っぱったら、ひもは穴のふちでちぎれた。

写真機を片手にそれを見ていた記者の一人は、腰にまきつけていた丈夫な綱を、黙ってほどいた。

学者は研究所に連絡して、高性能の拡声器を持ってこさせた。底からの反響を調べようとしたのだ。音をいろいろ変えてみたが、反響はなかった。学者は首をかしげたが、みんなが見つめているので、やめるわけにいかない。

拡声器を穴にぴったりつけ、音量を最大にして、長いあいだ鳴らしつづけた。地上なら、何十キロと遠くまで達する音だ。だが、穴は平然と音をのみこんだ。

学者も内心は弱ったが、落ち着いたそぶりで音をとめ、もっともらしい口調で言った。

「埋めてしまいなさい」

わからないことは、なくしてしまうのが無難だった。

見物人たちは、なんだこれでおしまいかといった顔つきで、引きあげようとした。その時、人垣《ひとがき》をかきわけて前に出た利権屋の一人が、申し出た。

「その穴を、わたしにください。埋めてあげます」

村長はそれに答えた。

「埋めていただくのはありがたいが、穴をあげるわけにはいかない。そこに、社を建てなくてはならないんだから」

「社なら、あとでわたしがもっと立派なのを、建ててあげます。集会場つきにしましょうか」

村長が答えるさきに、村の者たちが、

「本当かい。それならもっと村の近くがいい」

「穴のひとつぐらい、あげますよ」

と口々に叫んだので、きまってしまった。もっとも、村長だって、異議はなかった。

その利権屋の約束は、でたらめではなかった。小さいけれど集会場つきの社を、もっと村の近くに建ててくれた。

新しい社で秋祭りの行われたころ、利権屋の設立した穴埋め会社も、穴のそばの小屋で小さな看板をかかげた。

利権屋は、仲間を都会で猛運動させた。すばらしく深い穴がありますよ。学者たちも、少なくとも五千メートルはあると言っています。原子炉のカスなんか捨てるのに、絶好でしょう。

官庁は、許可を与えた。原子力発電会社は、争って契約した。村人たちはちょっと心配したが、数千年は絶対に地上に害は出ないと説明され、また、利益の配分をもらうことで、なっとくした。しかも、まもなく都会から村まで、立派な道路が作られたのだ。

トラックは道路を走り、鉛の箱を運んできた。穴の上でふたはあけられ、原子炉のカスは穴のなかに落ちていった。

外務省や防衛庁から、不要になった機密書類箱を捨てにきた。監督についてきた役人たちは、ゴルフのことを話しあっていた。作業員たちは、指示に従って書類を投げこみながら、パチンコの話をしていた。

穴は、いっぱいになるけはいを示さなかった。よっぽど深いのか、それとも、底の方でひろがっているのかもしれないと思われた。穴埋め会社は、少しずつ事業を拡張した。

大学で伝染病の実験に使われた動物の死体も運ばれてきたし、引き取り手のない浮浪者の死体もくわわった。海に捨てるよりいいと、都会の汚物を長いパイプで穴まで導く計画も立った。

穴は都会の住民たちに、安心感を与えた。つぎつぎと生産することばかりに熱心で、あとしまつに頭を使うのは、だれもがいやがっていたのだ。この問題も、穴によって、少しずつ解決していくだろうと思われた。

婚約のきまった女の子は、古い日記を穴に捨てた。かつての恋人ととった写真を穴に捨てて、新しい恋愛をはじめる人もいた。警察は、押収した巧妙なにせ札を穴でしまつして安心した。犯罪者たちは、証拠物件を穴に投げ込んでほっとした。

穴は、捨てたいものは、なんでも引き受けてくれた。穴は、都会の汚れを洗い流してくれ、海や空が以前にくらべて、いくらか澄んできたように見えた。

その空をめざして、新しいビルが、つぎつぎと作られていった。

ある日、建築中のビルの高い鉄骨の上でひと仕事を終えた作業員が、ひと休みしていた。彼は頭の上で、

「おーい、でてこーい」

と叫ぶ声を聞いた。しかし、見上げた空には、なにもなかった。青空がひろがっているだけだった。彼は、気のせいかな、と思った。そして、もとの姿勢にもどった時、声

のした方角から、小さな石ころが彼をかすめて落ちていった。

しかし彼は、ますます美しくなってゆく都会のスカイラインをぼんやり眺めていたので、それには気がつかなかった。

月の光

広い部屋の、ガラス張りの天井からは、青みをおびた月の光が静かに流れ込み、きらめく星々が、音のない交響楽をかなでていた。部屋の片すみにあるいくつかの鉢植えのユリは、それぞれ十以上もの花を重そうにつけ、濃い、むせるようなかおりを絶えまなくまき散らしている。

その反対側のすみの小さなプールの水は、冷やかに澄んで、スイレンの花を浮かせ、壁の噴水からふき出しつづけている水滴を受けて、かすかな音と波紋とをつぎつぎと生みだしていた。水は、大理石のプールのふちを越えてあふれ、タイルの床をただよいながら、どこかに流れ去る。ここが彼のペットの飼われている室であった。

彼のペットは、しなやかなからだを床の上に横たえて眠り、水はその足先を月光に映えながらゆっくりと洗った。

「おい、えさを持ってきてくれないか」

飼い主の六十歳ちかい品のよい男は、この室に入るまえ、いつものように七十すぎの老人の召使に言いつけた。

「かしこまりました。きょうは、なににいたしましょうか」

「そうだな。パイと、シュークリームと、メロンがいいだろう」

「はい」

彼がパイプに火をつけ、二、三回、ふかぶかと煙をたちのぼらせているうちに、召使は言いつけられた品々を、大きな銀の盆の上に山のようにつみ上げて持ってきた。彼はパイプを机の上に置き、それを受け取り、扉をあけた。

扉の開く音で、ペットは身をおこして立ちあがり、ゴムの大きなボールを軽く足でけりながら彼に近よって、うれしそうに身をすりよせ、美しい目でじっと見あげた。

彼は身をかがめ、ひざをペットのもたれるがままにさせ、右手でそのまっ白な背中をなで、左手で床においた盆の上からパイを取って口に入れてやった。ペットはそれを食べ、見つめる彼の表情には、たとえようもない楽しげな表情が満ちた。

壁の装置から送りこまれるかすかな風は、ペットの長いつやのあるかすかな髪をさらさらとそよがせ、月の光はそれを手伝っているように見えた。ペットは時おり切れの長い目で彼を見あげ、彼もそのたびにやさしく見かえしてやりながら「こんなすばらしいペットを持っているものは、ほかにだれもいないだろうな」と、心のなかで自分自身にささやいた。

ペット。それは十五歳の混血の少女だった。しかし、混血の少女なら世の中にはいくらもいるかもしれないが、彼のペットのようなのは、おそらくひとりだっていないだろう。十五年前、生まれたての赤ん坊をもらいうけ、愛情をこめて丹念に育ててきたのだ。さいわい、彼には親ゆずりの財産があったし、また、親ゆずりの忠実な一人の召使もあった。それに、彼がある大きな病院に勤める医者であることも、いい条件だった。だから手に入ったのだし、成長の世話もゆきとどいた。

しかし、彼はペットをこれまで育ててくるあいだ、言葉をひとつも使わなかった。えさは必ず自分の手で与えたし、召使を室内にはいらせることは、ほとんどなかった。やむを得ずはいる時にも絶対に声を立てないように言いつけたし、召使は忠実にそれに従った。

言葉など人間にはいらない。言葉がどれほど愛情を薄めているだろうか。人びとは言葉なくして得た愛情を、必ず言葉によって失っている。彼はこのように考えたのだった。

このペットの美しいからだのなかには、愛情ばかりがいっぱいにつまっている。そして、それ以外のものはなにもない。この静かな部屋のなかにも、世の中のみにくいことは、なにひとつしみ込んでいないのだ。

彼は肩をなで、ペットはおとなしくメロンを食べ終えた。そして、ペットはスイレンの浮かぶプールに軽くかけより、噴水から散る水を手で受けて口に入れた。水は指のあいだからこぼれ、ペットの白いからだをうつす水面をきらきらと乱した。水を飲んだペットは、プールのふちに腰をかけ、大きな目でしばらく彼を見つめていた。

彼はペットの食べのこしたえさを銀の盆の上に片づけ、壁の棚の上にのせた。それから、ペットを手で招きよせ、青いリボンで髪をたばねてやり、部屋のまんなかの空間を横切っている銀色の鉄棒を指さした。いつもペットのする、食後の運動なのだった。

ペットはすんなりしたからだをバネのようにはずませ、それに飛びついた。青白い光で満ちた海の底のような空間に、まっ白な色が何回も弧を描き、そのたびにリボンにつけられている小さな金の鈴が流れ星となってきらめき、響きを飛ばせた。ユリの花のかおりはかき乱され、噴水とたわむれた。

鈴の響きはとだえ、ほんのりと赤味をおび汗ばんだペットは、彼を見た。彼がうなずくと、ペットはプールに飛び込み、そのために水は勢いよくあふれ、タイルの上を踊りまわった。

彼は毎日、このようにしてはじまる夜を持った。夜は言葉の無意味さをはっきり示しながら、静かな沈黙のうちにふける。

ペットは、昼のあいだはガラス越しにさし込む日の光を浴びて眠り、彼の帰宅のころに目ざめるのだ。

甘い、夢のような夜。だが、彼はこれを、あらゆる遊びを断った十数年をつぎ込んで得たのだ。その忍耐と努力を思えば、決して不当なものと呼ぶことはできない。

彼は夜おそく眠り、朝の食事をすますとペットにえさをやり、すがすがしい気分で自動車を運転して病院にでかける。ペットが眠りにはいる静まり返ったこの家の午後には、老いた召使が、時どきものうい動作で室の気温を外から調節する動きだけがあり、その召使さえもまた、いつしか椅子《いす》に寄りかかってまどろみ、平和な時間が流れて行くのだ。

しかし、ある日、突然、この平和と幸福にあふれた家に、見えない嵐がもたらされ、椅子にかけてうつらうつらしていた召使は、電話のベルで驚かされた。

「もしもし、大変なことです」

召使は聞き返した。

「はい、なにが起ったのでしょうか……」

「おたくのご主人がたったいま、自動車の事故で、大けがをなさったのです」

「本当でしょうか」

召使は受話器を手にしたまま、ふたたび椅子に腰をおとした。

「ようすはどうなのです」

「だいぶ重態です。よくわかりませんが、うわごとで、えさをやらなくてはと、くり返して言っています。もし、犬でも飼っていらっしゃるのなら、よろしくお世話をお願いしますよ」

「はい……」

だが、夜になるにつれ、召使の困り方は高まった。どうやって、えさをやったらよいのだろうか。召使は主人がいつもやっていたように、盆の上にショートケーキ、オレンジなどをのせて、おそるおそる扉をあけた。その音で、寝そべっていたペットはうれしそうに身を起しかけたが、召使の姿を見て、あわててプールにとび込み、スイレンの葉の下に身をひそめた。

「ご主人はけがをなさったのだ。今晩はこられないから、これを食べなさい」

召使は思わず話しかけたが、ペットには通じるはずがなかった。それどころか、はじめて聞く声にいっそうおびえた。召使はぎこちなく手まねをくり返したが、それはこの室のようすに似つかわしくなかった。自分がいては食べないのだろうか。召使はこう考えて銀の盆をタイルの床の上におき、扉から出た。

しかし、しばらくして、ふたたび召使がそっとのぞき込んだ時にも、盆の上のものは少しも減っていなかった。愛情という副食物がないとなにも食べられないペットは、プールのふちにぼんやりと腰をかけ、待っていた。

つぎの朝、召使は主人の入院している病院に電話をかけてみたが、危機は脱していなかった。

「面会して、お話しできないでしょうか」

「とんでもありません。顔をごらんになるだけならかまいませんが」

召使はなんとかしてペットを連れてゆき、えさを与えてもらおうと思ったのだったが、それはとても無理らしかった。

召使は部屋に入り、えさを取りかえた。主人がよく与えていたシュークリームも加えて。

「食べておくれよ。お願いだ。ご主人がお帰りになった時に、ひどく怒られるから……」

召使はおろおろして泣くようにたのんだが、ペットには通じなかった。夜になっても、盆の上のえさは少しも減っていなかった。いくらかやせ、色の青ざめたペットは、ユリの花に顔をよせにおいをかいでいた。

主人の危篤《きとく》はつづき、ペットはさらに青白くやせた。召使はペットのために医者を呼ぼうかとも考えたが、それをすることは、もはや新しく勤め先を探せない身で辞表を書くことを意味する。老いた召使は落ち着かず、ペットの室をのぞくのと、入院先に電話するのとを、時どき思い出したようにくり返した。

疲れはててうとうとした召使を、夜の電話が目ざめさせた。

「ご主人が、なくなられました……」

召使は受話器をもどさず、机の上に気抜けしたように投げ出し、ペットの室に足をむけた。

主人の最も愛したペット、最も親しかった家族、いや、彼そのものだったかもしれない。これに、どうやってこの不幸を伝えたらいいのだろうか。無理かもしれないが、伝えないわけにはいかない。

ペットは、タイルの上に静かに横たわっていた。召使はそっと近づき、肩に手をふれた。だが、それは大理石と同じつめたさになっていた。

ユリの花びらが一枚おちて、かすかな音をひびかせた。

朽助《くちすけ》のいる谷間

井伏鱒二

■井伏鱒二　いぶせますじ　一八九八（明治三一年）～一九九三（平成五年）

広島生まれ。早大仏文科中退後、同人誌にて作品の発表を始め、一九二九年の「山椒魚」「屋根の上のサワン」などが高い評価を受ける。またこの時期、太宰治と知り合い、太宰は井伏に師事する。三八年「ジョン萬次郎漂流記」で直木賞受賞。太平洋戦争には陸軍徴用員として従軍した。戦後の代表作に「本日休診」「遥拝隊長」「漂民宇三郎」、そして我が国戦争文学の頂のひとつ「黒い雨」などがある。六六年、文化勲章受章。

「朽助のいる谷間」は「創作月刊」一九二九年三月号初出。

谷本朽助（本年七十七歳）は実に頑固《がんこ》に私を贔屓《ひいき》している。私がいかに遠い旅先へ行っている時でも、彼は毎年、秋になって口から吐く息が白い蒸気となって見える時節になると、私に松茸《まつたけ》やしめじを送ってくれる。うどん箱に苔《こけ》を敷いて、凋《しな》びた茸類《きのこ》を一ぱいつめこんで、箱の表には必ず「オータム吉日」と記してある慣わしである。

彼はそれ等の茸類の発生する山の番人である。その山は、すでに私の祖父の時代に他人へ売却したものであるにもかかわらず、彼は頑迷に昔からの習慣を守っているのである。

私は言い忘れないうちに、彼と私との交友を披露しておきたい。

私達兄妹三人は幼い時、兄、私、妹、という順序に、同じ乳母車で育てられた。この乳母車は、ハワイの出稼《でかせ》ぎから帰って来た朽助の贈りものであって、子守として私達を乳母車に乗せて遊ばしてくれたのも朽助なのである。

乳母車の幌《ほろ》には外国語で四行の詩が縫いとりされていたが、その詩の意味は「眠れ、眠れ、幼児《おさなご》よ眠れ。夕陽《ゆうひ》は彼方《かなた》に入りそめた」というのだそうであった。けれど乳母車に乗っている時には少しも眠りたいなぞと思わなかったので、私はその外国語の歌を好まなかった。

朽助は乳母車に私を乗せて、終日庭の木立を縫うて行きつ戻りつした。それ故《ゆえ》、泉水の周囲と木犀《もくせい》の木の下には、雨が降っても消えないくらい轍《わだち》の跡が残った。彼の目には常にものもらいが出来ていて、実にのろのろと車を押したばかりでなく、彼は屡々《しばしば》立ちどまって帯をしめなおす癖があった。しかし私は乳母車の進行が中止することを好まなかったので、幾度となく彼と口論をした。

「朽助！　早う行きし戻りししてくれというたら」

「いま帯をしめなおしているんですがな。そんなに言いなさるな」

「広大なことを言うなというたら。帯なんかどうでもよいがな」

私が彼をあまり急《せ》きたてるためらしく、朽助は幾度となく帯をしめなおしたが、常にだらしなく結んだのである。

乳母車のシーツをめくると、クッションには黒い色の蝙蝠《こうもり》が幾十匹も描いてあった。蝙蝠達は夕方になると空に舞いあがって、私はクッションの蝙蝠が逃げてしまったのだと信じた。

「朽助！　また蝙蝠が逃げた。早うあれを捕えてくれというたら」

「黙って静かにしていなされば、明日の朝になると戻って来ますがな。心配しなさるな」

「是《ぜ》ッ非《ぴ》、戻るか？」

「是ッ非ですがな。したれど、もう一ぺん行きし戻りししますぞな」

「目をつむっていると、後ろへ走って行くような気がする。朽助らも乗せてみたろうか？」

「つがもない！　私らはあとで独り乗ってみますがな」

朽助は乳母車を押しながら、時としては私に外国語を教えようとした。

「木犀の木や松の木のことは、ツリーといいますぞな」

私はツリーという言葉を直《す》ぐ忘れた。彼は私が忘れる度に、

「物覚えの悪い子供はアイズルですがな」

といって叱《しか》った。アイズルとは英語の Idle のことなのである。

私は乳母車を妹にゆずった。すでに私は尋常一年生になったのである。そして私は日曜日ごとに、朽助の家へ英語を習いに通うことになった。彼の家は谷底の一軒屋で、おそらく彼はハワイで農業のことを学んでいなかったため、山番をするよりほかに能がなかったものであろう。ところが彼は、私の個人教師としては頗《すこぶ》る厳格であった。彼は私

の祖父からもらった袴《はかま》をはいて、それは机の傍を離れて立ち上るとひきずるほど長いものであったが、彼はしかつめらしく坐《すわ》って、私にリーダーの三の巻を読んでくれた。そして私が少しでも傍目《わきめ》することを許しはしなかった。私も袴をはかされていたのであるが、私は膝《ひざ》の上に両手を置いて、彼の訳述して行く言葉を暗記することにこころがけた。

「闇《やみ》は深かりし。将軍は決死の部下を率いてボートに乗りし。岸の柳は将軍の肩にふれ、柳の枝からは夜露が滴《したた》りし。艪《ろ》の音は極めて微《かす》かなりし。将軍は暗き流れを眺め、且《か》つ静かに口吟《くちずさ》みて、いくさに出かける人の如《ごと》くにはあらざりし」

彼が訳述を終ると私は、

「闇は深かりし。将軍はボートに……」

「将軍は決死の……ですがな」

「将軍は決死の……」

「部下を率いて……ですがな」

「部下を率いて……」

そういう工合であったので、私は誤訳することをまぬがれたわけである。

授業が終って私が帰る時には、朽助は必ず次のような注意を私に与えた。

「橋の上を渡る時に、橋の上に立ちどまって川をのぞいてはなりませぬぞ」

彼の注意する場所には、谷川の流れが淀《よど》んでいて、青い水が渦《うず》を巻いていた。その渦の上には、合歓《ねむ》の木が枝や葉をさしのべて桃色の綿毛を持った花を盛んに散らした。桃色の花は渦巻く水面に浮んで、赤いクレヨンの輪を速《すみや》かに描いて消えた。

こんな追憶めいた記録――これはすでに二十年以前のことなのである。そして今はもはや、私は東京に住んで不遇な文学青年の暮しをしている。それ故、私は朽助に対して、現在の私が何《ど》ういう職業を営んでいるかをさえも、明らさまに彼には告げていないのである。この事は彼の最も不平とするところであるらしい。

私が田舎の家へ帰る毎《ごと》に、彼は私を訪ねて来て、何よりも先に私の職業を質問するのである。私はそれに対して常に答えをしないので、彼は私のことを時によっては歯科医であると推定したり、時によっては技師であると推定したりする。そして帰りには彼は必ず私の近所の家に寄って、私が東京で技師をしているとか歯科医をしているとか吹聴《ふいちょう》してまわり、わがことのように自慢して行く慣わしである。

しかし私は彼のおせっかいを嘲笑《ちょうしょう》するものではない――私は彼のたった一人の教え子である。二十年前、リーダーの三の巻が終了した時、彼は教え子に対して次のように語ったのである。

「若《も》しあんたが立身せなんだら、私らはいっそつらいでがす。そんなめに逢《あ》うほどならば、私らはなんぼうにもつらいでがす」

私はそのとき激しく感動して、そして帰ろうと思って外に出ると、いつの間に降りだしたのか、雪が谷底にも峰にも一ぱい降り積っていた。

私は知っている。若し私が、最近の彼の推定は誤っていて私は東京で弁護士をしているのではないということを彼に告白したならば、彼は狼狽《ろうばい》と絶望とを罩《こ》めて言うであろう。

「私らはなんぼうにもつらいでがす！」

そして胸に手を置き悲歎《ひたん》に沈むであろう。

私は彼の面前ではあくまでも少壮弁護士を装っていなくてはなるまい。

タエトという少女のことについて、私は幾らか言い遅れた。私は彼女のことはあまり知っていない。また彼女には一度も会ったことがない。幸い彼女からよこした手紙をここに発表する必要があるので、その文面から彼女の経歴をもくみとることにしよう。

「益々《ますます》御健勝のことと拝察申しあげます。私どもの方では祖父朽助ことも無事にて働いております。さて一昨年以来、毎日々々池の工事が続いてまいりまして、今日では漸く《ようや》堤防も出来上りました。大きな堤防であります。山と山との間の谷をせきとめたのでございます。水がたまると周回二里半の池になる由《よし》であります。それで私どもの家は立ちのかなくてはならないのでございます。池は日本政府が許可し命令してつくっているのであります故、私どもは立ち退《の》きに反対することを許されないのですけれど、祖父は如何《いか》なることがあっても立ちのかないと反対いたします。しかし池が出来上って水が池にたまってしまえば、私どもの家は水の底の一ばん深いところに沈んでしまいましょう。常々祖父の噂《うわさ》をうかがいまして、弁護士の要職においでになるあなたにお願いいたしますれば、祖父も立ち退く決心をいたしますかと思います。どうか御手紙にて祖父を説き伏せて下さい。先日も当地から出られた代議士の人が参られまして、今度の選挙のとき自分の名誉にも関することであるから、横ぐるまを押さないで立ち退いてくれと申されました。祖父の申しますには、選挙民を買収しようとたくらんで池をつくって（中略）と申します。この前の選挙の時にも、赤と白とのだんだら染めの棒を持った測量師を派遣して測量させたりして、やれ鉄道を敷設《ふせつ》してやるのだと演説されましたが、今では沙汰《さた》がございません。祖父はそのことを今さら申し立てまして人々を困らせます。祖父が若し気まぐれから（中略）を申しますのならば、私は（中略）を軽蔑《けいべつ》する気持から敗《ま》けるように思われます。私は私自身のことを申し上げなければなりません。私は一昨年ハワイから祖父の家に参りました。名前はタエトと申します。説明申し上げますならば、祖父（日本人）と祖母（日本人）との仲に出来ました私の母（日本人）と私の父（アメリカ人）との仲に私が生れたのでございます。先年、父はハワイで母や私に無断で故国アメリカへ帰りましたので、私はアメリカ人のような姿ですけれど、やはり日本人でございます。そうして一昨年十二月、私は母に連れられましてここに参りました。その時は谷や山の木が枯れていて、私は寒さや淋《さび》しさに弱りました。母は姿も顔も人種的にも日本人で、また貯金もしていましたので、ここに参ると直ぐに再縁いたしました。けれど気候の変化が原因でしょうか、二個月目になくなりました。私は日本人としての教育をうけましたので、日本はハワイよりもいいところだと思って、母と一しょに参りました。日本は私の祖国でございます。私は日本人の心を真似《まね》て、この谷間で暮すのがいいのだと思っております(後略)」

――私はこの手紙から想像して、そして考えた。朽助はとんでもない口達者な異人娘を背負い込んだものである。おそらく彼は彼女にやりこめられて、森に行って腕組みばかりしていることであろう。彼は何故《なぜ》、私にタエトのことや池のことを言ってよこさなかったのであろう。私は早速にも出かけて行って、彼の利権擁護のために運動してやらなくてはなるまい、場合によっては、県庁まで出かけて行っても述べなくてはなるまい

――私は出発した。

月明りの夜、深い谷底を歩くことは、これは楽しいものである。路《みち》は工事に必要から

であろうが、新しく運んだ土で幅広くされ、土の上には荷車の轍が深く刻まれていた。そして繁茂した松柏《しょうはく》類の枝や葉は、明るみの斑点《はんてん》を路に描いた。私は屢々立ちどまって淵《ふち》の水面にうつっている歪《いびつ》な月を眺めたり、ステッキで蔓草《つるくさ》の花をたたき落したりした。しかし私の楽しい行程は意外に短かった。谷を挟《はさ》んでいる山から山にまたがって、巨大な城壁に似た堤防が築造されていたからである。

私は堤防の基礎から私の立ちどまった場所までの距離を目算して、そうして堤防の頂上を上目でにらんだ私の視線の角度を意識に入れ、この堤防の高さは三百尺余りであることを知った。この堤防の支えるであろう池の水底に、朽助の家が沈むのである。私は石垣の根元を歩きまわって堤防の内側に入るべき個所をさがした。たった一つの樋《とい》が見つかったが、そこからは谷川の水が流れ出て、すさまじい水音をたてる滝をつくっていた。滝は自らの力で淵をつくっているのである。この流れや樋は、池の工事が終ると同時に閉じられてしまうべきものに違いない。何処《どこ》かに排水用の大きな樋がなくてはなるまい――私はそれを捜した。そして約《およ》そ三十分間も捜した後で石垣の腹ではなくて岩山の腹に、大きなトンネルがあるのを発見することができた。私はマッチを連続的にすりながらトンネルのなかに入って行った。涼しい風が吹きぬけた。省線のガードくらいの幅と高さである。岩山の台地を弓なりに刳《く》りぬいてあって、天井からは水がしたたり、岩の凹《くぼ》みには蝙蝠の幼児が住んでいた。

トンネルを通りぬけると、朽助の家の窓が見えた。灯《あか》りがついていて、杏《あんず》の木の半面を照らしているのである。私は朽助と劇的な対面をしたくなかったので、遠くから彼を大きな声で呼んだ。

「朽助！　まだ寝てはいないのか？」


翌朝、私は牛の啼《な》きごえや鎌《かま》をとぐ音によって目をさました。そして小さな十字架を眺めたが、再び目を閉じた。十字架は枕《まくら》の横の壁にかかっていたのである。

朽助は窓の外で薪《まき》を割りはじめたが、彼は屢々障子を細めにあけて、私にたずねた。

「どしんどしんと音が響いて、さぞや眠れんでしょうがな？」

私は、響きはしないと答えたり、響いても平気であると言ったりした。

薪を割る音が終ると、今度は木立の枝を激しくゆする音がはじまった。ざわざわという音なのである。つづいて地面におびただしい杏の実の落ちて来る音がした。私は寝床から起き上りながら叫んだ。

「朽助！　青い実も落ちてしまうぞ！」

「平気ですがな。もそっと落してやれ」

彼は再び枝をゆすりはじめた。窓を明けてみると、朽助は杏の木に登って、そして枝にまたがり、自分の体の重みを前後に動かしながら、杏の木に対しては痛々しいまでに枝をゆさぶっていたのである。地面は箒《ほうき》の跡がつくほど掃除されていたが、とび散った杏の果実と青葉とによって、一面に新鮮な塵芥《じんかい》だらけになった。そして砕けた果実から発散する香《にお》いは、朝の空気に酸味ある色彩をもたらした。

私は窓に腰をかけて莨《たばこ》をふかした。谷間は、すでに池の底となるべく工事されつくしていて、赤土のゆるやかな斜面になっていた。

朽助は杏の木の頂上に残っているところの一個の果実を落そうとして、しきりに枝をゆさぶりつづけた。朝の明るみは青葉を透して蒼黒《あおぐろ》く彼の顔色を染め、葉からとび散った朝露は彼の顔にふりかかった。私は彼に、杏の木をあまり残酷に取扱うことは止《よ》すように注意した。けれど彼は更に強く枝をゆさぶりつづけながら言った。

「所詮《しょせん》は立ち退くのでしょうがな！　ああはや、立ち退かずばなるまいでしょうがな！　昨夜あんたにさとしてもらったる通り、私らは新しき闘争とかたら、もうやめたる」

彼は更にひと枝高いところに登って、乱暴に小枝をゆさぶりながら大きな声で私に言った。

「したれども私らは、あんたが利権擁護たらの演説をみんなの前でやるところが見たいでがす。私らも、あんたが流暢《りゅうちょう》な演説をこくところは、またと見られんじゃろと思いますがな」

私は、もはや彼が立ち退く決心ならば、人々の前で彼の利権擁護の演説をする必要はないということを言ってきかせた。何となれば、彼の言うところによれば、貯水池工事係の人々は、朽助のためにすでに小さな家を建ててくれて、さらに貯水池の門樋《もんぴ》番人という役目をも彼に与えようとしているからである。この役目によって、彼は毎月十二円ずつの月給が余分に入る筈《はず》である。私は彼を煽動《せんどう》するために東京からやって来たものではない。

山の頂上を朝の太陽が照らしはじめた時、タエトが黒い色の大きな牛を連れて帰って来た。彼女はだぶだぶの菜葉《なっぱ》色の詰襟《つめえり》服を着て、ズックの靴《くつ》をはいていた。最も可憐《かれん》な外国少女である。牛の背中には、丈の長い青草が四束ほど、ふり分けにして載っていた。この牛はタエトの六倍ほどの大きさをした動物ではあったが、背中の荷物をおろしてもらうと、タエトの合図に服従して牛小屋に入って行った。合図というのは忙《せわ》しく三回ほど舌うちする方法なのである。私は寝間《ねま》衣《き》に代用したメリヤスの上にズボンをはきながら、彼女の後ろ姿を好ましく眺めた。

——昨夜、私がやって来た時には、彼女はすでに寝床の中に入っていたので、私に初対面の挨拶《あいさつ》をすることができなかった。何となれば彼女は夏のメリヤス一枚の服装で寝ていたからである。彼女は急いで暗い方に顔を向け変えて、熟睡した人の様子を装っていた。したがって私は朽助と小声で語りつづけながら、無遠慮に彼女の寝姿を眺めることができた。黒色の髪をボーイッシュに刈って、これは理髪屋をわずらわしたものではないらしく、鋏《はさみ》のあとが段々になって残っていた。そしてメリヤスのシャツは、少女の肩の丸味を克明に示した。のみならずランプは高い踏み台の上に置いてあったので、私は彼女の明けひろげた胸さえも盗み見することができた。そうして紺絣《こんがすり》の豆枕の横には、彼女の投げ出した袖珍本《しゅうちんぽん》があって、枕元の壁には……その十字架というのが、朝になって私が目をさましてみると、いつの間にか私の枕元の壁に掛けかえられていたのである。おそらく朽助が、さしでがましく私の枕元を装飾するつもりでやった仕事であろう。

タエトは杏の実を拾い集めた。彼女は片手に四個以上を握ることができなかったので、上衣《うわぎ》の前をまくり上げて、それをエプロンの代用にして果実を入れた。そしてそういう姿体のままで私のところにやって来て、完全な日本語でもって、去年はこの果実を洗わないで食べたことを私に告げた。私はなるべくながく彼女と一しょにいたいため、彼女のエプロンから杏の実をもらって、一口ずつゆっくり齧《かじ》った。すでに朽助は牛を連れて山へ出かけていたのである。

タエトは私の傍に黙って立っていた。若し私が好色家であるならば、彼女のまくれた上衣のところに興味を持ったであろうが、私は元来そういうものではなかったので、杏を食べることに熱中している様子を装った。しかし、あらゆる好色家に敗けない熱心さでもって、私は彼女に次のように言った。

「君も食べたまえ。よく熟したのがうまいぜ。これは酸《す》っぱそうだが、これはうまいぜ」

私は彼女の食欲をそそってみるために、わざと青い果実を一くち齧ってみせて、いかにも酸っぱそうに唾液《だえき》をすったり口を歪《ゆが》めたりした。彼女は誘惑にうちかつことができなかった。

「いただきます」

そう言って、彼女は最も小さくて最も青いのをとって、虔《つつ》ましやかに齧りはじめた。

「うまいか？」

と私がきくと、彼女はうまいといって答えた。

私達は気がついた。一ばん高い山の頂上に六七人の人達が集まって、一つの巨大な岩石の方に向って遠くから何か叫んでいたのである。岩石というのは、頂上の赤土の上に黒色の瘤《こぶ》となってそびえていた。

「あの岩を割るんだろう」

それに違いなかった。岩石のかげから一人の男が現われたが、彼はあたかも獣の速さで岩石から走り退いて、叫んでいる人達の群に加わった。

「いまハッパへ火をつけたんですの」

そのときである。ハッパは連続的に爆発した。信じられないほど大きな音であった。その音は谷間の空気を二三寸も動かしたであろうか。私は頰を空気でたたかれたと思った。けれど私の驚きはそればかりではなかった。岩石は真二つに割けて、土の上に置かれた安定を失い、やはり各々が二つの巨大な岩石となって、谷間に向ってころがり落ちて来た。後からころがるのが先になった。次第に速力が加わって来た。

タエトは叫んだ。

「ああ、また後のが先になりそうですわ！」

ところが後から追いついた岩石は、前の岩石に激しくぶっ突かって、陰鬱《いんうつ》な響きをたてると同時に巨大な岩石のバウンドをこころみたが、先になってまっしぐらに転落した。追い越された岩石は別のコースをとった。山腹の密林は薙《な》ぎ倒され、めりめりとか、どしんとかの音をたてた。そして二個の岩石は、殆《ほとん》ど同時に谷底の赤土の上にころがり落ちて、一つはワルツ踊りをしながら自ら倒れ、他の一つは土の中に半分ほどめり込んだ。

山腹の密林には、岩石の走り去った跡が二条《ふたすじ》の路となって残った。そしてこの二条の路からは土煙がまいのぼり、谷間には全くの静けさがおしよせた。

「じんじんという音がきこえますわ」

よほど暫《しばら》くしてから、谷川の流れる音がきこえているのに気がついた。

私は知っている。そして私達は屢々見たことがある。人々は繁華な都会地のダンスホールに於《おい》て、物好きなダンスガールがタエトと同じ風俗であるのを興味深いことと思っているらしい、そしてダンスガール自らは、菜葉色の詰襟服が自分の手垢《てあか》で汚れたりだぶだぶの寸法であったりすることを寧《むし》ろ誇りとしているようである。けれど諸君は多くのダンスホールに行ってもみよ。諸君は菜葉色の詰襟を着た少女に出会《でくわ》すであろうが、タエトの詰襟ほどよごれてだぶだぶなのを見ることはできないであろう。

タエトはまぶしい太陽に目を細くしながら藍《あい》を刈りとっていた。藍畑は家の裏にあって、そこの段々畑には、藍と黍《きび》と棉《わた》とが栽培されていたのである。黍は茎の先から穂状《すいじょう》花序《かじょ》の花をのぞかせて、棉は深黄色の花弁を開き、その多くは実を結んでいなかった。実を結んだものだけが、褐色《かっしょく》の萼《がく》の上に純白の綿毛の玉を支えていたわけである。タエトは時としては収穫の手を休めて、上着の袖《そで》で頬の汗を拭《ふ》いたり、胸を開いて風を入れたりした。私は窓を細目にあけて、彼女の収穫ぶりを見物していたのである。

彼女は私の存在には気がつかないらしく、口から出まかせの歌をうたって、私を微笑させた。彼女のうたう歌というのは容易《たやす》く訳せる外国語なので、次に訳述してみよう。

「私はおなかがすきました。私は汗が出ました。背中までびっしょり汗です。足の裏もびっしょり汗です」

この意味の言葉を長く引張って、くり返して歌うのである。その結果、彼女の歌は私の読書をいつまでも妨げたので、私は外に出た。そして朽助が風呂をわかしているのを手伝った。

風呂は裏口のところの軒下にあって、茂った灌木《かんぼく》によって囲まれ、一株の桜の木は湯《ゆ》槽《ぶね》の上に枝をさし出していた。湯槽は木製で方図もなく大きかった。

私と朽助とは一しょにお湯に入って、湯から首だけ現わして談話に耽《ふけ》った。

「眼鏡を脱ぎなさると、あんたは尚《なお》さらにアグリーですがな。早う眼鏡をかけとりなさいというたら。したれど私らも、これをかけてみたろ」

彼は棚の上から私の眼鏡をとって、彼の顔にかけた。私は彼の顔から眼鏡をとって、私の顔にかけた。谷間の風景がはっきりと見えた。この風景は東京の湯屋の壁に描いてあるペンキの山水画と同じ効果を現わした。

「あんたは何じゃやら痩《や》せとりなさる。まして近頃アグリーじゃ」

「貧乏のせいだろう」

「つがもない！　所詮は女のためでしょうがな？」

「アグリーでは、そういう話もない筈じゃないか」

「万事はここでがすがな！」

そう言って彼は湯から胸を現わして、その皺《しわ》のよった胸を平手でたたいた。そして先にお湯を出て行った。

私もお湯からあがって、灌木の向う側に出た。そして裸体を風に乾かしていると、私の裸体は緑色に見えた。午後の太陽や光線が、裏庭に茂った草木の葉を透して戯《たわむ》れに私の体を染めたからである。

すでにタエトは藍の収穫を止《よ》して、今度は彼女がお湯に入っていたのである。水をこぼしたり流したりする物音をさせていたが、彼女は突然するどい叫び声をあげた。それは恐怖に充《み》ちた声であった。何事であろう！　彼女は、少女の裸体に何も着けないで、お湯からとび出して来て、私に報告した。

「毛虫がいますわ！」

なるほど彼女の指ざすところには、湯槽のふちに一ぴきの大きな毛虫が逃げ場を見つけようとして大急ぎで這《は》いまわっているのである。私は竹箒で毛虫を掃き落して、再び灌木の向う側に出て裸体を緑色に染めてみた。ところがタエトは再びするどい叫び声をあげて、お湯からとび出して来た。

「まあ、何て毛虫でしょう！　桜の枝にいっぱいいたかっていますわ！」

湯槽の上にさしかかっている桜の木の枝に、黒色の大きな毛虫がおびただしく群がっていたのである。彼等はお互いに体をからませ合いながら、一つの塊りとなっていたわけである。

私とタエトとは驚きの瞳《ひとみ》でもって、枝の毛虫を眺《なが》めた。そうして彼女はおびただしい毛虫の群に興奮した挙句、彼女が裸体のままであることを忘れて、毛虫の習性について語った。毛虫というものは蝶々《ちょうちょう》の幼虫で、蝶々は木の葉の裏の露を吸い、やがて無数の毛虫を生む――この単純な理科物語には多少の誤謬《ごびゅう》さえもあるらしかったが、私は彼女の理科物語は非常に興味ふかいものであると思った。何となれば、これは彼女が裸体であったからで、そうしてお互いに裸体であるということは、その裸体の持主達をしていちはやく親しい友人にさせてしまうものらしかった。そこで私は浴衣《ゆかた》を着ようとはしないで、彼女の裸体を無遠慮に眺めはじめた。午後の太陽と光線とは、彼女の裸体の上にも緑色をふりそそぐに吝《やぶさか》でなかった。はたして緑色というものは、少女の皮膚の上では滑ったり流れたりするものであろうか？　肩とか胸とかのふくらみや……私は彼女から瞳を反らして、再び桜の枝に群がる毛虫達を眺めた。

私は知っている。概して裸体の女と対談する場合には、彼女に向ってこの人生を淋《さび》しいものとは思わないかとか、または彼女に恋人があるか何《ど》うかをたずねることは、これは寧ろ愚なことである。彼女が自らそのことについて語りはじめるまでは丹念に待っているべきで、若《も》し彼女が語りはじめたならば、私達はしみじみと耳を傾けるふりをしてみせるべきである。決して長たらしい質問をしたり、せせら笑いをしたりしてはいけない。そして私達に若し何かの魂胆があるならば、彼女との会話を悲しい事項にまで導き込んで、それから空涙をさえ流してみるべきである……。

私が湯上りの思索に耽っている間に、タエトはズボンをはいて、朽助を呼んで来た。朽助は毛虫達に向って嘲笑《ちょうしょう》的に言った。

「私らは四五日すれば立ち退《の》きじゃ。したれども、この毛虫らはそれまでには蝶々になれぬじゃろ」

夜になってから雨が降りだした。そして風が吹いて出て、雨と風とは次第にはげしくなって来た。

タエトは十字架のかかっている壁に向い、恭《うやうや》しくひざまずいて、寝る前の祈りをした。何やら外国語でもって、心をこめて誓っている様子であった。祈りが終ると彼女は寝床に入ったが、朽助に向って、風の音がひどくて眠れないと訴えた。谷間全体が大声に呻《うな》ったり狂暴な音響を出したりして、聞きようによっては大地が吠《ほ》えているように思われたのである。私と朽助とははさみ将棋をくり返していた。

「眠れなんだら、これでも食べてみたらよいがな」

朽助はそう言って、タエトに杏の実を与えた。彼女は両手に二個ずつの果実を持って、目を見開いていた。

「目をつむっとれというたら。そうしたなれば眠れようがな？」

彼女は眠れそうだと答えて、暫く目を閉じていたが、再び目を見開いた。

いいはさみ将棋の競技に於て、朽助を敗《ま》かすことは容易であった。彼は敗ける度毎《ごと》に言った。

「強うなっとりなさるなあ！　もう一ぺん」

そうして私達は夜更《よふ》けの風雨や物音に対抗したのである。

タエトは彼女の祈りかたが粗笨《そほん》であったのに違いないと告白して、寝床から滑り出てお祈りをやりなおした。メリヤスのシャツとパンツとだけの服装をして、半袖から長く現われた腕で胸に十字をきり、それから何事かを外国語で呟《つぶや》くのである。私は朽助が競技に苦心している隙《すき》に、タエトの祈りかたをぬすみ見した。彼女は露《あら》わな両足の膝《ひざ》でひざまずき、膝から先は莚畳《むしろだたみ》の上でふるえた。そして足先には、足袋《たび》ぐらいな長さをした手製の靴下をはいていた。

祈りが終ると彼女はどちらの手にも二個ずつの果実を持って、寝床に入った。そして彼女が全く熟睡してしまって、彼女の手から果実がころがり出てしまってから、風と雨は止《や》んだ。

雨あがりの谷間というものは、山腹を流れ下るトレントの響きと、川底の岩にぶっ突かって砕ける水音と、そして川底をころがり去る小さな岩の自らたてる響きとで、ほとんど規則正しい交響楽のくり返しに充たされるものである。私達は競技を止して寝床に入った。タエト、朽助、私、という順序に寝床をならべたのである。私は朽助の話しかけるのもかまわないで眠ってしまった。やがて一寝入りして目をさまして見ると、彼はまだ私に話をしつづけていたのである。

「ひよ鳥と百舌鳥《もず》と、どちらがうまいと思いなさる？　それは百舌鳥の方がうまいですがな。いっそ山鳥を食ったる時の方が、まだうまかろう。それというのが山鳥の方が同じ一ぴきでも目方がありますがな。山鳥の次が百舌鳥で、百舌鳥の次がひよ鳥という順になるじゃろ。したれども、このしぐれ谷は変ってしぐれ池になってしまいますがな。池のまわりが二里半あったればとて、鴨《かも》や鷺《さぎ》は、高い空をとんで行きますれば、ここに吾《わ》が脚の真下に池があることは知らずに行ってしまいましょうがな。池の鯉《こい》を釣《つ》ろうとしたればとて、鯉は二十年もたたなんだら二尺にもなれんでがす。私らも、もう二十年生きて、二尺の鯉を見たりましょう。雨降りの前の夕方、池の水から二尺の鯉がぽんと跳ねあがるのは、ああ何たる光景だりましょう！　池の水ぎしは出たり入ったりして、約《およ》そ九つの湾ができますぞ！　それと申すのが、しぐれ谷は九つの谷間の寄せ集まりでありますなれば、この谷がしぐれ池になったれば、そういうことになるでしょうがな？さような了簡《りようけん》は私らには毛頭なけれども、総じて一つの池に八つ以上の谷をふくんでいたるならば、その池には魔物が生れるものでがす。魔物は九尺からもある鯉に似ているかもしれませぬが、鯉に似たるならばとて所詮《しょせん》は魔物なれば、その鯉というのは、いっそ五色の鯉じゃろ」

私は彼に対して、わざと大きな鼾《いびき》をかいてみせた。そこで彼も話しつづけることを断念して、私の贋《にせ》の鼾よりも更に大きな鼾をかいて眠りはじめた。けれど彼は、間もなく私が鼾を止した気配に気がついて、彼も鼾を止すと同時に、再び話しはじめたのである。

「池に水がたまったら、鯉の子を百ぴきも買《こ》うて来て放したろかと思うとります。鯉の子よりも山鳥や雉子《きじ》の方が好きだりますれど、人間の手では雉子や山鳥は育ちはしませなんだ。ああ、十何年も以前のことなれど、私らは山で雉子の巣の中に卵があるのを見つけましたれば、その巣の上へ鶏の巣についたるのを連れて行って卵を抱えさせましたれど、生れたのはたった一ぴきでしたがな。私らは大きな伏籠《ふせご》を持って行って、雉子の卵を抱えたる鶏の上にかぶせてやりましたのでがす。雉子の親鳥は、伏籠の外で一晩中も鳴いてから、諦《あきら》めて行きました。なんぼうに不憫《ふびん》でしたか！　生れたる雉子の雛《ひな》は、うちへ持って来て飼《こ》うてみたれども、十日ばかりで死んでしもたでがす。雉子の雛は、ゆっくりと餌《えさ》をくうすべを知らんでがす！　一粒たべると走りまわり、それから一粒たべると走りまわり、鶏のように丹念には食べとりませなんだ。あれでは饑《ひも》じかったろ！　剰《あまつさ》えにあれでは、さぞや走り疲れて死んだのじゃろか？　いやはや死んだる雉子の雛は、頭のところが嚙《か》み殺されていましたるぞ。多分は雉子の親鳥が、あとをつけて来て嚙み殺したのじゃろか？　雉子の親鳥くらい執念深いものが、またとありますか！　何でですか！　吾れの卵を寝とられたるとても、吾れ自身が子を嚙み殺すことは何たることでがすか！　私らは何度でも見たでがす。親鳥がこの人里まであとをつけて来て、それからそればかりではないでがす。育て親たる雌鳥《めすどり》をだまして、雉子の雄鳥の親鳥はいなげなことばかりしましたるぞ！　私らはその度毎に鶏の産んだる卵を孵化《かえ》そうと思いましたれど、鶏の子が生れるやら雉子の子やら、それは所詮は鶏と雉子とのまがいものが生れる筈《はず》だりますれば、それは何うあっても咎《とが》にあたると思うて止めてしまいましたがな。そういうことは咎じゃ。ああはや、なんぼうにも咎でがす！」

そこまで話して来ると、彼は急に言葉を切って、深い歎息《たんそく》をもらした。おそらく彼はタエトの生いたちに考え及んで、そして悲歎にくれはじめたのであろう。暫くして彼は言った。

「なんたる咎だりますか！」

そして突然はげしい涙の発作にかられたのである。夜更けの部屋で老人の嗚咽《おえつ》するのを聞くことは、それを聞く人の心を感傷的にさせるものである。私の目からも多少の涙の点滴であった。けれど私は老人の悲歎をいかにして救っていいかを考えつくことができなかったので、再び贋の鼾をかきはじめてみた。すると相手も直ちに嗚咽することを止して、大きな鼾をかいて眠りはじめたのである。

引越しが終った。私達三人はこまごましたものを持って、蒲団《ふとん》や風呂桶《ふろおけ》は牛の背中に載せて運んだ。私達は赤土の原っぱをたった三人と牛一頭から成立するカラバンをつくって、幾度となく往復したわけである。

新築家屋は、六畳と四畳半と広い土間とを主要な部分としていた。そして家屋の設計と材料とは、朽助のこれまでの住いと寸分も違わなかった。のみならず六畳の窓の外には杏《あんず》の木まで植えてあって、更に家の東側には藁囲《わらがこ》いの牛小屋と小便所さえもあった。ただ古いのと新しいのとが異なる点であったのだ。私は苦笑しながら推察した。この家屋を設計した男は、模倣性が強かったばかりでなく、何という経済家を兼ねていたことであろう。山間の農民は、これ以上に安直で軽便な家屋の設計は考案できないのである。六畳の部屋は居間と食堂と寝室と応接間とを兼ね、四畳半の部屋は夜具と柳行李《やなぎごうり》とを入れる押入れであり、且《か》つ叱《しか》られた幼児が逃げ込んで泣き叫ぶ場所である。

私達は荷物を運んでしまってから、部屋の掃除をした。莚畳の上には枇杷《びわ》や杏の実が散らばって、ブリキの片《きれ》には莨《たばこ》の殻《から》が棄《す》ててあった。そして焚火《たきび》の木炭でもって、壁に幾つかのらく書がしてあった。最も簡単な男女の裸体の一部分で、それには注釈まで加えてあった。おそらく工事の人夫達がやったものであろう。

総《すべ》ての整理が終ってしまってからも、朽助は自分の新居を非難攻撃した。

「何じゃやら落着かんでがす。むし暑いのではなければども、風通しがありはせん。このようにいなげな家は、冬分はさぞや寒いじゃろ」

彼は幾度となく窓から唾《つば》をはいて、いかにも軽蔑《けいべつ》した口調で言った。

「私らは他人の家へ来たような気がしますがな。こんなつらい目に逢《あ》おうとは夢にも思いませなんだ。最前までの家の方が、私らはなんぼ好きですか！　今夜はもう一ぺんあっちの家で寝起きしたろ」

彼は事実、夕食がすむと蒲団を一枚抱えて、夕暮時の谷間へ出て行った。タエトは棒《ぼう》杭《くい》に牛をつないで、牛の眉間《みけん》や横腹にくらいついている蟎《だに》をむしりとっていたが、朽助の外出をとがめようとはしなかった。彼女は熱心に自分の仕事に耽って、牛の背中から一ぴきの蟎をむしりとるとそれを靴の裏でふみつぶした。蟎は自らの血潮と土とにまみれて、砕けて死んでしまった。

私は漸《ようや》く障子を貼《は》り終えて、引手に楓《かえで》の葉を貼りとじているところであった。私は思った。朽助は七十幾つの年齢をしているくせに、ちょっと拗《す》ねてみたところであろう。彼はいまに帰って来るにちがいない。

けれど私の想像は違っていた。すっかり夜になって、タエトが夜業《よなべ》の縄《なわ》ないを半分以上も終えてしまっても、朽助は姿を現わさなかった。私は彼を連れ帰るために出かけた。谷間には夜の霧が一ぱいたちこめ、月の光を受けて、霧自身は灰色に光った。

朽助は寝てはいなかった。彼は窓を半分ほど開けて、そして窓の敷居に肘《ひじ》を置き、肘の上に顎《あご》をのせて深くかんがえ込んでいたのである。私は足音を彼に近づけて行って、彼の瞑想《めいそう》を破った。

「そんなところで居眠りする真似《まね》をして、からだに毒だぜ」

「べつに居眠りしたる覚えはないでがす。くったくしとるところだります」

「おそいから、うちへ帰ろう！」

「なんぼうにも私らは、ここの家の方が好きだります。何処《どこ》へ寝起きしようとも、私らは私らの勝手ですがな」

「バッド・ボーイは止せ。早く帰ろう！」

「いっそ私らは、今日は新しき闘争とかたらをしているのでがす。心配しなさるなというたら」

私は彼の頑迷《がんめい》を説き破ることができないのに気がついて、七八歩ほど帰りかけたが、再び立ちどまって朽助の様子を眺めた。朽助は私が帰ってしまったものと信じたらしく、再び肘の上に顎をのせて物思いに耽《ふけ》りはじめた。私は歎息をついて其処《そこ》をたち去った。

タエトは熱心に夜業をつづけていた。六尺の長さの細縄を幾本もつくっていたのである。彼女は土間に莚を敷いて、莚の上に膝を崩して坐《すわ》り、菜葉色のズボンの膝で縄を挟《はさ》んで作業していたわけである。胸を張って、両手がとどかなくなるまで縄がのびて来ると、後ろに片手をまわして、膝の間から縄を後ろにたぐった。私達は少女のかかる姿体をあまり仔細《しさい》に観察してはいけない。何故《なぜ》かというに、この姿体は縄ないという一つの作業のポーズであったにしても、甚《はなは》だしく催春的な姿体であったからである。私は知っている。人々は誰しも、かかる姿体に対して会話を申し込みたがるものなのである。私は彼女の傍に近よって、そしてたずねてみた。

「そんなに仕事をつづけて、掌《てのひら》が痛くはならない？」

彼女は作業を中止して、私に掌をさし出してみせた。可憐《かれん》な掌を走る血管は、更に掌を可憐に装飾して、私の多感をそそることが並たいていではなかったのである。私は彼女の掌を二本の指でつまんでみて、

「、、、、」

そのとき突然、誰かが戸を明けて私達を驚かしたのである。私は戸締りすることを忘れていたのだ。私はタエトの掌を離した。闖入者《ちんにゆうしや》は朽助であった。彼は蒲団を一枚抱えて、したたか雨にぬれていた。いつの間にか雨が降りだしたのであろう。彼は手拭《てぬぐい》で顔や胸をふきながらタエトをやさしくとがめた。

「われ、忘れものしたであろうがな？　お祈りができまいと思うたれば、わざわざ持っ

て来たぞな」

そう言って、袖《そで》のなかから十字架をとり出した。タエトは私に掌をつまませていたことを大いに恥入ったらしく、朽助の顔を見上げることができなかった。したがって、朽助の指から細紐《ほそひも》によってぶらさがっている十字架の前には、彼女が懺悔《ざんげ》の祈りに耽る貌《さま》が出来上ったわけである。

私は朽助の視線を避けるために、寝床にもぐり込んで目をつむった。朽助は板の上に十字架を置く音をさせて、

「私らは、やっぱりあっちの家で寝起きしたろ」

と呟いて、再び戸を明けて出て行った。おそらく彼は夜更けの谷間を歩きながら、

「それはなんぼうにも咎じゃ！」

と口走ったことであろう。

タエトは戸締りをしたり縄をかたづけたりしていたが、板の上に投げ棄てられていた十字架をひろって、その紐を荒壁の毛ばたってはみ出ている莇《すき》にひっかけた。そして寝る前のお祈りをはじめた。彼女は私が眠ってしまったものと信じていたらしく、いくらか私にきこえるほどの声を出して祈りの言葉を呟いたのである。私は寝たふりを装いながら、彼女の言葉を逐一訳して行って、私自身に了解させた。

「恵み深きイエス・キリストさま。明日も力一ぱい働くことができますように私達をお

守り下さいませ。そしてこれからは私の懺悔の言葉が、常に短く単純になって行くように、私をお導き下さいませ。さっき東京の客人は、祖父の姿を見ると急に私の掌から手を離しました。多分、私の掌が痛いかどうかを見るためではなかったのでございましょう、あの嫌悪すべき目つきや笑いかたは、私の心を常に悲痛にさせようといたします。全智全能《ぜんち》の主におたずねいたします。東京の客人は不良青年ではないのでございましょうか。あれでもよろしいのでございましょうか。私にはよくわかりません。どうか私達を正しきにお導き下さいませ。そうしてこの谷間に、活気と自由とのエスプリを雨とお降らせ下さいませ」

この訳述に誤訳の個所がないとすれば、私は私のとんでもない了簡を彼女に見抜かれてしまったものというべきである。

翌日の朝、朽助は蒲団を抱えて雨のなかを走って帰った。

「やれやれ、やっぱりこの家の方がよさそうでがす」

彼は私の顔を疑わしげに眺《なが》めて、今度はタエトの顔を憐憫《れんびん》を罩《こ》めた瞳《ひとみ》で眺めた。けれど私は昨夜はいかに自分がタエトのお祈りの言葉にやっつけられて、どんなにか止むを得ないピューリタンであったかということを、敢《あえ》て朽助に弁解したり告白したりしなかった。私はタエトの非難したがる意識をかくして、彼女が縄ないの仕事をしている傍に近づいた。雨が降るので彼女は朝から縄ないをはじめていたのである。私は彼女の掌を二本指でつまんでみせる前に、

「縄をないつづけて、掌が痛くなるだろう？」

彼女は仕事の手を休めて、ためらいがちに私に掌をさし出してみせた。私は彼女の掌を二本の指でつまんでみて、それから朽助に言った。

「タエトの手相は、実にいい手相だよ」

以上の情景は、朽助の心を安堵《あんど》させたらしかった。彼はうまく私の計略に乗ったばかりでなく、彼の両手を私の方にさし出して、彼自身の手相をも見てくれないかと私に申し込んだ。私は彼の右の掌を仔細らしく眺めていたが、

「素敵だ！　とてもいい手相だ」

そして、やはり彼の掌を眺めたまま、彼の今後の日常を勇気づけるために、次のようなことまで言ったのである。

「この手相の人は、若くして遠く海外に遊び、生家に居難《がた》し。されど五十歳前後となれば故郷に帰り、おのが業に就くべし。見受けるところ、この手相をもってすれば、富貴《ふうき》栄達は意の如《ごと》くなる筈なれども、元来この人は、この類《たぐ》いのものを求めざる人のようにして、みずから貧寒に甘んじ、孤独と純朴《じゅんぼく》とを愛するの人なり。申せば善良なる人なり。

但《ただ》し唯一の欠陥を指摘してみれば、実に頑迷固陋《ころう》にして容易に自分の愚蒙《ぐもう》をも非とせざる場合あり」

朽助は感動と驚きの言葉とで、私の占いをさまたげた。

「ああはや、まるで当っておりますがな！」

私は更に占いをつづけた。

「この人は齢《よわい》三十四五歳にして妻を失い、以来おとこやもめを続ける人のようなり。子供は女子一人くらいあれども至って薄縁にして、離合集散はかりがたし。されど七十四五歳に至れば、可憐なる孫娘など来《きた》り住まいて、幸せと長寿とを完《まっと》うするようなり。可憐なる孫娘と申すは、世にも稀《まれ》なる天真の少女ならん。常に祖先を敬い孝養に心をくだきて、瑞祥《ずいしょう》ここにみなぎれり。まことに羨《うらやま》しき手相というべし」

占いが終ると、朽助は彼の掌を窓の明るみに持って行って、それを注意深く眺めた。おそらく彼はこれまでに、こんなに注意深く彼の掌を見つめたことはなかったであろう。また私は、朽助の掌ほど厚い皮とたこだらけのものは未《いま》だ嘗《かつ》て見たことがなかったのである。彼が屢々《しばしば》その掌を莨の灰皿にして平気である原因を私は了解した。

谷間には、木《き》を伐る音がきこえはじめた。最初は二挺《ちょう》の斧《おの》の音がして、二人の伐採夫がやって来ているのを知ることができたが、斧の音は次第に増加して行った。彼等は雨が降っているにもかかわらず、池の水に没する山腹の樹木を、短い期間に伐り倒そうと計画しているのに相違なかった。幾十人もの伐採夫がやって来ているらしく、それは幾十挺もの斧の音の夕立であったのだ。

朽助は土間の隅《すみ》に立って、考え込みながら斧の音に聞き耽っていた。そして彼は多くの斧の音のうちで最も甲高く響いて来る三挺の斧の音は、枯れた樫《かし》の大木を三人がかりで伐っているのだと推定した。たった一つ他のいずれの斧の音よりも鈍重に響いて来る音があった。これは極めて近くの場所で一本立ちの木を伐る音にちがいないらしく、そうしてこの音は、あたかも交響楽の真最中に於《お》けるセロの緩徐調の役目をはたした。朽助は、この一律の湿っぽい斧の音は、桜の木を伐る音だということを言いあてた。

雨は止《や》まなかったが、朽助はこんなにぼんやりしているのは寧《むし》ろつまらないと告白して、牛を連れて出かけた。彼は藁《わら》製のカッパを着込んで、牛の背中にも同じ種類のカッパを羽織ってやったのである。私は牛小屋の藁廂《びさし》の下に雨を避けながら立って、石垣《いしがき》の樋《とい》の口から流れ出る谷川を眺めた。谷川は水量を極度に増して、樋の口の許すかぎり巨大な水の棍棒《こんぼう》となってほとばしり出ていた。そしてこの棍棒のなかには幾本もの丸太がまぎれ込んでいたのである。伐採夫達は、谷間いっぱいに斧の音を響かせながら、彼等はその片手間に、伐り倒した樹木の枝を刎《は》ねて上流に投げ込んでいたのであろう。丸太は絶え間なく流れ出た。

樋の口からほとばしり出る水の棍棒は、滑らかな半円を描きながら一個の瀑布《ばくふ》であった。滝壺《たきつぼ》に落下した水は純白な水煙をまき上げたが、水は自《おのずか》ら横なぐりの風を涌《わ》き起して、純白な水煙を空中に高く吹きまくった。多くの丸太は滝壺のなかで逆立ちをしたり、一心不乱に輪を描いたりした。或《あ》る一本の丸太は、他の二本が体をくっつけている間へ割込んで、三本で細長い筏《いかだ》となって勢いよく川しもに走り去った。或る一つの丸太は、他の丸太の上に体を投げ出して相手を驚かしたが、周章《あわ》てて水中深く滑り込んだ。これ等の光景は、あたかもマッチの箱から軸木をぶちまけた場合の光景に似ていたのである。まる四日ほど雨が降りつづいた。そして五日目に晴れて、谷間の樹木は最も明快な緑色を示した。

伐採夫達は四日間で彼等の目的を達して、五日目の晴天には斧の音を響かせなかった。全く彼等は短い期間で手際《てぎわ》よく彼等の任務をはたしたものである。山腹の樹木は、堤防と同じ高さまで一本も残らず刈りあげられてしまった。そこに池の水をすっかり乾かした時の姿を現わして、谷間としては最後の姿であったのだ。私と朽助とは堤防の草の上に立って、すっかり形相を変えた谷間の風景を互いに驚き合った。

「ああはや、何たる事じゃろ！　さては大きな池ですがな！」

「ここから見ると、五つの谷しか見えない」

山腹の曲線は、樹木の伐採線によって、五つの彎曲《わんきょく》を示していたのである。朽助は私の観察を否定して、左側の突き出た峰のかげに更に四つの谷間があることを教えてくれた。

「ではやはり魔物が住むね？」

「住みますとも！　今にも魔物が住みそうですがな」

樹木を伐り払われた急斜面は灰色の地肌《じはだ》を見せ、池の底となるべきところは赤土のゆるやかな勾配《こうばい》であったのだ。その中心を谷川が流れていた。この過渡期の池は、殆《ほとん》ど池としての魅力を現わしていなかった。考えようによっては、池が目をむき出して怒っているところではないかと思われた。そういう殺気立った池の水のない水底に、もとの朽助の家は取払われないで建っていたわけである。私と朽助とは堤防から池の底に走り下りて、池の底の最も深い場所となるべきところを二人で歩きまわった。そして朽助は或る一個所に立ちどまって、地面を見つめながら呟《つぶや》いた。

「魔物というものは、いっそここいらから湧《わ》いて出るのかもしれませんでがす」

二人の役人がいた。彼等は共に洋服の上衣《うわぎ》を脱いで、人々を指揮した。そして二つの樋を閉じさせた。鉄のハンドルを廻《まわ》すと大小三つの歯車が急転して、芝居の緞帳《どんちょう》ほどもある幅広な板が降りて来て、樋の口を閉鎖する仕掛けであった。

谷川の水は水量を失っていなかったので、五分間もたたないうちに、谷川は自らの姿を氾濫《はんらん》する水のなかに没してしまった。

私と朽助とはタエトと一しょに、一本の木立の下へ行って見物していたのである。朽助は、しきりに同じことをくり返して言った。世間というものがあさましいことになったなぞと言ったのである。

池の底には赤土の斜面に濁り水の池の姿ができはじめた。水面は極度に凪《な》いで、それは水が急速度に増えて行っていることに対して冷淡な様子を見せたが、水岸では寄せ波ばかりの満潮の光景であった。

朽助達の住んでいた家は、段々畑の下で次第に孤独の度を深めて行った。すでに牛小屋も周囲の樹木も取払われていたのであるが、何故か人々は朽助の住居にだけは破壊の手を遠慮していた。けれど朽助にとっては、人々の遠慮が却《かえ》って悪かった。おし寄せて来る水は、空家の土間に侵入しはじめた。

そこで朽助は自分がその土間に立っているかのように周章《あわ》てはじめたのである。

「これはしたり、津波が来たるぞ！　ああはや駄目《だめ》なようでがす」

私は彼の絶望的にふりまわす腕を捕えて、彼に言った。そんなに大声で狼狽《ろうばい》したりしては人々が嘲《わら》うであろうことを注意したのである。彼の手は私から腕をふりほどいて、人々の行為を大声で罵倒《ばとう》した。人々が朽助に反感をもって、彼の住居を水の底に沈めるつもりであろうというのであった。

「それはいっそ咎《とが》でがす！　ああ私らはつらいでがす！」

彼があまり大声を出したので、タエトは朽助の肩に親しみ深く手をかけて、片方の手で朽助の目を覆《おお》った。彼女の沈着なふるまいは、朽助を平静な人間に蘇《よみがえ》らせ、同時に彼を快活な老人にさせた。そして彼はタエトに目を覆われたまま言った。

「これこそ、ご着眼だります。したれど、もう手を引っこめてもよろしいがな。私らは独りで目を閉じますでがす」

タエトが手を引っこめてみると、朽助は約束通り目を閉じていた。

池の水は朽助の住居にも容赦なく襲いかかって、戸を蹴《け》やぶって侵入した。そして壁をひき剝《は》いで、軒をひたした。やがて家全体が水の渦《うず》に囲まれながら、水中に姿をかくしてしまったのである。

「沈みましたわ」

タエトはそう言って、興奮の吐息をもらした。朽助が目を開いた時には、屋根の沈んだあたりの水面から、数本の柱が連続的に勢いよく突き出て来た。柱はそれ自体が一本の棒となって、全体の長さの三分の二ほども水面に姿を見せて屹立《きつりつ》したのである。そうして再び水のなかに潜る様子をみせながら水面に横たわり、流木となって慌《あわただ》しく水岸に沿うて走り去った。

水は、段々畑を襲いはじめた。段々畑にはまだ収穫期に至らない黍《きび》と棉《わた》とがあったが、黍は寄せ波の一撃によって、ひとたまりもなく抜きとられ、一束の苗となって押し流された。棉は真黄色の花や純白の綿毛の実をつけたまま、段々畑と一しょに水のなかに沈んだ。すでに池は二つの湾を持ちはじめていたのである。そして朽助の言うところによれば九つの湾を――九つの湾を持った池となるには数日を費さなければならない筈《はず》であった。けれど谷間に見出《みいだ》すことのできる一つの湖水であったのだ。赤土色に濁った水は周囲の山と青空とを水面に映して、谷間の形相を和げようとこころみた。

川しもの谷川で水の音がすっかり絶えると、朽助は耳鳴りがすると言いだして、しきりに彼自身の耳を引っぱった。二人の役人は、人夫達を連れて帰って行った。私や朽助は木立の下から現われて、堤防の上に出た。小さな立札があって、立札にはこの池の竣《しゅん》工《こう》祭は来月一日に挙行することが記してあった。

私達は立札の傍に腰を下ろして、互いに黙って池を眺めた。一羽の小鳥が池の水面をかすめて、おぼつかなげに飛びまわっていた。池はこの小鳥の住居を犯した化物なのであろう。小鳥は水面にうつる自分の姿に向って細く鋭い悲鳴をあげたり、幾度となくはげしい羽ばたきをしたりした。そして再び水面から遠く離れたり、羽根をおさめて水面近くをかすめたりした。タエトは熱心に水面を眺めていたが、この小鳥はいまに飛び疲れてしまうであろうけれど、何鳥という鳥かわからないと呟いた。私は、この小鳥は多分うぐいすであろうと答えた。

夕方が近づいた。しかし小鳥は飛びまわることを止《よ》さなかった。池の水面は錆《さ》びた銀色にかげりはじめて、小鳥は細い黒色の一線を水面に描いた。彼は自分の羽音のきこえるかぎり、その羽音に興奮して彼自身を冷静にすることができなかったのであろう。

朽助は言った。

「なんたるむごたらしいことをする池じゃろか！」

タエトは石ころを拾い集めていたが、彼女は可憐《かれん》な声をはりあげて、

「ほうい、ほうい！」

と叫びながら、小鳥を覘《ねら》って石ころを投げた。五つ目の石が小鳥の頭上をかすめた。小鳥は驚いて絶望的な羽ばたきをしてみせたが、急速な抛物線《ほうぶつせん》を描いて山腹の茂みのなかに消えてしまった。

私はタエトの石投げをする姿体を好ましく眺めた。

朽助は足を半ば投げ出して、その脛《すね》の上に額をのせたが、彼は思いついたように歎息《たんそく》をもらしはじめた。深く息を吸い込んで、一気に肩で押し出すというやりかたであった。どうやらその度ごとに彼は咽喉《のど》からひと思いにくったくした思想を棄《す》てようとしているらしかった。そして吐き出した息と吸い込んだ息との語尾は、彼の五体の感傷にくすぐられて小刻みにふるえた。ところがそれは次第に老人のすすり泣きに変って行ったのである。

私は少なからず疲労を覚えていたので、いつまでも立ち上りたくないと思った。

タエトは私達の立ち上るのを忍耐強く待ちつづけて、そして滅多なことには朽助を堤防の上に置き去りにしないという意気込みを鳶色《とびいろ》の瞳に多分に現わしていたのである。

「眼前口頭《がんぜんこうとう》」他より

斎藤緑雨

■斎藤緑雨　さいとうりょくう　一八六八（慶応三年）〜一九〇四（明治三七年）

伊勢国（現三重県）生まれ。明治法律学校（現明治大学）中退。仮名垣魯文に師事する。一八八九年、「東西新聞」に連載した戯作評論「小説八宗」が評判を呼ぶ。九一年、小説「油地獄」「かくれんぼ」を発表し、作家的地位を確立。新聞「国会」「万朝報」などに所属し、「新体詩見本」「門三味線」「おぼえ帳」などの作品を発表した。樋口一葉、幸徳秋水との親交も知られる。

緑雨は一八九八〜九九年に「万朝報」に連載した「眼前口頭」を皮切りに、死の前年まで数々のアフォリズム（警句）を残した。

「眼前口頭」より

○今の小説と、ながらとは離る可らず。寝ながら読む、欠伸《あくび》しながら読む、酒でも呑みながら読む。されどこの読むといふことより、代金の手前といふことを差引きて、若《も》し残余あらば、そは小説家が社会に与ふる偉大の功益なり。

○拍手喝采《かっさい》は人を愚《おろか》にするの道なり。つとめて拍手せよ、つとめて喝采せよ、渠《かれ》おのづから倒れん。

○涙ばかり貴《とうと》きは無しとかや。されど欠《あく》びしたる時にも出づるものなり。

○賢愚は智に由《よつ》て分たれ、善悪は徳に由て別《わか》たる。徳あり、愚人《ぐじん》なれども善人なり。智あり、賢人なれども悪人なり。徳は縦《たて》に積むべく、智は横に伸ぶべし。一は丈なり、一《いつ》は幅《はば》なり、智徳は遂に兼ぬ可らざるか。われ密《ひそか》におもふ、智は兇器なり、悪に長《た》くるものなり、悪に趨《はし》るものなり、悪をなすがために授けられしものなり、苟《いやし》くも智ある者の悪をなさゞる事なしと。

○懺悔《ざんげ》は一種のゝろけなり、快楽を二重にするものなり。懺悔あり、故に悛《あらた》むる者なし。懺悔の味《あじわい》は、人生の味《あじわい》なり。

○恋とは口にうつくしく、手にきたなき者也。こは嘗《かつ》て神聖論を拒否するにあたりて、恋とはうつくしき詞《ことば》もて、きたなき夢を叙するものぞとわれの言へるを、詳《つまびら》かにしたりとも、約《つづまや》かにしたりとも言得べきもの也。

○危《あやう》きは世に謂ふ恋なるかな。一たびするも、十たびするも、符号《しるし》を遺すことなく、痕《あ》跡《と》を留《とど》むることなし。

「霏々刺々《ひひらつらつ》」より

○人の心の最《いと》きよらかなるは、人の心の最おろかなるなり。魚《うお》の多数は澄江《ちょうこう》に釣らず、濁流に釣るなり。

○按ずるに社会の智識は、売れぬ本といふものに由りて開拓せらるゝならん歟《か》。売れぬ本といふは、すぐれて良きか、良からぬかの二つに出でず。この二つは先後別々に、大なる教訓を提《ひっさ》げたる者なればなり。約言すれば社会の智識は、書肆《しょし》の戸棚也、戸棚の隅也、隅の塵也、塵の山也。

「両口一舌《りょうこういちぜつ》」より

◎正義はおもちゃのみ、おもちゃの喇叭《らっぱ》のみ、音《おん》をなすに止《とど》まりて、用をなすに至らず。傾《かたぶ》かすを得れども、動かすを得ず。

◎正義は呼号《こごう》すべきものなり、印刷すべきものなり、販売すべきものなり。決して遂行すべきものにあらず。

◎世は米喰ふ人によりて形成せられ、人啖《く》ふ鬼によりて保持せらる。

「巌下電」より

○紳士とは服装の事なり、思想にあらず。車馬の事なり、言語にあらず。かくて都は楽土たり、人物の会萃たり、幾十百種の書の発行処たり。

「長者短者《ちようしやたんしや》」より

○老者《ろうしや》の道徳は、壮者の香水に異《こと》ならず。

○食ふは本業也、言ふは内職也。口は開くべき理由あるも、閉づべき理由なし。

○若きより見たる老《おい》が仕種《しぐさ》も、滑稽劇也。老より見たる若きが仕種も、滑稽劇也。滑稽を以て、滑稽に代ふる也。代ふるが即ち生命也。

「半文銭」より

◉道《みち》は学ぶ可きに非ず、遊ぶ可き也。学ばんよりは遊べ、大《おおい》に道に遊べ、小説家たるを得べし。カタルは熱を伴ふことあるもの也、病的現象也。

◉作家の苦労は猿の苦労也、水の月を把《と》らんとする苦労也、溺《おぼ》るに定まりたる苦労也、薯胡蘿蔔《いもにんじん》以上には飼はれざる苦労也。

◉ちよいと見てちよいと惚れるは、今の評者也、他人也。よく見てよく惚れるは、今の作者也、自身也。

◉惚れるは常識也、溺るゝは天才也。芸術は色気也。即ちあまい料簡也。

◉恋とは瞬間の作用也、六十年に対する五分時《ふんじ》也。お染《そめ》は色、朝顔《あさがお》は恋。

「大底小底《たいていしようてい》」より

○われら作家が無学の譏《そし》りは、再三世上に反復せられたり。されどもわれら作家の無学ならずして、いかんぞ今の如くめでたき作物を供するを得る。

○実力の知られざるを悲《かなし》む勿《なか》れ、知られざる間《ま》に猶《なお》蓄積すべし。実力以上に知られたる人の、死ぬに死なれぬ苦悶を見ずや。

「青眼白頭《せいがんはくとう》」より

○按ずるに筆は一本也、箸は二本也。衆寡敵《しゅうかてき》せずと知るべし。

饗宴

吉田健一

■吉田健一　よしだけんいち　一九一二（明治四五年）〜一九七七（昭和五二年）

東京生まれ。父は元首相・吉田茂。英ケンブリッジ大を中退、帰国してポー「覚書」などの翻訳を行なう。一九三九年、中村光夫、山本健吉らと「批評」を創刊。戦後は評論家として「英国の文学」「シェイクスピア」「東西文学論」「文学概論」「日本について」などを発表する一方、短篇を中心に創作活動も展開、作品集『酒宴』『怪奇な話』などに結実した。随筆の名手としても知られ、今なお多くの読者をもつ。

「饗宴」は「あまカラ」一九五四年一二月号〜五五年二月号初出。

水もなるたけ飲まないやうに、などといふ病気にはなりたくないものである。なつたら、腹が減つてたまらなくて、喉《のど》が渇き、煙草《たばこ》が欲しくても飲めず、映画の試写会の招待券が来ても出掛けて行けなくて、どうにも情ない感じがするだらうと思ふ。それが何といふ病気かといふことはこの際、問題ではないので、それに、さういふことになる病気は色々あるらしい。腹が減つてゐるのが感じられる所まで直つて来たチフスがさうださうで、それから、胃潰瘍《いかいよう》といふ病気もやはりさうだといふ話を聞いた。先日、それに友人の一人がなつて、間もなく病院から出て来たが、病気中の苦労の話を聞いてゐると実際気の毒で、自分がそんなことになつたらどうすればいいかと、思はず各種の対策に就《つい》て空想して見たのが、どこもどうもないのにさういふことを考へるのだから、却《かえ》つて無責任で楽しい夢の数々に耽《ふけ》ることになり、以下、そのことを少し書くことにする。

話は飛んで、その昔、シャツクルトンが何回目かに南極探険に出掛けた時に、一行四人か五人が、フォオクランド群島のもつと先の離れ島に、どこからも助けが来る当てもなしに何日も岩穴の中で暮すことになつた。その一行に加つてゐた人のことを後で聞いたのであるが、餓ゑ《う》の為に気が変になつたものもあつた中に、その人は毎晩、もの凄い《すご》御馳走《ごちそう》の夢を見続けて、そのお蔭でどうもならずにすんだといふことだつた。要するに、だから、想像力を働かせて辛い《つら》思ひをしてゐるのを紛らせるのが、胃潰瘍だの、チフスだのの場合でも有効だといふことになる。

それでなのだが、一日の食糧が牛乳五勺《しやく》に麦湯一杯などといふのが十日も続いて、ゐても立つても、じつと寝てさへもゐられなくなつたら、日頃は当り前のことに思つて行つたり、行かなかつたりしてゐる飲み食ひの場所を、次々に半日かそこらで一廻りする所を想像して見ることにする。それも、日頃は入つたこともない店のことを思ふ方が、却つて《かえ》刺戟《しげき》になつていいかも知れない。例へば、日本橋の交叉点を紙屋の榛原《はいばら》の方に行つて、まだ榛原まで行き着かない所に、何といふのか、一種の豪勢な汁粉屋《しるこ》があり、汁粉とは余り縁がないのでまだ入つたことがないが、その窓には田舎《いなか》ぜんざいと言つて、如何《いか》にもこつてりした感じの汁粉だの、又甘いものでなくても、おこはを重箱に詰めた隅に煮染め《にし》が添へてあるのや、松茸《まつたけ》や鳥の肉が入つてゐる雑煮《ぞうに》などが並べてある。それで先《ま》づぜんざいを頼み、口の中がすつかり甘つたるくなつたのを雑煮で直し、それからおこはで、少しは何か食べたやうな気持になる。

併《しか》し実際は何も食べてゐない時にその位のことをした積りで満足する訳はないので、余り知らない店のことばかり考へてゐても想像力が鈍る恐れがあるから、今度は、端から端まで行つて中間の所を一軒づつ片付けて行く意味も含めて、新橋まで円タクを飛ばして駅前の小川軒に入る、といふ方に頭を働かせる。ここでは何を頼まうか。考へただけでもぞくぞくして来るが、十日間、何も食べてゐないのに待つてなどゐられないから、先づ余り手間が掛らない所でオムレツを一つ注文し、それを食べてゐる間に、チキンカツ二人前にオックス・テエルのソオスを掛けたのを作らせ、それを食べ終つた頃にマカロニとトマト・ソオスで牛の肝《きも》を煮たのが出来上るやうにするとか、或《あるい》は又、日本橋でぜんざいと雑煮とおこはを食べたことを勘定に入れて、少しは腹の虫が納《おさま》つてゐると仮定するならば、もつとゆつくりした献立を考へる。

小川軒といふ所は、いつも何か会があるのに時間を間違へて、一時間早く街に出掛けて空腹で目が廻りさうになつてゐる時とか、用事で朝から駈《か》け廻つてゐて、いつにない運動でやはり空腹で気絶し掛けてゐる時に、ギネスの黒ビイルにオックス・テエル・シチュウで露命を繫《つな》がうと思つて駈け込んだりばかりしてゐるものだから、まだゆつくりした献立で食事をしたことが一度もなくて今日に至つてゐる。さう言へば、飲みものの話が出たのはここではギネスが始めてだが、その胃潰瘍をやつた友人が語つた所によると、葛湯《くずゆ》一勺に水は水薬と、散薬を飲む水だけなどといふ生活を一週間以上してゐると、不思議なもので、頭に浮ぶのは食べることばかりで余り酒は欲しくならないといふことだつたから、彼が得た貴重な体験に基《もとづ》いて、同じ境遇に置かれた自分といふものを想像して見てゐるのである。それ故に飲みものは割愛して考へ続ける。

もう一つ、飲みものが出て来ない理由は、これもその哀れな友人から聞いたのであるが、その友人がまだ飲むことは禁じられて出歩き始めた頃、飲むのと食べるのとの経済的な負担の上での相違に驚いたといふのである。何でも、三度の食事は病院でして、決つた時間に看護婦さんが熱を計りに来る合間には外出しても宜《よろ》しいといふことになり、アイスクリイム位ならといふ許可も出たさうで、それでその第一日に銀座の喫茶店でチョコレエトのソフト・アイスクリイムを五つ食べた後に、カステラは前から許されてゐたのを思ひ出し、カステラの一種であるバウムクウヘンとかいふ菓子を注文して、それで千円札で五百円札付きのお釣りが来たといふことだつた。確かに、これなら店によつては、ビイル二本の値段にもならない。それで、主に食べるのが目的の空想に耽る時は、飲む方は無駄《むだ》なのである。

小川軒でゆつくりした食事をすることから大分遠ざかつたが、その食事ではやはりオォドブルなどといふものは省くことにする。仮定では、午前十一時頃に日本橋に行つて、これから昼飯になるのであり、空腹はまだ相当なものである筈《はず》だから、幾《いく》らゆつくりでも、茹《ゆ》で卵の半分をくり抜いた中にカヴィアを入れたりしたのを突つついてゐては間に合はない。濃厚なポタアジュに、もう一度その濃厚なポタアジュのお代りをする。ポタアジュの理想は、一匙《さじ》口に入れる毎《ごと》に、何かかう太陽が喉《のど》から食道を伝つて胃に流れ込むやうでなければならない。小川軒のはそれ程でもないが、決してまづくはなくて、お代りするのは、初めから二人前作らせて置いて、二杯目のを終つた時に次の料理が出来上つて、待たずにすむのが狙《ねら》ひである。次の料理は、これも直《す》ぐに作れる牡蠣《かき》のフライか何かにして置く。その次のが大変で、時間が掛るから、さうでもしないと待たされることになるのである。

その料理といふのは、コットレット・ダニヨオ・オォゾマアル・トリュッフェ・マロン・シャンティイと言ふ。これは略称で、本当はもつと長い名前なのであるが、これだけで解らないこともない。高級なフランス料理といふものは、大概は内容と余り関係がない名前が付いてゐて、その点では、この何とかいふのは比較的に解り易《やす》い方である。先《ま》づ、コットレット・ダニヨオであるが、これは羊の肉のカツレツといふ、それだけで一種の珍味で、羊のカツなんてのは誰も聞いたことがないから、旨《うま》いに決つてゐる。併《しか》しそれからまだ先があつて、羊肉のカツレツが出来上つたらこれに胡桃《くるみ》と南京豆《なんきんまめ》を混ぜて摺《す》り潰《つぶ》し、大体、カツを四人前位このやうにしてから上等のオリイヴ油でもう一度練り直して、雲丹《うに》の焼いたのとカレイ粉を加へ、大きなお皿の上に品川のお台場《だいば》の形にこてこてと盛り上げる。

それから次のオォゾマアル・トリュツフェという一区切りは、もつと正確にはその下に更にオォズイトル・フリトと付く。西洋で日本の伊勢海老《いせえび》に相当するのは、日本の田《たん》圃《ぼ》などによくゐるあの蝦蟹《えびがに》といふ奴《やつ》を伊勢海老大にしたやうなもので、これも茹でるとやはり赤くなる。西洋の子供の絵本に、白い仕事着に白い帽子を被《かぶ》つた向うの太つたコツクさんが鍋《なべ》を持つて立つてゐて、蓋《ふた》を取つた鍋からこの蝦蟹《えびがに》の化けものが大きな鋏《はさみ》をだらりとさせてゐる絵が出てゐたりするが、この西洋の伊勢海老を八匹ばかり、よく茹《ゆ》でて殻を取り、内臓と一緒に塩と胡椒《こしょう》と酢とサラダ油を混ぜたのに二、三日漬けて置いたのを、これも前のダニヨオと同じく念入りに摺《す》り卸《おろ》して白つぽい味噌《みそ》状のものにして、既に出来上つてゐる筈《はず》のダニヨオのお台場に、品川の本もののお台場が雪に埋つてゐる具合に被せ、それからフランスの、豚《ぶた》に樫《かし》の木の根元から鼻で掘り出させる蕈《きのこ》を、生《なま》を正式に料理するのは面倒だから罐詰《かんづめ》で間に合せて、雪の上に姿よくあしらふ。

併《しか》しそれでもまだおしまひにはならなくて、今度は牡蠣《かき》を何十も、普通に牡蠣フライを作る要領で揚げるのだが、この料理では、衣だけでなしに、中身も何もかもがあの金色のぼろぼろしたものになるまでフライパンから出さず、揚げてゐる間中レモンの汁を加へて、そのぼろぼろを口に含むと、牡蠣フライの衣と中身の味の他にレモンの匂ひも口の中に拡《ひろが》るやうにする。これを俗に牡蠣そぼろと言つて、作るのに大変な技術を要するものだと聞いた。それが漸《ようや》く出来上つた所を、まだ熱いうちにお台場の雪と蕈の上に振り掛ける。

マロン・シャンティイといふ最後の一区切りは、これはどこの西洋料理でも出す、あの栗《くり》の摺つたのにクリイムを掛けたもので、それをどうしてかう呼ぶのか解らない。併し兎《と》に角《かく》、これを雪の中から蕈が頭を出した上に、金色の牡蠣そぼろの雨が降つたお台場の廻りに、雪と泥で白と茶色になつた波の恰好《かつこう》に盛り付ける。

これで、コツトレツト・ダニヨオ・オォゾマアル・トリュツフェ・オォズイトル・フリト・マロン・シャンティイが出来上るのである。仔豚を丸焼きにしたのが乗る位の銀の皿で出すのが普通だから、なかなかの壮観で、それをお台場と言はず、波と言はず、匙《さじ》一本でがむしやらに突き崩し、突き混ぜて食べる快味は、全く何と説明したらいいか解らない。辛いと思へば甘くて、歯で揚げたパン粉をこりこり嚙《か》めば、蕈の滑かな肌が舌に媚《こ》び、羊と海老と牡蠣と栗と、その他この料理に入れた何もかもの味が一緒になつて、一口毎《ごと》に夢の国に誘はれるやうである。かういふものの後でお茶漬を食べたらさぞ旨《うま》いだらうと思ふ。

それで次は当然、この小川軒から少し銀座寄りの、何といふ名前か解らない橋を渡る前の左側にある、吉野屋といふ店の新橋茶漬けを食べに入る（念の為に書いて置くが、前のオォゾマアル云々《うんぬん》といふ料理は小川軒では今の所、材料の関係で作るのを止《や》めてゐるから、注文しても無駄《むだ》である。これが、非常に空腹になつてゐる人間の必死の妄想を並べたもので、今食べられる料理とさうでないのをごつちやにしてゐることを忘れてはならない。併し吉野屋の新橋茶漬けは現存してゐる)。

　吉野屋は、その頃住んでゐた場所の関係で渋谷から西銀座に掛けて飲み歩いてゐた時代にはどうかすると毎日行つたものだが、引つ越して牛込から西銀座に掛けて廻つてゐる現在では、終点として都合が悪いので、随分行かない。併しここの新橋茶漬けは今も覚えてゐるし、そして前にも言つた通り、今でも作つてゐる。要するに、丼《どんぶり》に御飯を入れた上に鮪《まぐろ》と海苔《のり》を載せて胡麻《ごま》を散らし、醤油《しようゆ》と山葵《わさび》にお茶を掛けたもので、それが終点でこれから家に帰らうといふ時位になつてゐると、又とない食べものに思はれる。喉《のど》が渇いてゐるのに辛いものが欲しくて、お腹も空いてゐるといふ、一晩飲み廻つた後の体の状態から起る要求を全部満《みた》してくれる代物で、料理に専売特許があるかどうか知らないが、これは出願するだけの資格は充分に備へてゐる。尤《もつと》も、主人の春さんに言はせれば、問題はその作り方にあるから真似《まね》が出来るものではないといふことになつて、特許局までわざわざ出掛けて行く必要はないのかも知れない。

　或る晩、吉野屋に定刻の夜遅く行つて、この新橋茶漬けを頼んだら、その前から店の隅に陣取つて、空の丼の数から察するに、この茶漬けを三杯ばかり平げてゐたお客さんが、又お代りを注文した。そして我々の方が先だつたので、そつちのお代りが出来るまでに少し手間取つたのが待ち切れなくなつたと見え、「新橋茶漬けはこつちが先なのに、……新橋茶漬けは、……新橋茶漬けを、……」と選挙の時のやうに連呼して催促し始めた。「ケナファ・ヤ・ケナファ、」と一緒だつた河上さんが呟《つぶや》かれた。「千夜一夜」にさういふ言葉でケナファといふ菓子の旨《うま》さを讃へた詩が出て来て、全くそのお客さんの管《くだ》を巻きながらの催促は、吉野屋の新橋茶漬けへの讃歌だつた。胃潰瘍《いかいよう》、或《あるい》はチフスの快癒期、或はその他で気が遠くなり掛けてゐたら、お客さんの気持は一層よく解ることだらう。それで吉野屋に入り、新橋茶漬けを三杯、終ると次といふ風に持つて来るやうに注文する。

さういふ病人は、一日に牛乳五勺の栄養では先《ま》づ寝たつ切りだらうと思ふから、退屈と餓《う》ゑ凌《しの》ぎの空想はまだまだ尽きない。三杯食べたことにしても、実際は何も食べてはゐないので、序《つい》でに又三杯頼む。茶に浮いた海苔の匂ひ、茶で茹《ゆ》だつて白くなり掛けた鮪の味、ブルブルブルブルと体が震へて来て、病室の窓一杯の青空を白い雲が流れて行くのが、漸《ようや》く少しは正気付いて眺められる。

吉野屋を出た後は、道順から言つて久し振りにモロゾフのロシア菓子を思ひ出してもいいだらう。ハルビンで作られてゐたロシアのキャンデイに子供の頃は憧《あこが》れたものだつたが、その後、日本にもモロゾフがあることを発見した。それも、家の近所にあつた駄菓子屋でも売つてゐたモロゾフの大量生産のロシア・ビスケツトで、それでもこつてりした味で旨かつた。ハアト型のビスケツトの窪《くぼ》みに赤や青のジャムが落してあるのが紙に包んであつて、そのジャムがただのジャムではなくて油で炒《いた》めたやうな、変つたものだつた。駄菓子屋に出す大量生産品でもそんなだから、銀座裏の並木通りか、どこかその辺にあるモロゾフの店に行けば、もつとこつてりして、何とも言へない味の菓子がありはしないだらうか。バタを少量のうどん粉で固めたのに飴《あめ》を掛けて硬《こわ》ばらせた皿状の台に苺《いちご》のジャムを注ぎこみ、胡桃《くるみ》を砕いたのをその上にまぶした菓子などといふのがありさうな気がする。

それでモロゾフに入つて、なるべく見たことも聞いたこともないやうな菓子を三つか四つ、それも出来るだけ大振りなのを注文し、その他にコオヒイを頼む。コオヒイは胃潰瘍に一番いけないといふことだから、バタと砂糖と香料が乱舞してゐる感じの菓子と、禁断のコオヒイの匂ひを想像すれば、それで又三十分位は空腹の辛《つら》さが紛れる筈《はず》である。そこに看護婦さんが入つて来て、熱を計ると言ふ。チフスはどうか知らないが、胃潰瘍は熱が出る病気ではないさうで、更に何日も絶食して血になる材料が不足してゐれば、体温は死人のゼロに近くなつてゐても不思議ではない。所が、ぜんざいに何とかにオォゾマアル云々《うんぬん》にモロゾフの菓子と熱を上げてゐるものだから、暫《しばら》くして看護婦さんが又入つて来て体温器を見て、三十九度八分、大変大変などと騒ぎ出したら、これも一興ではないかと思ふ。

併《しか》し熱が出た位のことで、空想に耽《ふけ》るのが止《や》められるものではない。腹が減つてゐるのはそれまでと同じなのだから、必死の空想もそれまでと同じく続ける他ない。

　モロゾフを出る頃から、選択が段々難しくなる。豚肉《ぶた》が一杯詰つた大きなワンタンが呼びものになつてゐる維新号といふ支那《しな》料理屋に行つてもいいし、グリイン・カウとかいふ、何とも妙な料理ばかり作つてゐる店もある。併し現実に妙な料理は実際に食べた方がいいので、空腹で貧血してゐる頭で想像して見ても仕方がない。この辺は鮨屋《すし》も少くないが、さう言へば、昔の新富鮨のやうな大きな江戸風の鮨こそ、病気で絶食してゐる時でも、難船して太平洋の離れ島で海の中を泳いでゐる魚と睨《にら》めつこをしてゐる時でも、思ひ出して暫時《ざんじ》の慰めを味《あじわ》はせてくれるものがある。一口や二口では食べ切れない大きさで、鮪《まぐろ》の赤い所と烏賊《いか》しかなかつた。一口で口に入つてしまふから、何だかんだと、味がこつてりしたものだとか、乙《おつ》なものだとかが欲しくなるので、かぶり付ける程の大きさで口の中がその味で一杯になるなら、鮨は鮪の赤い所と烏賊だけで沢山《たくさん》である。その切り身が又厚くて、烏賊が甘いものだといふことが新富鮨の烏賊を嚙《か》み締めてゐるうちに始めて解つた。

　併し新富鮨に限らず、鮨屋さんは皆この頃は関西風とか称して、一口分をその上に又二つに切つたりして出すやうになつたから、そんなものを幾《いく》つ食べる所を想像して見ても腹の足しにはならない。それよりも、維新号で胡麻《ごま》餡《あん》入りの支那饅頭《まんじゆう》を一つ食べて口の中を変てこにして置いてから、肉饅頭二つで口直しをして、ワンタン二杯で辛いものの方が甘いものよりも旨《うま》いといふ自信を一層強めた後に、資生堂の化粧品部の裏通りにある蕎麦《そば》屋のよし田に行く。本当に腹が減つて死にさうになつてゐる時は、信州何々郡何々村で取れた、これ以上のものはないといふ蕎麦を、岩清水を主な原料にして作つた仙人用の汁で食べるのなどは少しも有難くない。確か久保田万太郎氏のお話によれば、よし田がコロッケ蕎麦といふものを最初に拵《こしら》へたといふことで、これは天麩羅《てんぷら》蕎麦の天麩羅の代りにコロッケを使つた、別にどうといふことはないものであるらしい。それで、このコロッケ蕎麦に若干の改良を加へて見る。

コロッケといふのは小さいのが相場になつてゐるが、それではつまらないから、ハンバアグ・ステエキ二つ分位の雞《とり》の叩《たた》きを牛乳とバタで料理したコロッケを二つか三つ、カレイ南蛮式の蕎麦の上に載せて、生卵を落したのを作つて貰《もら》ふ。丼《どんぶり》の大きなのがなくては困るが、なければ鍋《なべや》焼き饂飩《うどん》の鍋を代りに使へばいい。食べてゐる途中で味に変化を与へる為に、鰻《うなぎ》屋で出すやうな茄子《なす》の芥子《からし》漬けとなるべくじゆくじゆくした奈良漬けを別に小皿に盛つて出して貰《もら》ふ。この特製のコロッケ蕎麦を、コロッケの端をちぎつては上の生卵と、下のカレイ南蛮と混ぜこぜにして食べて、茄子の芥子漬けで口直しをする所を丹念に胸に描いてゐれば、かなりの間気を紛らせてゐることが出来る筈《はず》である。そのうちに一丼《ひとどんぶり》平げてしまつたら、お代りを注文する。ハンバアグ・ステエキ二つ分の大きさのコロッケが幾《いく》つも幾つも、といふのは、丼の中に二つづつ幾つでも出て来ることを思へば、その為に胃袋の分泌《ぶんぴつ》が烈《はげ》しくなつて空腹は増しても、それだけ胃は消化がよくなつて快方に向ふことになり、腹が減つて来れば来る程、必死になつて頭の中で丼の数を重ねるといふ趣向である。

それには、かういふ割合に簡単な食べものの方が、想像するのに手間が掛らなくて便利な訳であるが、それだけに又倦《あ》きて来て、刺戟《しげき》が弱くなることも考へなければならない。だからいい加減で切り上げて、今度はメルヒオールといふ店に行く。これは西銀座のどの辺にあつたのか、或《あるい》は場所を間違へてゐるのかも知れないが、なければないで、あつたことにして置けばいい。一種の何でも屋で、そこの料理の概念を得るのには、その昔、新宿の中村屋で出してゐた或る種の食事を思ひ出すのが早道である。中村屋にはその頃、名代のカレイライスの他に、広東《カントン》風の焼飯と、パステエチェンといふ肉を詰《つ》めたパイと、ボルシチとザクウスカがあつて、Aコオスとか何とかいふのを頼むと、先づザクウスカが出て、その次にボルシチ、その次にパステエチェン、その次にカレイライス、最後に広東風の焼飯を持つて来るといふ風な仕組みになつてゐた。食後に、月餅《げつぺい》も出たかも知れない。

メルヒオールの料理もそれに似てゐて、ただ品数がもう少し多いだけである。坐《すわ》りで、座敷に通されると、お茶の代りにいきなり餃子《ギョーザ》と鮒鮨《ふなずし》を持つて来る。これは、十日も半月も絶食してゐれば、お茶なんか飲んでゐられないからである。餃子と鮒鮨の取り合せは妙に思はれるかも知れないが、決してそんなことはない。餃子といふのは、ワンタンを汁に入れずに一つ一つにしたやうなもので、無雑作《むぞうさ》に摘《つま》んで食べるのにこれ程、通人の講釈を抜きにして旨《うま》いものはない。ワンタンの上等なのと同じく袋の腹の所に襞《ひだ》があつて、それを通して中の肉が見えてゐる所などは、空腹な人間に実に親切に出来てゐる。併《しか》し少し大味なのが難と言へば難だから、さう思つたら今度は鮒鮨を摘んで、その滋味に堪能する。

それを代るがはるやつてゐるうちに、食慾がいやが上にも募つた所を見計つて、ハヤシライスが出る。人間が腹が減つてゐる時に一番食べたいものは米と肉だから、飛び切り上等の米に、これもこれ以上はないといふ肉で作つたハヤシライスがあれば、後はただそれを食べるだけである。その間は無言でただもう食べて、もつといふ合図に手を挙げると、女中さんが直《す》ぐにお櫃《ひつ》と、肉を入れた鍋《なべ》の蓋《ふた》を取つて、又一皿作つてくれる。さうすると、もう少し何か水つぽいものが欲しくなつて、ハヤシライスの鍋だの何だのが下げられ、鶉《うずら》の卵とパンをフライにしたのを浮したコンソメが運ばれる。鶉の卵とフライにしたパンは、ハヤシライスからただのスウプになつて、情なくなるのを食ひ止める為であるが、メルヒオールのコンソメは全く旨《うま》い。スウプのゼリイの濃厚な味と、それをゼリイにする前のさらりとしたのが溶け合つてゐる感じで、これを口に含んでゐる間だけは月が湖に影を落してゐる所を思つて見たりする。

併《しか》し客にいつまでもそんな気持でゐられては、商売にならないから、店の方でも心得てゐて、次にはあの何と言ふのか、鴨《かも》の皮ばかりのやうな所を青い葱《ねぎ》と一緒に饂飩粉《うどんこ》の皮に挟んで、味噌《みそ》で食べる北京《ペキン》料理を持つて来る。これはあつさりしてゐるだけでなくて、何とも旨いから、幾《いく》らでも食べられる。その点、河豚《ふぐ》の刺身に似てゐて、それでも肉だから、もつと食慾が満《み》たされる感じがするといふ特典がある。大皿に盛つて来たのを二皿か三皿片付けて、それから今度は大阪から航空便で取り寄せた小鯛《こだい》の雀鮨《すずめずし》と鯖鮨《さばずし》を、やはり大皿に盛つたのが出る。小鯛の方を一切れ食べて、次に鯖鮨の方を一切れ、といふ風に思ひ続ければ、それで又時間はたつて行くだらう。小鯛の上に添へた木の芽の緑が、その味のやうに眼に染みる。

それで、このことの為にメルヒオールの所在地が幾分《いくぶん》怪しくなるのだが、次に庭に案内されて、それがアルゼンチンのどこかの庭なのである。そこに、牛を一頭丸焼きにしたのが四つ足で吊《つる》してあり、用意されたビニイルの防水服を着てその中に潜り込む。つまり、こんがり焼き上つた内臓の上に寝転んで、ヒレでも、ロオスでも、好きな所を少しづつ捥《も》ぎ取つて食べるのである。それに、肝《きも》も、腎臓も、牛ならばどの部分でも手近であつて、捥いで食べればいいのである。空想もここまで来たら、どんなに腹が減つた快癒期の病人でも、すやすやと眠りに就《つ》くことが出来るのではないだらうか。

鮨《すし》

岡本かの子

■岡本かの子　おかもとかのこ　一八八九（明治二二年）〜一九三九（昭和一四年）

東京生まれ。跡見女学校卒。兄の影響で文学に親しむ。与謝野晶子に師事し、「明星」に短歌を投稿する。一九一〇年、二十一歳で画学生・岡本一平と結婚。翌年長男・岡本太郎を産む。一二年、第一歌集『かろきねたみ』を刊行、以降二九年までに三冊の歌集を加える。三年に及ぶ一家での欧州生活をはさみ、三六年「鶴は病みき」で小説家として再登場。以降、没するまでに「母子叙情」「老妓抄」などを発表。「生々流転」「女体開顕」など、没後、一平により整理・発表された作品も多い。

「鮨」は「文藝」一九三九年一月号初出。

東京の下町と山の手の境い目といったような、ひどく坂や崖《がけ》の多い街がある。

表通りの繁華《はんか》から折れ曲って来たものには、別天地の感じを与える。

つまり表通りや新道路の繁華な刺戟《しげき》に疲れた人々が、時々、刺戟を外《は》ずして気分を転換するために紛《まぎ》れ込《こ》むようなちょっとした街筋――

福ずしの店のあるところは、この町でも一ばん低まったところで、二階建の銅張りの店構えは、三四年前表だけを造作したもので、裏の方は崖に支えられている柱の足を根つぎして古い住宅のままを使っている。

古くからある普通の鮨屋《すしや》だが、商売不振で、先代の持主は看板ごと家作をとも、、よの両親に譲って、店もだんだん行き立って来た。

新らしい福ずしの主人は、もともと東京で屈指の鮨店で腕を仕込んだ職人だけに、周囲の状況を察して、鮨の品質を上げて行くに造作もなかった。前にはほとんど出まえだったが、新らしい主人になってからは、鮨盤《すしばん》の前や土間に腰かける客が多くなったので、始めは、主人夫婦と女の子のともよ三人きりの暮《くら》しであったが、やがて職人を入れ、子供と女中を使わないでは間に合わなくなった。

店へ来る客は十人十いろだが、全体については共通するものがあった。

後からも前からもぎりぎりに生活の現実に詰め寄られている、その間をぽっと外ずして気分を転換したい。

一つ一つわがままがきいて、ちんまりした贅沢《ぜいたく》ができて、そして、ここへ来ている間は、くだらなくばかになれる。好みの程度に自分から裸になれたり、仮装したりできる。たとえ、そこで、どんな安ちょくなことをしても云《い》っても、誰も軽蔑《けいべつ》するものがない。お互いに現実から隠《かく》れんぼうをしているような者同志の一種の親しさ、そして、かばい合うような懇《ねんごろ》な眼《まな》ざしで鮨をつまむ手つきや茶を呑《の》む様子を視合《みあ》ったりする。かとおもうとまたそれは人間というより木石のごとく、はたの神経とはまったく無交渉な様子で黙々といくつかの鮨をつまんで、さっさと帰って行く客もある。

鮨というものの生む甲斐甲斐《かいがい》しいまめやかな雰囲気、そこへ人がいくら耽《ふけ》り込んでも、擾《みだ》れるようなことはない。万事が手軽くこだわりなく行き過ぎてしまう。

福ずしへ来る客の常連は、元狩猟銃器店の主人、デパート外客廻《まわ》り係長、歯科医師、畳屋《たたみや》の倅《せがれ》、電話のブローカー、石膏《せっこう》模型の技術家、児童用品の売込人、兎肉《うさぎにく》販売の勧誘員、証券商会をやったことのあった隠居《いんきょ》——このほかにこの町の近くのどこかに棲《す》んでいるに違いない劇場関係の芸人で、劇場がひまな時は、何か内職をするらしく、脂《あぶら》づいたような絹ものをぞろりと着て、青白い手で鮨を器用につまんで喰《た》べて行く男もある。

常連で、この界隈《かいわい》に住んでいる暇《ひま》のある連中は散髪のついでに寄って行くし、遠くからこの附近《ふきん》へ用足しのあるものは、その用の前後に寄る。季節によって違うが、日が長くなると午後の四時頃から灯がつく頃が一ばん落合って立て込んだ。

めいめい、好み好みの場所に席を取って、鮨種子《すしだね》で融通してくれるさしみや、酢のものので酒を飲むものもあるし、すぐ鮨に取りかかるもののもある。

ともよの父親である鮨屋の亭主は、ときには仕事場から土間へ降りて来て、黒みがかった押鮨《おしずし》を盛った皿を常連のまん中のテーブルに置く。

「何だ、何だ」

好奇の顔が四方から覗《のぞ》き込む。

「まあ、やってごらん、あたしの寝酒《ねざけ》の肴《さかな》さ」

亭主は客に友達のような口をきく。

「こはだにしちゃ味が濃いし——」

ひとつ撮《つま》んだのがいう。

「鯵《あじ》かしらん」

するとと、畳敷《たたみじき》の方の柱の根に横坐《よこずわ》りにして見ていた内儀《かみ》さん——ともよの母親——が、は は は と太り肉《じし》を揺《ゆす》って「みんなおとッつぁんにいっぱい喰った」と笑った。

それは塩さんまを使った押鮨で、おからを使ってほどよく塩と脂を抜いて、押鮨にしたのであった。

「おとっさん狡《ずる》いぜ、ひとりでこっそりこんな旨《うま》いものを拵《こしら》えて食うなんて——」

「へえ、さんまも、こうして食うとまるで違うね」

客たちのこんな話がひとしきりがやがや渦《うず》まく。

「なにしろあたしたちは、銭のかかる贅沢はできないからね」

「おとっさん、なぜこれを、店に出さないんだ」

「冗談いっちゃ、いけない、これを出した日にゃ、他の鮨が蹴押《けお》されて売れなくなっちまわ。第一、さんまじゃ、いくらも値段がとれないからね」

「おとッつぁん、なかなか商売を知っている」

その他、鮨の材料を採ったあとの鰹《かつお》の中落《なかおち》だの、鮑《あわび》の腸《はらわた》だの、鯛《たい》の白子《しらこ》だのを巧《たくみ》に調理したものが、ときどき常連にだけ突出《つきだ》された。ともよはそれを見て「飽きあきする、あんなまずいもの」と顔を皺《しわ》めた。だが、それらは常連から呉《く》れといってもなかなか出さないで、思わぬときにひょっこり出す。亭主はこのことにかけてだけいこじでむら気なのを知っているので決してねだらない。

　よほど欲しいときは、娘のともよにこっそり頼む。するとともよは面倒臭そうに探し出して与える。

　ともよは幼い時から、こういう男達は見なれて、その男たちを通して世の中を頃あいでこだわらない、いささか稚気《ちき》のあるものに感じて来ていた。

　女学校時代に、鮨屋の娘ということが、いくらか恥《は》じられて、家の出入《でいり》の際には、できるだけ友達を近づけないことにしていた苦労のようなものがあって、孤独な感じはあったが、ある程度までの孤独感は、家の中の父母の間柄《あいだがら》からも染みつけられていた。父と母と喧嘩《けんか》をするような事はなかったが、気持ちはめいめい独立していた。ただ生きて行くことの必要上から、事務的よりも、もう少し本能に喰い込んだ協調やらいたわり方を暗黙のうちに交換して、それが反射的にまで発育しているので、世間からは無口で比較的仲のよい夫婦にも見えた。父親は、どこか下町のビルヂングに支店を出すことに熱意を持ちながら、小鳥を飼うのを道楽にしていた。母親は、物見遊山《ものみゆさん》にも行かず、着ものは買わない代りに月々の店の売上げ額から、自分だけの月がけ貯金をしていた。

　両親は、娘のことについてだけは一致したものがあった。とにかく教育だけはしとかなくてはということだった。まわりに浸々《しんしん》と押し寄せて来る、知識的な空気に対して、この点では両親は期せずして一致して社会への競争的なものは持っていた。

「自分は職人だったからせめて娘は」

と——だが、それから先をどうするかは、全く茫然《ぼうぜん》としていた。

無邪気に育てられ、表面だけだが世事に通じ、軽快でそして孤独的なものを持っている。これがともよの性格だった。こういう娘を誰も目の敵《かたき》にしたり邪魔にするものはない。ただ男に対してだけは、ずばずば応対して女の子らしい羞《はじ》らいも、作為の態度もないので、一時女学校の教員の間で問題になったが、商売柄、自然、そういう女の子になったのだと判《わか》って、いつの間にか疑いは消えた。

ともよは学校の遠足会で多摩《たま》川《がわ》べりへ行ったことがあった。春さきの小川の淀《よど》みの淵《ふち》を覗いていると、いくつも鮒《ふな》が泳ぎ流れて来て、新茶のような青い水の中に尾鰭《おひれ》を閃《ひら》めかしては、杭根《くいね》の苔《こけ》を食《は》んで、また流れ去って行く。するともうあとの鮒が流れ溜《たま》って尾鰭を閃めかしている。流れ来り、流れ去るのだが、その交替は人間の意識の眼には留《とど》まらないほどすみやかでかすかな作業のようで、いつも若干の同じ魚が、そこに遊んでいるかとも思える。ときどきは不精《ぶしょう》そうな鯰《なまず》も来た。

自分の店の客の新陳代謝《しんちんたいしゃ》はともよにはこの春の川の魚のようにも感ぜられた。（たとえ常連というグループはあっても、そのなかの一人一人はいつか変っている）自分は杭根のみどりの苔のように感じた。みんな自分に軽く触れては慰《なぐさ》められて行く。ともよは店のサーヴィスを義務とも辛抱《しんぼう》とも感じなかった。胸も腰もつくろわない少女じみたカシミヤの制服を着て、有合《ありあわ》せの男下駄《おとこげた》をカランカラン引きずって、客へ茶を運ぶ。客が情事めいたことをいって揶揄《からか》うと、ともよは口をちょっと尖《とが》らし、片方の肩をいっしょに釣上《つりあ》げて

「困るわそんなこと、何とも返事できないわ」

という。さすがに、それにはごく軽い媚《こ》びが声に捩《よじ》れて消える。客は仄《ほの》かな明るいものを自分の気持ちのなかに点じられて笑う。ともよは、その程度の福ずしの看板娘であった。

客のなかの湊《みなと》というのは、五十過ぎぐらいの紳士で、濃い眉がしらから顔へかけて、憂愁《ゆうしゅう》の蔭《かげ》を帯びている。時によっては、もっと老けて見え、場合によっては情熱的な壮年者にも見えるときもあった。けれども鋭い理智から来る一種の諦念《ていねん》といったようなものが、人柄の上に冴《さ》えて、苦味のある顔を柔和に磨いていた。

濃く縮れた髪の毛を、ほどよくもじょもじょに分け仏蘭西《フランス》髭《ひげ》を生やしている。服装は赤い短靴《たんぐつ》を埃《ほこり》まみれにしてホームスパンを着ている時もあれば、少し古びた結城《ゆうき》で着流しのときもある。独身者であることはたしかだが職業は誰にも判らず、店ではいつか先生と呼び馴《な》れていた。鮨の喰べ方は巧者《こうしゃ》であるが、強《し》いて通がるところも無かった。

サビタのステッキを床にとんとつき、椅子に腰かけてから体を斜《ななめ》に鮨の握り台の方に

傾け、硝子箱《ガラスばこ》の中に入っている材料を物憂《ものう》そうに点検する。

「ほう。今日はだいぶ品数があるな」

と云ってともよの運んで来た茶を受け取る。

「カンパチが脂がのっています、それに今日は蛤《はまぐり》も――」

ともよの父親の福ずしの亭主は、いつかこの客の潔癖《けっぺき》な性分であることを覚え、湊が来ると無意識に俎板《まないた》や塗盤《ぬりばん》の上へしきりに布巾《ふきん》をかけながら云う。

「じゃ、それを握ってもらおう」

「はい」

　亭主は自然、他の客とは違った返事をする。湊の鮨の喰べ方のコースは、いわれなくともともよの父親は判っている。鮪《まぐろ》の中とろから始まって、つめのつく煮ものの鮨になり、だんだんあっさりした青い鱗《うろこ》のさかなに進む。そして玉子と海苔巻《のりまき》に終る。それで握り手は、その日の特別の注文は、適宜《てきぎ》にコースの中へ加えればいいのである。

　湊は、茶を飲んだり、鮨を味わったりする間、片手を頬《ほお》に宛《あ》てがうか、そのまま首を下げてステッキの頭に置く両手の上へ顎《あご》を載せるかして、じっと眺める。眺めるのは開け放してある奥座敷を通して眼に入る裏の谷合《たにあい》の木がくれの沢地《さわち》か、水を撒《ま》いてある表通りに、向うの塀《へい》から垂れ下っている椎《しい》の葉の茂みかどちらかである。

　ともよは、初めは少し窮屈《きゅうくつ》な客と思っていただけだったが、だんだんこの客の謎めいた眼の遣《や》り処《どころ》を見慣れると、お茶を運んで行った時から鮨を喰い終るまで、よそばかり眺めていて、一度もその眼を自分の方に振向《ふりむ》けない時は、物足りなく思うようになった。そうかといって、どうかして、まともにその眼を振向けられ自分の眼と永く視線を合せていると、自分を支えている力を暈《くらま》されて危いような気がした。

偶然のように顔を見合して、ただ一通りの好感を寄せる程度で、微笑してくれるときはともよは父母とは違って、自分をほぐしてくれるなにか暖味《あたたかみ》のある刺戟のような感じをこの年とった客からうけた。だからともよは湊がいつまでもよそばかり見ているときは土間の隅《すみ》の湯沸《ゆわか》しの前で、絽《ろ》ざしの手をとめて、たとえば、作り咳《ぜき》をするとか耳に立つものの音をたてるかして、自分ながらしらずしらず湊の注意を自分に振り向ける所作をした。すると湊は、ぴくりとして、ともよの方を見て、微笑する。上歯と下歯がきっちり合い、引緊《ひきしま》って見える口の線が、滑《なめら》かになり、仏蘭西髭の片端《かたはし》が目についてあがる――父親は鮨を握りながらちょっと眼を挙げる。ともよのいたずら気とばかり思い、また不愛想な顔をして仕事に向う。

湊はこの店へ来る常連とは分け隔《へだ》てなく話す。競馬の話、株の話、時局の話、碁、将棋の話、盆栽《ぼんさい》の話――大体こういう場所の客の間に交される話題に洩《も》れないものだが、湊は、八分は相手に話さして、二分だけ自分が口を開くのだけれども、その寡黙は相手を見下げているのでもなく、つまらないのを我慢しているのでもない。その証拠には、

盃《さかずき》の一つもさされると

「いやどうも、僕は身体《からだ》を壊していて、酒はすっかりとめられているのですが、せっかくですから、じゃ、まあ、頂きましょうかな」といって、細いがっしりとしている手を、何度も振って、さも敬意を表するように鮮《あざや》かに盃を受取り、気持ちよく飲んでまた盃を返す。そして徳利《とっくり》を器用に持上げて酌《しゃく》をしてやる。その挙動の間に、いかにも人なつこく他人の好意に対しては、何倍にかして返さなくては気が済まない性分が現れているので、常連の間で、先生は好い人だということになっていた。

ともよは、こういう湊を見るのは、あまり好かなかった。あの人にしては軽すぎるというような態度だと思った。相手客のほんの気まぐれに振り向けられた親しみに対して、ああまともに親身の情を返すのは、湊の持っているものが減ってしまうように感じた。ふだん陰気なくせに、いったん向けられると、何という浅ましくがつがつ人情に餓《う》えている様子を現わす年とった男だろうと思う。ともよは湊が中指に嵌《は》めている古代埃及《エジプト》の甲虫《スカラップ》のついている銀の指環さえそういうときは嫌味に見えた。

湊の応対ぶりに有頂天になった相手客が、なお繰り返して湊に盃をさし、湊も釣り込まれて少し笑声さえたてながらその盃の遣り取りを始め出したと見るときは、ともよはつかつかと寄って行って

「お酒、あんまり呑《の》んじゃ体にいけないって云ってるくせに、もう、よしなさい」

と湊の手から盃をひったくる。そして湊の代りに相手の客にその盃をつき返して黙って行ってしまう。それは必ずしも湊の体を思うためでなく、妙な嫉妬《しっと》がともよにそうさせるのであった。

「なかなか世話女房だぞ、ともちゃんは」

相手の客がそういう位でその場はそれなりになる。湊も苦笑しながら相手の客に一礼して自分の席に向き直り、重たい湯呑み茶碗《ぢゃわん》に手をかける。

ともよは湊のことが、だんだん妙な気がかりになって、かえって、そしらぬ顔をして黙っていることもある。湊がはいって来ると、つんとすまして立って行ってしまうこともある。湊もそういう素振りをされて、かえって明るく薄笑いするときもあるが、全然、ともよの姿の見えぬときは物寂《ものさび》しそうに、いつもよりいっそう、表の通りや裏谷合の景色を深々と眺める。

ある日、ともよは、籠《かご》をもって、表通りの虫屋へ河鹿《かじか》を買いに行った。ともよの父親は、こういう飼いものに凝《こ》る性分で、飼い方もうまかったが、ときどきは失敗して数を減らした。が、今年ももはや初夏の季節で、河鹿など涼しそうに鳴かせる時分だ。

ともよは、表通りの目的の店近く来ると、その店から湊が硝子鉢《ガラスばち》を下げて出て行く姿を見た。湊はともよに気がつかないで硝子鉢をいたわりながら、むこう向きにそろそろ歩いていた。

ともよは、店へ入って手ばやく店のものに自分の買うものを注文して、籠にそれを入れてもらう間、店先へ出て、湊の行く手に気をつけていた。

河鹿を籠に入れてもらうと、ともよはそれを持って、急いで湊に追いついた。

「先生ってば」

「ほう、ともちゃんか、珍らしいな、表で逢《あ》うなんて」

二人は、歩きながら、互いの買いものを見せ合った。湊は西洋の観賞魚の髑髏魚《ゴーストフィッシュ》を買っていた。それは骨が寒天のような肉に透《す》き通って、腸《はらわた》が鰓《えら》の下に小さくこみ上っていた。

「先生のおうち、この近所」

「いまは、この先のアパートにいる。だが、いつ越すかわからないよ」

湊は珍らしく表で逢ったからともよにお茶でも御馳走《ごちそう》しようといって町筋をすこし物色したが、この辺には思わしい店もなかった。

「まさか、こんなものを下げて銀座へも出かけられんし」

「ううん銀座なんかへ行かなくっても、どこかその辺の空地で休んで行きましょうよ」

湊は今更《いまさら》のように漲《みなぎ》り亘《わた》る新樹の季節を見廻し、ふうっと息を空に吹いて
「それも、いいな」

表通りを曲ると間もなく崖端に病院の焼跡《やけあと》の空地があって、煉瓦塀《れんがべい》の一側がローマの古跡《こせき》のように見える。ともよと湊は持ちものを叢《くさむら》の上に置き、足を投げ出した。

ともよは、湊になにかいろいろ訊《き》いてみたい気持ちがあったのだが、いまこうして傍《そば》に並んでみると、そんな必要もなく、ただ、霧のような匂いにつつまれて、しんしんとするだけである。湊の方がかえって弾《はず》んでいて
「今日は、ともちゃんが、すっかり大人《おとな》に見えるね」

などと機嫌好《きげんよ》さそうに云う。

ともよは何を云おうかとしばらく考えていたが、大したおもいつきでも無いようなことを、とうとう云い出した。

「あなた、お鮨、本当にお好きなの」

「さあ」

「じゃなぜ来て食べるの」

「好きでないことはないさ、けど、さほど喰べたくない時でも、鮨を喰べるということが僕の慰《なぐさ》みになるんだよ」

「なぜ」

なぜ、湊が、さほど鮨を喰べたくない時でも鮨を喰べるというその事だけが湊の慰めとなるかを話し出した。

——旧《ふる》くなって潰《つぶ》れるような家には妙な子供が生れるというものか、大きな家の潰れるときというものは、大人より子供にその脅《おび》えが予感されるというものか、それが激しく来ると、子は母の胎内《たいない》にいるときから、そんな脅えに命を蝕《むしば》まれているのかもしれないね——というような言葉を冒頭に湊は語り出した。

その子供は小さいときから甘いものを好まなかった。おやつにせいぜい塩煎餅《しおせんべい》ぐらいを望んだ。食べるときは、上歯と下歯を叮嚀《ていねい》に揃《そろ》え円い形の煎餅の端《はし》を規則正しく嚙《か》み取った。ひどく湿《しけ》っていない煎餅なら大概《たいがい》いい音がした。子供は嚙み取った煎餅の破片をじゅうぶんに咀嚼《そしやく》して咽喉《のど》へきれいに嚥《の》み下してから次の端を嚙み取ることにかかる。上歯と下歯をまた叮嚀に揃え、その間へまた煎餅の次の端を挟《はさ》み入れる——いざ、嚙み破るときに子供は眼を薄く瞑《つぶ》り耳を澄《す》ます。

ぺちん

同じ、ぺちんという音にも、いろいろの性質《たち》があった。子供は聞き慣れてその音の種類を聞き分けた。

ある一定の調子の響きを聞き当てたとき、子供はぶるぶると胴慄《どうぶる》いした。子供は煎餅を持った手を控《ひか》えて、しばらく考え込む。うっすら眼に涙を溜《た》めている。

家族は両親と、兄と姉と召使《めしつか》いだけだった。家中で、おかしな子供と云われていた。その子供の喰べものは外《ほか》にまだ偏《かたよ》っていた。さかなが嫌いだった。あまり野菜は好かなかった。肉類は絶対に近づけなかった。
神経質のくせに表面は大ように見せている父親はときどき
「ぼうずはどうして生きているのかい」
と子供の食事を覗きに来た。一つは時勢のためでもあるが、父親は臆病《おくびょう》なくせに大ように見せたがる性分から、家の没落をじりじり眺めながら「なに、まだ、まだ」とまけおしみを云って潰して行った。子供の小さい膳《ぜん》の上には、いつものように炒《い》り玉子と浅草海苔《あさくさのり》が、載っていた。母親は父親が覗くとその膳を袖《そで》で隠すようにして
「あんまり、はたから騒ぎ立てないで下さい、これさえきまり悪がって喰べなくなりますから」
その子供には実際、食事が苦痛だった。体内へ、色、香《かおり》、味のある塊団《かたまり》を入れると、何か身が穢《けが》れるような気がした。空気のような喰べものは無いかと思う。腹が減ると饑《う》えは充分感じるのだが、うっかり喰べる気はしなかった。床《とこ》の間《ま》の冷たく透き通った水晶の置きものに、舌を当てたり、頰《ほお》をつけたりした。饑えぬいて、頭の中が澄み切ったまま、だんだん、気が遠くなって行く。それが谷地《やち》の池水を距《へだ》てA—丘《おか》の後へ入りかける夕陽《ゆうひ》を眺めているときでもあると（湊の生れた家もこの辺の地勢に似た都会の一《いち》隅《ぐう》にあった。）子どもはこのままのめり倒れて死んでも関《かま》わないとさえ思う。だが、この場合は窪《くぼ》んだ腹に緊《きっ》く締《し》めつけてある帯の間に両手を無理にさし込み、体は前のめり

のまま首だけ仰《あお》のいて
「お母さあん」

と呼ぶ。子供の呼んだのは、現在の生みの母のことではなかった。子供は現在の生みの母は家族じゅうで一番好きである。けれども子供にはまだ他に自分に「お母さん」と呼ばれる女性があって、どこかに居そうな気がした。自分がいま呼んで、もし「はい」といってその女性が眼の前に出て来たなら自分はびっくりして気絶してしまうに違いないと思う。しかし呼ぶことだけは悲しい楽しさだった。

「お母さあん、お母さあん」

薄紙《うすがみ》が風に慄《ふる》えるような声が続いた。

「はあい」

と返事をして現在の生みの母親が出て来た。

「おや、この子は、こんな処《ところ》で、どうしたのよ」

肩を揺《ゆす》って顔を覗き込む。子供は勘違いした母親に対して何だか恥《はずか》しく赫《あか》くなった。

「だから、三度三度ちゃんとご飯喰べておくれと云うに、さ、ほんとに後生だから」

母親はおろおろの声である。こういう心配のあげく、玉子と浅草海苔が、この子の一ばん性に合う喰べものだということが見出されたのだった。これなら子供には腹に重苦しいだけで、穢されざるものに感じた。

子供はまた、ときどき、切ない感情が、体のどこからか判らないで体いっぱいに詰まるのを感じる。その時は、酸味のある柔《やわらか》いものなら何でも嚙《か》んだ。生梅《なまうめ》や橘《たちばな》の実を捥《も》いで来て嚙んだ。さみだれの季節になると子供は都会の中の丘と谷合にそれ等《ら》の実の在所をそれらを啄《ついば》みに来る烏《からす》のようによく知っていた。

子供は、小学校はよくできた。一度読んだり聞いたりしたものは、すぐ判って乾板《かんぱん》のように脳の襞《ひだ》に焼きつけた。子供には学課の容易さがつまらなかった。つまらないという冷淡《れいたん》さが、かえって学課のできをよくした。

家の中でも学校でも、みんなはこの子供を別もの扱いにした。

父親と母親とが一室で言い争っていた末、母親は子供のところへ来て、しみじみとした調子でいった。

「ねえ、おまえがあんまり痩《や》せて行くもんだから学校の先生と学務委員たちの間で、あれは家庭で衛生の注意が足りないからだという話が持ち上ったのだよ。それを聞いて来てお父つぁんは、ああいう性分だもんだから、私に意地くね悪く当りなさるんだよ」

そこで母親は、畳《たたみ》の上へ手をついて、子供に向ってこっくりと、頭を下げた。

「どうか頼むから、もっと、喰べるものを喰べて、肥《ふと》っておくれ、そうしてくれないと、あたしは、朝晩、いたたまれない気がするから」

子供は自分の畸形《きけい》な性質から、いずれは犯すであろうと予感した罪悪を、犯したような気がした。わるい。母に手をつかせ、お叩頭《じぎ》をさせてしまったのだ。顔がかっとなって体に慄えが来た。だが不思議にも心はかえって安らかだった。すでに、自分は、こんな不孝をして悪人となってしまった。こんな奴なら自分は滅びてしまっても自分で惜しいとも思うまい。よし、何でも喰べてみよう。喰べ馴《な》れないものを喰べて体が慄え、吐《は》いたりもどしたり、その上、体じゅうが濁《にご》り腐って死んじまってもいいとしよう。生きていてしじゅう喰べものの好き嫌いをし、人をも自分をも悩ませるよりその方がましではあるまいか――

子供は、平気を装って家のものと同じ食事をした。すぐ吐いた。口中や咽喉《のど》を極力無感覚に制御したつもりだが嚥《の》み下《くだ》した喰べものが、母親以外の女の手が触れたものと思う途端に、胃嚢《いぶくろ》が不意に逆に絞《しぼ》り上げられた――女中の裾《すそ》から出る剝《は》げた赤いゆもじや飯炊婆《めしたきばあ》さんの横顔になぞってある黒鬢《くろびん》つけの印象が胸の中を暴力のように搔《か》き廻した。

兄と姉はいやな顔をした。父親は、子供を横眼でちらりと見たまま、知らん顔して晩《ばん》酌《しゃく》の盃を傾けていた。母親は子供の吐きものを始末しながら、恨《うら》めしそうに父親の顔を見て

「それご覧なさい。あたしのせいばかりではないでしょう。この子はこういう性分です」

と嘆息《たんそく》した。しかし、父親に対して母親はなお、おずおずはしていた。

その翌日であった。母親は青葉の映りの濃く射す縁側《えんがわ》へ新しい茣蓙《ござ》を敷き、俎板だの庖丁《ほうちょう》だの水桶《みずおけ》だの蠅帳《はいちょう》だの持ち出した。それもみな買い立ての真新しいものだった。

母親は自分と俎板を距《へだ》てた向う側に子供を坐らせた。子供の前には膳の上に一つの皿を置いた。

母親は、腕捲《うでまく》りして、薔薇《ばら》いろの掌《てのひら》を差出《さしだ》して手品師のように、手の裏表を返して子供に見せた。それからその手を言葉と共に調子づけて擦《こす》りながら云った。

「よくご覧、使う道具は、みんな新しいものだよ。それから拵《こしら》える人は、おまえさんの母さんだよ。手はこんなにもよくきれいに洗ってあるよ。判ったかい。判ったら、さ、そこで――」

母親は、鉢《はち》の中で炊きさました飯に酢を混ぜた。母親も子供もこんこん噎《む》せた。それから母親はその鉢を傍に寄せて、中からいくらかの飯の分量を摑《つか》み出して、両手で小さく長方形に握った。

蠅帳の中には、すでに鮨の具が調理されてあった。母親は素早くその中からひ、、、ときれを取出してそれからちょっと押えて、長方形に握った飯の上へ載せた。子供の前の膳の上の皿へ置いた。玉子焼鮨だった。

「ほら、鮨だよ、おすしだよ。手々で、じかに摑んで喰べてもいいのだよ」

子供は、その通りにした。はだかの肌をするする撫《な》でられるような頃合《ころあ》いの酸味に、飯と、玉子のあまみがほろほろに交ったあじわいがちょうど舌いっぱいに乗った具合――それをひとつ喰べてしまうと体を母に捩《よ》りつけたいほど、おいしさと、親しさが、ぬくめた香湯のように子供の身うちに湧いた。

子供はおいしいと云うのが、きまり悪いので、ただ、にいっと笑って、母の顔を見上げた。

「そら、もひとつ、いいかね」

母親は、また手品師のように、手を裏返しにして見せた後、飯を握り、蠅帳から具の一片《ひとき》れを取りだして押しつけ、子供の皿に置いた。

子供は今度握った飯の上に乗った白く長方形の切片を気味悪く覗いた。すると母親は怖くない程度の威丈高《いたけだか》になって

「何でもありません、白い玉子焼だと思って喰べればいいんです」

といった。

かくて、子供は、烏賊《いか》というものを生れて始めて喰べた。象牙《ぞうげ》のような滑《なめ》らかさがあって、生餅《なまもち》より、よっぽど歯切れがよかった。子供は烏賊鮨を喰べていたその冒険のさなか、詰めていた息のようなものを、はっ、として顔の力みを解いた。うまかったことは、笑い顔でしか現わさなかった。

母親は、こんどは、飯の上に、白い透《す》きとおる切片をつけて出した。子供は、それを

取って口へ持って行くときに、脅《おびや》かされるにおいに掠《かす》められたが、鼻を詰らせて、思い切って口の中へ入れた。

白く透き通る切片は、咀嚼《そしやく》のために、上品なうま味に衝《つ》きくずされ、ほどよい滋味《じみ》の圧感に混って、子供の細い咽喉へ通って行った。

「今のは、たしかに、ほんとうの魚に違いない。自分は、魚が喰べられたのだ——」

そう気づくと、子供は、はじめて、生きているものを嚙み殺したような征服と新鮮を感じ、あたりを広く見廻したい歓びを感じた。むずむずする両方の脇腹《わきばら》を、同じような歓びで、じっとしていられない手の指で摑み搔いた。

「ひひ　ひ　ひ　ひ」

無暗《むやみ》に疳高《かんだか》に子供は笑った。母親は、勝利は自分のものだと見てとると、指についた飯粒《めしつぶ》を、ひとつひとつ払い落したりしてから、わざと落ちついて蠅帳のなかを子供に見せぬように覗いて云った。

「さあ、こんどは、何にしようかね……はてね……まだあるかしらん……」

子供は焦立《いらだ》って絶叫する。

「すし！　すし」

母親は、嬉しいのをぐっと堪《こら》える少し呆《ほう》けたような——それは子供が、母としては一ばん好きな表情で、生涯忘れ得ない美しい顔をして

「では、お客さまのお好みによりまして、次を差上《さしあ》げまあす」

最初のときのように、薔薇いろの手を子供の眼の前に近づけ、母はまたも手品師のように裏と表を返して見せてから鮨を握り出した。同じような白い身の魚の鮨が握り出された。

母親はまず最初の試みに注意深く色と生臭《なまぐさ》の無い魚肉を選んだらしい。それは鯛《たい》と比良目《ひらめ》であった。

子供は続けて喰べた。母親が握って皿の上に置くのと、子供が摑み取る手と、競争するようになった。その熱中が、母と子を何も考えず、意識しない一つの気持ちの痺《しび》れた世界に牽《ひ》き入れた。五つ六つの鮨が握られて、摑み取られて、喰べられる——その運びに面白く調子がついて来た。素人《しろうと》の母親の握る鮨は、いちいち大きさが違っていて、形も不細工だった。鮨は、皿の上に、ころりと倒れて、載せた具を傍へ落すものもあった。子供は、そういうものへかえって愛感を覚え、自分で形を調えて喰べると余計おいしい気がした。子供は、ふと、日頃、内しょで呼んでいるも一人の幻想のなかの母といま目の前に鮨を握っている母とが眼の感覚だけか頭の中でか、一致しかけ一重の姿に紛れている気がした。もっと、ぴったり、一致して欲しいが、あまり一致したら恐ろしい気もする。

自分が、いつも、誰にも内しょで呼ぶ母はやはり、この母親であったのかしら、それがこんなにも自分においしいものを食べさせてくれるこの母であったのなら、内密に心を外の母に移していたのが悪かった気がした。

「さあ、さあ、今日は、この位にしておきましょう。よく喰べておくれだったね」

目の前の母親は、飯粒のついた薔薇いろの手をぱんぱんと子供の前で気もちよさそうにはたいた。

それから後も五、六度、母親の手製の鮨に子供は慣らされて行った。

ざくろの花のような色の赤貝の身だの、二本の銀色の地色に竪縞《たてじま》のあるさより、だのに、子供は馴染《なじ》むようになった。子供はそれから、だんだん平常の飯の菜にも魚が喰べられるようになった。身体も見違えるほど健康になった。中学へはいる頃は、人が振り返るほど美しく逞《たくま》しい少年になった。

すると不思議にも、今まで冷淡だった父親が、急に少年に興味を持ち出した。晩酌の膳の前に子供を坐らせて酒の対手《あいて》をさしてみたり、玉突きに連れて行ったり、茶屋酒も飲ませた。

その間に家はだんだん潰れて行く。父親は美しい息子が紺飛白《こんがすり》の着物を着て盃を銜《ふく》むのを見て陶然《とうぜん》とする。よその女にちやほやされるのを見て手柄を感ずる。息子は十六七になったときには、結局いい道楽者になっていた。

母親は、育てるのに手数をかけた息子だけに、狂気のようになってその子を父親が台なしにしてしまったと怒る。その必死な母親の怒《いか》りに対して父親は張合いもなくうす苦く黙笑《もくしょう》してばかりいる。家が傾く鬱積《うっせき》を、こういう夫婦争いで両親は晴らしているのだ、と息子はつくづく味気なく感じた。

　息子には学校へ行っても、学課が見通せて判り切ってるように思えた。中学でも彼は勉強もしないでよくできた。高等学校から大学へ苦もなく進めた。それでいて、何かしら体のうちに切ないものがあって、それを晴らす方法は急いで求めてもなかなか見付からないように感ぜられた。永い憂鬱《ゆううつ》と退屈あそびのなかから大学も出、職も得た。

　家は全く潰れ、父母や兄姉も前後して死んだ。息子自身は頭が好くて、どこへ行っても相当に用いられたが、なぜか、一家の職にも、栄達にも気が進まなかった。二度目の妻が死んで、五十近くなった時、ちょっとした投機でかなり儲《もう》け、一生独りの生活には事かかない見極めのついたのを機に職業も捨てた。それから後は、ここのアパート、あちらの貸家と、彼の一所不定の生活が始まった。

　今のはなしのうちの子供、それから大きくなって息子と呼んではなしたのは私のことだと湊は長い談話のあとで、ともよに云った。

「ああ判った。それで先生は鮨がお好きなのね」

「いや、大人になってからは、そんなに好きでもなくなったのだが、近頃、年をとったせいか、しきりに母親のことを想い出すのでね。鮨までなつかしくなるんだよ」

二人の坐っている病院の焼跡《やけあと》の一ところに支えの朽《く》ちた藤棚《ふじだな》があっておどろのように藤蔓《ふじづる》が宙から地上に這《は》い下り、それでも蔓の尖《さき》の方には若葉をいっぱいつけ、その間から痩せたうす紫の花房《はなぶさ》が雫《しずく》のように咲き垂れている。庭石の根締《ねじ》めになっていたやしおの躑躅《つつじ》が石を運び去られたあとの穴の側に半面、黝《くろ》く枯れて火のあおりのあとを残しながら、半面に白い花をつけている。

庭の端の崖下は電車線路になっていて、ときどき轟々《ごうごう》と電車の行き過ぎる音だけが聞える。

竜《りゅう》の髭《ひげ》のなかのいちはつの花の紫が、夕風に揺れ、二人のいる近くに一本立っている太い棕梠《しゅろ》の木の影が、草叢《くさむら》の上にだんだん斜《なな》めにかかって来た。ともよが買って来てそこへ置いた籠《かご》の河鹿が二声、三声、啼《な》き初めた。

二人は笑いを含んだ顔を見合せた。

「さあ、だいぶ遅くなった。ともちゃん、帰らなくては悪かろう」

ともよは河鹿の籠を捧げて立ち上った。すると、湊は自分の買った骨の透き通って見える髑髏魚《ゴーストフィッシュ》をも、そのままともよに与えて立ち去った。

湊はその後、すこしも福ずしに姿を見せなくなった。

「先生は、近頃、さっぱり姿を見せないね」

常連の間に不審がるものもあったが、やがてすっかり忘られてしまった。

ともよは湊と別れるとき、湊がどこのアパートにいるか聞きもらしたのが残念だった。

それで、こちらから訪ねても行けず病院の焼跡へしばらく佇《たたず》んだり、あたりを見廻しながら石に腰かけて湊のことを考え時々は眼にうすく涙さえためてまた茫然《ぼうぜん》として店へ帰って来るのであったが、やがてともよのそうした行為も止んでしまった。

この頃では、ともよは湊を思い出す度に
「先生は、どこかへ越して、またどこかの鮨屋へ行ってらっしゃるのだろう――鮨屋はどこにでもあるんだもの――」

と漠然《ばくぜん》と考えるに過ぎなくなった。

防空壕

江戸川乱歩

■江戸川乱歩　えどがわらんぽ　一八九四（明治二七年）〜一九六五（昭和四〇年）

三重生まれ。早大経済科卒。新聞記者など十数の職業を経て一九二三年、本邦探偵小説のさきがけとなる「二銭銅貨」を「新青年」に発表。以降「D坂の殺人事件」「屋根裏の散歩者」などの推理物、少年探偵シリーズ、「幻影城」をはじめとする評論など、幅広い領域で筆をふるった。四七年、探偵作家クラブ（現日本推理作家協会）を設立、また五四年には資金を提供して江戸川乱歩賞を制定するなど、わが国の探偵・推理小説の発展に尽力した。

「防空壕」は「文藝」一九五五年七月号初出。

一、市川清一《いちかわせいいち》の話

君、ねむいかい？　エ、眠れない？　僕も眠れないのだ。話をしようか。いま妙な話がしたくなった。

今夜、僕らは平和論をやったね。むろんそれは正しいことだ。誰も異存はない。きまりきったことだ。ところがね、僕は生涯の最上の生き甲斐を感じたのは、戦争の最中だった。いや、みんなが云っているあの意味とはちがうんだ。国を賭《と》して戦っている生き甲斐という、あれとはちがうんだ。もっと不健全な、反社会的な生き甲斐なんだよ。

それは戦争の末期、今にも国が亡《ほろ》びそうになっていた時だ。空襲が烈《はげ》しくなって、東京が焼け野原になる直前の、あの阿鼻叫喚《あびきょうかん》の最中《さいちゅう》なんだ。――君だから話すんだよ。戦争中にこんなことを云《い》ったら、殺されただろうし、今だって、多くの人にヒンシュクされるにきまっている。

人間というものは複雑に造られている。生れながらにして反社会的な性質をも持っているんだね。それはタブーになっている。人間にはタブーというものが必要なんだ。それが必要だということは、つまり、人間に本来、反社会の性質がある証拠だよ。犯罪本能と呼ばれているものも、それなんだね。

火事は一つの悪にちがいない。だが、火事は美しいね。「江戸の華《はな》」というあれだよ。雄大な焔《ほのお》というものは美的感情に訴える。ネロ皇帝が市街に火を放って狂喜したあの心理が、大なり小なり誰にもあるんだね。風呂を焚《た》いていてね、薪《まき》が盛んに燃えあがると、実利を離れた美的快感がある。薪でさえそうだから、一軒の家が燃え立てば美しいにきまっている。一つの市街全体が燃えれば、もっと美しいだろう。国土全体が灰塵《かいじん》に帰するほどの大火焔ともなれば、更《さ》らに更らに美しいだろう。ここではもう死と壊滅につながる超絶的な美しさだ。僕は嘘を云っているのではない。こういう感じ方は、誰の心にもあることだよ。

戦争末期、僕は会社へ出たり出なかったりの日がつづいた。毎日空襲があった。乗物もなくなって、会社から非常召集をされると、歩いて行かなければならなかった。ひっきりなしにゾーッとするサイレンが鳴り響き、夜なかに飛びおきて、ゲートルを巻き、防空頭巾をかぶって防空壕へ駈けこむことがつづいた。

　僕はむろん戦争を呪《のろ》っていた。しかし、戦争の驚異とでもいうようなものに、なにかしら惹《ひ》きつけられていなかったとは云えない。サイレンが鳴り響いたり、ラジオがわめいたり、号外の鈴が町を飛んだりする物情騒然の中に、異常に人を惹きつけるものがあった。異常に心を昂揚《こうよう》するものがあった。

　最も僕をワクワクさせたのは、新らしい武器の驚異だった。敵の武器だから、いまいましくはあったけれど、やはり驚異に相違なかった。Ｂ29というあの巨大な戦闘機がそれを代表していた。そのころはまだ原爆というものを知らなかった。

　東京が焼け野原にならない前、その前奏曲のように、あの銀色の巨大なやつが編隊を組んで、非常な高さを悠々《ゆうゆう》と飛んで来た。そのたびに、飛行機製作工場などが、爆弾でやられていたのだが、僕らは地震のような地響きを感じるばかりで目に見ることはできなかった。見るのはただ、あの高い空の銀翼ばかりだった。

　Ｂ29が飛行雲を湧《わ》かしながら、まっ青に晴れわたった遥《はる》かの空を、まるで澄んだ池の中の目高《めだか》のように、可愛らしく飛んで行く姿は、敵ながら美しかった。見る目には可愛らしくても、高度を考えれば、その巨大さが想像された。今、旅客機に乗って海の上を飛んでいると、大汽船がやはり目高のように小さく見えるね。あれを空へ移したような可愛らしさだった。

向うのほうに、豆粒《まめつぶ》のような編隊が現われる。各所の高射砲陣地から、豆鉄砲のような連続音がきこえはじめる。敵のすがたも、味方の音も、芝居の遠見の敦盛《あつもり》のように可愛らしかった。

Ｂ29の進路をかこんで、高射砲の黒い煙の玉が、底知れぬ青空の中に、あばたみたいにちらばった。敵機のあたりに、星のようにチカッチカッと光るものがあった。まるでダイヤモンドのつぶを、銀色の飛行機めがけて、投げつけるように見えた。それは目にも見えない小さな味方の戦闘機だった。彼らは体当りで巨大なＢ29にぶっつかって行った。その小さな味方機の銀翼が、太陽の光りを受けて、チカッチカッとダイヤのように光っていたのだ。

君も思い出せるだろう。じつに美しかったね。戦争、被害という現実を、ふと忘れた瞬間には、あれは大空のページェントの美しい前奏曲だった。

僕は会社の屋上から、双眼鏡で、大空の演技を眺めたものだ。双眼鏡の丸い視野の中を、銀色の整然とした編隊が近づいてくる。頭の上にきたときには、双眼鏡には可《か》なり大きく映った。搭乗員の白い顔が、豆人形のように見わけられさえした。太陽に照りはえる銀翼はやっぱり美しかった。それにぶっつかって行く味方機も見えたが、大汽船のそばの一艘《いっそう》のボートのように小さかった。

その晩僕は、会社の帰り道を、テクテク歩いていた。電車が或《あ》る区間しか動いていないので、あとは歩かなければならなかった。八時ごろだった。空には美しく星がまたたいていた。燈火《とうか》管制《かんせい》で町はまっ暗だった。僕たちはみな懐中電燈をポケットに用意していた。明かるいのではいけないし、それに電池がすぐ駄目《だめ》になるので、あのころは自動豆電燈というものが市販されていた。思い出すだろう。片手にはいるほどの金属製のやつで、槓桿《こうかん》を握ったり放したりすると、ジャージャーと音を立てて発電器が回転して、豆電燈がつくあれね。足もとがあぶなくなると、僕はあれを出してジャージャー云わせた。にぶい光だけれど、電池が要らないので、実に便利だった。

まっ暗な大通りを、黒い影法師たちが、黙々として歩いている。空襲警報が鳴らないうちに早く帰りつきたいと、みなセカセカと歩いている。今日だけはサイレンが鳴らずにすむかも知れない、というのが、われわれの共通した空《そら》だのみだった。

僕はそのとき伝通院のそばを歩いていた。ギョッとする音が鳴りはじめた。近くのも遠くのも、幾つものサイレンが、不吉な合奏をして、悲愴《ひそう》に鳴りはじめた。いくら慣れていても、やっぱりギョッとするんだね。黒い影法師どもが、バラバラと走り出した。僕は走るのが苦手なので、足を早めて大股に歩いていたが、その前を、警防団員の黒い影が、「待避、待避」と叫びながら、かけて行った。

どこからか、一ぱいにひらいたラジオがきこえて来た。家庭のラジオも、出来るだけの音量を出しておくのが常識になっていた。同じことを幾度もくりかえしている。B29

の大編隊が伊豆半島の上空から、東京方面に近づいているというのだ。またたく間にやって来るだろう。

僕も早くうちに帰ろうと思って、大塚駅の方へ急いだが、大塚に着かない前に、もう遠くの高射砲がきこえだした。それが、だんだん近くの高射砲に移動して来る。町は真の闇だった。警戒管制から非常管制に移ったからだ。まだ九時にならないのに、町は真夜中のようにシーンと静まり返っていた。僕のほかには、一人の人影も見えなかった。

僕は時々たちどまって、空を見上げた。むろん怖かったよ。しかし、もう一つの心では、美しいなあと感嘆していた。

高射砲弾が、シューッ、シューッと、光の点線を描いて高い高い空へ飛んで行く。そして、パラパラッと花火のように美しく炸裂《さくれつ》する。そのあたりに敵機の編隊が飛んでいるのだろう。そこへは、立っている僕から三十度ぐらいの角度があった。まだ遠方だ。

そこの上空に、非常に強い光のアーク燈のような玉が、フワフワと、幾つも浮游《ふゆう》していた。敵の照明弾だ。両国の花火にあれとそっくりのがあった。闇夜の空の光りクラゲだ。

高射砲の音と光が、だんだん烈しくなって来た。一方の空だけではなかった。反対側の空にもそれが炸裂した。敵の編隊は二つにわかれて、東京をはさみ討《う》ちにしていたのだ。そして、次々と位置を変えながら、東京のまわりに、爆弾と焼夷弾《しょういだん》を投下していたのだ。それがそのころの敵の戦法だった。まず周囲にグルッと火の垣を作って、逃げ出せないようにしておいて、最後に中心地帯を猛爆するという、袋の鼠《ねずみ》戦法なのだ。

しばらくすると、遠くの空がボーッと明かるくなった。そのとき僕は町の警防団の屯《とん》所《しょ》にいた。鉄兜《てつかぶと》をかぶって、鳶口《とびぐち》を持った人たちが、土嚢《どのう》の中にしゃがんで、空を見上げていた。僕もそこへしゃがませてもらった。

「横浜だ。あの明かるいのは横浜が焼けているんだ。今ラジオが云っていた」

一人の警防団員が走って来て報告した。

「アッ、あっちの空も明かるくなったぞ。どこだろう。渋谷へんじゃないか」

そういっているうちに、右にも左にも、ボーッと明かるい空が、ふえて来た。「千住《せんじゅ》だろう」「板橋だろう」といっているあいだに、空に舞いあがる火の粉が見え、焔さえ見えはじめた。東京の四周が平時の銀座の空のように、一面にほの明かるくなった。

高射砲はもう頭のま上で炸裂していた。敵機の銀翼が、地上の火焔に照らされて、かすかに眺められた。B29の機体が、いつもよりはずっと大きく見えた。低空を飛んでいるのだ。

四周の空に、無数の光りクラゲの照明弾が浮游していた。それがありとしもなき速度で、落下してくる有様は、じつに美しかった。その光りクラゲの群に向かって、地上からは、赤い火の粉が、渦《うず》をまいて立ちのぼっていた。青白い飛び玉模様に、赤い梨地《なしじ》の裾模様《すそ》、それを縫って、高射砲弾の金糸銀糸のすすきが交錯《こうさく》しているのだ。

「アッ、味方機だ。味方機が突っこんだ」

大空にバッと火を吹いた。そして、巨大な敵機が焔の血達磨《ちだるま》になって、落下して行った。落下地点とおぼしきあたりから、爆発のような火焔が舞いあがった。

「やった、やった。これで三機目だぞッ」

警防団の人々がワーッと喚声《かんせい》をあげた。万歳を叫ぶものもあった。

「君、こんなとこにいちゃ危ない。早く防空壕にはいって下さいッ」

僕は警防団員に肩をこづかれた。仕方がないので、ヨロヨロと歩き出した。

大空の光の饗宴《きようえん》と、その騒音は極点に達していた。そのころから、地上も騒がしくなった。火の手がだんだん近づいてくるので、もう防空壕にも居たたまらなくなった人々が、警防団員に指導されて、どこかの広場へ集団待避をはじめたのだ。大通りには、家財を積んだ荷車、リヤカーのたぐいが混雑しはじめた。

僕もその群衆にまじって駈け出した。うちには家内が一人で留守をしていた。彼女もきっと逃げ出しているだろう。気がかりだが、どうすることもできない。

いたるところに破裂音が轟《とどろ》いた。それが地上の火焔のうなり、群衆の叫び声とまじり合って、耳も聾《ろう》するほどの騒音だった。その騒音の中に、ザーッと、夕立《ゆうだち》が屋根を叩くような異様な音がきこえて来た。僕は夢中に駈け出した。それが焼夷弾の束《たば》の落下する音だということを聞き知っていたからだ。しかも、頭のま上から、降ってくるように思われたからだ。

ワーッというわめき声に、ヒョイとふりむくと、大通りは一面の火の海だった。八角《はっかく》筒《とう》の小型焼夷弾が、束になって落下して、地上に散乱していた。僕はあやうく、それに打たれるのをまぬがれたのだ。火の海の中に一人の中年婦人が倒れて、もがいていた。勇敢な警防団員が火の海を渡って、それを助けるために駈けつけていた。

僕は二度と同じ場所に落ちることはないだろうと思ったので、一応安心して、火の海に見とれていた。大通り一面が火に覆われている光景は、そんなさなかでも、やっぱり美しかった。驚くべき美観だった。

あの八角筒焼夷弾の中には、油をひたした布きれのようなものがはいっていて、落下の途中で、それが筒から飛び出し、ついている羽根のようなもので、空中をゆっくり落ちてくる。筒だけは矢のように落下するのだが、筒の中にも油が残っているので、地面にぶつかると、その油が散乱して、一面の火の海となるのだ。だから、大した持続力はない。木造家屋ならそれで燃え出すけれど、鋪装《ほそう》道路では燃えつくものがないから、だんだん焔が小さくなって、じきに消えてしまう。

僕はそれが蛍火《ほたるび》のように小さくなるまで、じっと眺めていた。最後は、広い地面に無数の蛍が瞬《またた》いて、やがて消えて行くのだが、その経過の全体が、仕掛け花火みたいに美しかった。

空からは、八角筒を飛び出した無数の狐火《きつねび》がゆっくり降下していた。たしか「十種香」の道行きで、舞台の背景一面に狐火の蠟燭《ろうそく》をつける演出があったと思うが、あの背景を黒ビロードの大空にして、何百倍に拡大したような感じだったね。どんな花火だって、あの美しさの足もとにも及ぶものじゃない。僕はほんとうに見とれた。それが火事の素《もと》だということも忘れて、ポカンと口をあいて、空に見入っていた。

もう、すぐまぢかに火の手があがっていた。それがたちまち飛び火して、火の手の数がふえて行った。町は夕焼けのように明かるく、馳《は》せちがう人々の顔が、まっ赤に彩《いろど》られていた。

刻々に、あたりは焦熱地獄《しょうねつじごく》の様相を帯びて来た。東京中が巨大な焔に包まれ、黒雲のような煙が地上の焔に赤く縁《ふち》どられて、恐ろしい速度で空を流れ、ヒューッと音を立てて、嵐のような風が吹きつけて来た。向うには黒と赤との煙の渦が、竜巻《たつま》きとなって中天にまき上がり、屋根瓦《やねがわら》は飛び、無数のトタン板が、銀紙のように空に舞い狂った。

その中を、編隊をといたB29が縦横に飛びちがった。味方の高射砲も、今は鳴りをひそめてしまったので、敵は極度の低空まで舞いさがって、市民を威嚇《いかく》し、狙いをさだめて焼夷弾と小型爆弾を投下した。

僕は巨大なB29が目を圧して迫ってくるのを見た。銀色の機体は、地上の火焔を受けて、酔っぱらいの巨人の顔のように、まっ赤に染まっていた。

僕はあの頭の真上に迫る巨大な敵機から、なぜか天狗《てんぐ》の面を連想した。まっ赤な天狗の面が、空一ぱいの大きさで、金色の目玉で僕を睨《にら》みつけながら、グーッと急降下してくる。悪夢の中のように、それが次から次と、まっ赤な顔で降下してくるのだ。

火災による暴風と、竜巻きと、黒けむりの中を、超低空に乱舞する赤面《あかづら》巨大機は、この世の終りの恐ろしさでもあったが、一方では言語に絶する美観でもあった。凄絶《せいぜつ》だった。荘厳でさえあった。

もう町に立っていることは出来なかった。瓦、トタン板、火を吹きながら飛びちがう丸太や板きれ、そのほかあらゆる破片が、まっ赤な空から降って来た。ハッと思うまに、一枚のトタン板が僕の肩にまきついて顎《あご》に大きな斬《き》り傷を作った。血がドクドクと流れた。その中へ、またしてもザーッ、ザーッと、焼夷弾の束が降って来る。僕は眼がねをはねとばされてしまったが、探すことなど思いも及ばなかった。

どこかへ避難するほかはなかった。僕は暴風帯をつき抜けるために、それを横断して走った。僕はそのとき、大塚辻町《つじまち》の交叉点《こうさてん》から、寺のある横丁を北へ北へと走っていた。走っている両側の家並《やなみ》も、もう燃えはじめていた。突き当りに大きな屋敷があった。門があけはなしてあったので、そこへ飛びこんで行った。

まるで公園のように広い庭だった。立木も多かった。颶風《ひょうふう》に揺れさわぎ、火の粉の降りかかる立木のあいだをくぐって、奥の方へ駈けこんで行った。あとでわかったのだが、それは杉本《すぎもと》という有名な実業家のうちだった。

その屋敷は高い石垣の崖《がけ》っぷちにあった。辻町の方から来ると、そこが行きどまりで、目の下遥かに巣鴨《すがも》から氷川町《ひかわちょう》にかけての大通りがあった。東京には方々にこういう高台があって、断層のようになっているが、そこも断層の一つだった。僕はその町がはじめてだったので、大空襲によって起こった地上の異変ではないかと、びっくりしたほどだ。

その断層は屋敷の一ばん奥になっているのだが、断層の少し手前に、コンクリートで造った大きな防空壕の口がひらいていた。あとで、その屋敷の住人は全部疎開《そかい》してしまって、大きな邸宅が全くの空家になっていたことがわかったが、その時は、防空壕の中に家人がいるのだと思い、出会ったらことわりを云うつもりで、はいって行った。

床も壁も天井もコンクリートでかためた立派な防空壕だった。僕は例の自動豆電燈をジャージャー云わせながら、オズオズはいって行ったが、入口から二た曲りして、中心部にはいって見ても、廃墟《はいきょ》のように人けがなかった。

中心部は二坪ほどの長方形の部屋になって、両側に板の長い腰かけが取りつけてあった。僕はちょっとそこへ掛けて見たが、すぐに立ち上がった。どうもおちつかなかった。空と地上の騒音は、ここまでもきこえて来た。ドカーン、ドカーンという爆音が、地上にいたときよりも烈しく耳につき、防空壕そのものがユラユラゆれていた。

ときどき、稲妻のように、まっ赤な閃光《せんこう》が、屈曲した壕内にまで届いた。その光で奥の方が見通せたとき、板の腰かけの向うの隅に、うずくまっている人間を発見した。女のようだった。

豆電燈をジャージャー云わせて、その淡い光をさしつけながら、声をかけると、女はスッと立って、こちらへ近づいて来た。

古い紺《こん》がすりのモンペに、紺がすりの防空頭巾をかぶっていた。その頭巾の中の顔を、豆電燈で照らして、僕はびっくりした。あまり美しかったからだ。どんなふうに美しかったかと問われても、答えられない。いつも僕の意中にあった美しさだと云うほかはない。

「ここの方《かた》ですか」僕が訊《たず》ねると、「いいえ、通りがかりのものです」と答えた。「ここは広い庭だから焼けませんよ。朝まで、ここにじっとしている方がいいでしょう」と云って、腰かけるようにすすめた。

それから何を話したか覚えていない。だまりがちに、ならんで腰かけていた。お互《たがい》に名も名乗らなければ、住所もたずねなかった。

ゴーッという、嵐の音とも焔の音ともつかぬ騒音が、そこまできこえて来た。そのあいだにドカーン、ドカーンという爆音と地響き。まっ赤な稲妻がパッパッとひらめき、焦《こ》げくさい煙が吹きこんで来た。

僕は一度、防空壕を出て、あたりを眺めたが、むこうの母屋《おもや》も焔に包まれ、立木にまで燃え移って、パチパチはぜる音がしていた。その辺は昼のように明かるく、頬が熱いほどだった。見あげると、空は一面のどす黒い血の色で、ゴーゴーと颷風が吹きすさんでいた。広い庭には死に絶えたように人影がなかった。門のところまで走って行ったが、その前の通りにも、全く人間というものがいなかった。ただ焔と煙とが渦巻いていた。壕に帰るほかはなかった。

帰って見ると、まっ暗な中に、女はもとのままの姿勢でじっとしていた。

「ああ、喉《のど》がかわいた。水があるといいんだが」

僕がそういうと、女は「ここにあります」と云って、待ちかまえていたように、水筒を肩からはずして、手さぐりで僕に渡してくれた。その女は用心ぶかく、水筒をさげて逃げていたのだ。僕はそれを何杯も飲んだ。女に返すと、女も飲んでいるようだった。

「もう、だめでしょうか」

女が心細くつぶやいた。

「だいじょうぶ。ここにじっとしてれば、安全ですよ」

僕はそのとき、烈しい情慾を感じた。この世の終りのような憂慮《ゆうりよ》と擾乱《じようらん》の中で、情慾どころではないと云うかも知れないが、事実はその逆なんだ。僕の知っている或る青年は、空襲のたびごとに烈しい情慾を催したと云っている。そして、オナニーに耽《ふけ》ったと告白している。

だが、僕の場合は単なる情慾じゃない。一《ひ》と目惚《めぼ》れの烈しい恋愛だ。その女の美しさはたとえるものもなかった。神々《こうごう》しくさえあった。一生に一度という非常の場合に、僕がいつも夢見ていた僕のジョコンダに出会ったのだ。そのミスティックな邂逅《かいこう》が僕を気ちがいにした。僕は闇をまさぐって、女の手を握った。相手は拒まなかった。遠慮がちに握り返しさえした。

東京全市が一とかたまりの巨大な火焔になって燃え上がり、空は煙の黒雲と火の粉の金梨地《きんなしじ》に覆われ、そこを颱風が吹きまくり、地上のあらゆる破片は竜巻となって舞い上がり、まっ赤な巨人戦闘機は乱舞し、爆弾、焼夷弾は驟雨《しゅうう》と降りそそぎ、天地は轟然《ごうぜん》たる大音響に鳴りはためいてるとき、一瞬ののちをも知らぬ、いのちをかけての情慾がどんなものだか、君にわかるか。僕は生涯を通じて、あれほどの歓喜を、生命を、生き甲斐を感じたことはない。それは過去にもなく、未来にもあり得ない、ただ一度のものだった。

天地は狂乱していた。国は今亡びようとしていた。僕たち二人も狂っていた。僕たちは身についたあらゆるものをかなぐり捨てて、この世にただ二人の人間として、かきいだき、もだえ、狂い、泣き、わめいた。愛慾の極致に酔いしれた。

僕は眠ったのだろうか。いや、そんなはずはない。眠りはしなかった。しかし、いつのまにか夜が明けていた。壕の中に薄明《はくめい》が漂《ただよ》い、黄色い煙が充満していた。そして、女の姿はどこにもなかった。彼女の身につけたものも、何ひと品残っていなかった。

だが、夢ではなかった。夢であるはずがない。

僕はヨロヨロと壕のそとへ出た。人家はみな焼けつぶれてしまって、一面の焼け木杭《ぼっくい》と煙と火の海だった。まるで焼けた鉄板の上でも歩くような熱さの中を、僕は焔と煙をかわし、空地《くうち》を拾うようにして飛び歩き、長い道をやっと自分の家にたどりついた。仕合せにも僕の家は焼け残り、家内も無事だった。

町という町には、無一物になった乞食のような姿の男女が充満し、痴呆のように、当てどもなくさまよっていた。

僕の家にも、焼け出されの知人が三組もはいって来た。それから食料の買出しに狂奔《きょうほん》する日がつづいた。

その中でも、僕はあのひと夜のなさけを忘れかねて、辻町の杉本邸の焼け跡の附近を毎日のようにさまよい歩き、その辺を掘り返して貴重品を探している元の住人たちにたずね廻《まわ》った。空襲の夜、杉本家のコンクリートの防空壕に一人の若い女がはいっていたが、その女を見かけた人はないかと、執念ぶかく聞きまわった。

こまかい経路は省略するが、非常な苦労をして、次から次と人の噂のあとを追って、尋ね尋ねた末、やっと一人の老婆を探し当てた。池袋の奥の千早町の知人宅に厄介《やっかい》になっている、身よりのない五十幾つの宮園《みやぞの》とみという老婆だった。

僕はこのとみ婆さんを訪ねて行って、根掘り葉掘り聞き糺《ただ》した。老婆は杉本邸のそばの或る会社員の家に雇われていたが、あの空襲の夜、家人は皆どこかへ避難してしまって、ひとり取り残されたので、杉本さんの防空壕のことを思い出し、一人でその中に隠れていたのだという。

老婆は朝までそこにいたというのに、不思議にも僕のことも、若い女のことも知らなかった。ひょっとしたら壕がちがうのではないかと、詳しく聞き糺したが、あの辺に杉本という家はほかになく、コンクリート壕の位置や構造も僕らのはいったものと全く同じだった。あの壕には両方に出入り口があった。それが折れ曲って中心の部屋へはいるようになっていた。とみ婆さんは壕の中心部まではいらないで、僕の出入りしたのとは反対側の出入り口の、中心部の向うの曲り角にでも、うずくまっていたのだろう。それを尋ねても婆さんは曖昧《あいまい》にしか答えられなかった。気も顚動《てんどう》していた際のことだから、はっきりした記憶がないのも無理はなかった。

そういうわけで、結局、女のことはわからずじまいだった。あれからもう十年になる。その後も、僕は出来る限りその女を探し出そうとつとめて来たが、どうしても手掛りがつかめないのだ。あの美しい女は、神隠しにあったように、この地上から姿を消してしまったのだ。その神秘が、ひと夜のなさけを、一層尊いものにした。生涯をひと夜にこめた愛欲だった。

顔もからだも、あれほど美しい女が、ほかにあろうとは思えない。僕はそのひと夜を境にして、あらゆる女に興味を失ってしまった。あの物狂わしいひと夜の激情で、僕の愛欲は使いはたされてしまった。

ああ思い出しても、からだが震え出すようだ。空と地上の業火《ごうか》に包まれた洞窟《どうくつ》のくら闇の中、そのくら闇にほのぼのと浮き上がった美しい顔、美しいからだ、狂熱の抱擁《ほうよう》、千夜を一夜の愛慾。……僕はね、「美しさ身の毛もよだつ五彩のオーロラの夢」という変な文句を、いつも心の中で呟《つぶや》いている。それだよ。あの空襲の焔と死の饗宴は、極地の大空一ぱいに垂れ幕のようにさがってくる五彩のオーロラの恐ろしさ、美しさだった。その下でのひと夜のなさけは、やっぱり、五彩のオーロラのほかのものではなかった。

二、宮園とみの話

こんなに酔っぱらったのは、ほんとうに久しぶりですよ。旦那さまも酔狂《すいきょう》なお方ですわね。

旦那さまのエロ話を伺《うかが》ったので、わたしも思い出しましたよ。皺《しわ》くちゃ婆さんのエロ話でもお聞きになりたいの？　ずいぶんかわっていらっしゃるわね。オホホホホホ。

さっきも云った通り、わたしは広い世間に全くのひとりぼっち、身よりたよりもない哀れな婆あですが、戦争後、こんな山奥の温泉へ流れこんでしまって、こちらのご主人が親切にして下さるし、朋輩《ほうばい》の女中さんたちも、みんないい人だし、まあここを死に場所にきめておりますの。でもせんにはずっと東京に住んでいたのでございますよ。あの恐ろしい空襲にも遭《あ》いました。旦那さま、その空襲のときですよ。じつに妙なことがありましたの。

あれは何年の何月でしたかしら。上野、浅草のほうがやられて、隅田川が死骸で一ぱいになったあの空襲のすぐあとで、新宿から池袋、巣鴨、小石川《こいしかわ》にかけて、焼け野が原になった空襲のときですよ。

そのころ、わたしは三芳《みよし》さんという会社におつとめの方のうちに、雇われ婆さんでいたのですが、そのおうちが丸焼けになり、ご主人たちを見失ってしまって、わたしは、近くの大きなお邸《やしき》の防空壕に、たった一人で隠れておりました。

大塚の辻町と云って、市電の終点の車庫に近いところでした。そのお邸は辻町から三四丁もはいったところで、高い石垣の上にあったのですが、お邸のかたはみんな疎開してしまって、空き家になっておりました。

コンクリートで出来た立派な防空壕でしたよ。わたしはそのまっ暗な中に、ひとりぼっちで震えていたのです。

するとそこへ、一人の男が懐中電燈を照らしながら、はいって来ました。むこうが懐中電燈を持っているのですから、顔は見えませんが、どうやら三十そこそこの若いお人らしく思われました。

しばらくは、わたしのいるのも気づかない様子で、壕の中の板の腰かけにかけて、じっとしておりましたが、そのうちに、隅の方にわたしがいるのを気づくと、懐中電燈を照らして、もっとこっちへ来いというのです。

わたしはひとりぼっちで、怖くて仕方がなかったおりですから、喜んでその人の隣に腰かけました。そして、ちょうど水筒を持っておりましたので、それを男に飲ませてやったりして、それから、ひとことふたこと話しているうちに、なんとあなた、その人がわたしの手をグッと握ったじゃありませんか。

勘ちがいをしたらしいのですよ。わたしを若い女とでも思ったらしいのですよ。小さな懐中電燈ですから、わたしの顔もよくは見えなかったのでございましょう。それに、そとにはボウボウと火が燃えている。おそろしい風が吹きまくっている。そのさなかですから、気もてんどうしていたことでしょうしね。なにか色っぽいことをはじめるのですよ。オホホホ……。いえね、旦那さまが聞き上手でいらっしゃるものだから、ついこんなお話をしてしまって。でもこれは今はじめてお話しますのよ。なんぼなんでも、気恥かしくって、人さまにお話しできるようなことじゃありませんもの。

エ、それからどうしたとおっしゃるの？　わたしの方でも、空襲で気がてんどうしていたのですわね。こっちも若い女になったつもりで、オホホホ……、いろいろ、あれしましたのよ。今から思えば、ばかばかしい話ですわ。先方の云いなり次第に、着物もなにも脱いでしまいましてね。

　いやでございますわ。いくら酔っても、それから先は、オホホホ……、で、まあ、いろいろあったあとで、男はそこへ倒れてしまって、眠ったようにじっとしていますので、わたしは気恥かしくなって、いそいで着物を着ると、夜の明けないうちに、防空壕から逃げ出してしまいました。お互に顔も知らなければ、名前も名乗らずじまいでしたわ。

　エ、それっきりじゃ、つまらないとおっしゃいますの？　ところが、これには後日談があるのでございますのよ。防空壕の中では、相手の顔もわからず、ただ若い男と察していただけですが、それから半月もしたころ、わたしは池袋の奥の千早町の知り合いのところに、台所の手伝いをしながら、厄介になっておりましたが、そこへ、どこをどう探したのか、そのときの男が訪ねて来たじゃありませんか。

　でも、その人がそうだとは、わたしは知らなかったのです。話しているうちにだんだんわかって来たのです。あのとき、防空壕の中に若い女がいた。お前さんは、やっぱり同じ夜、あの防空壕にはいっていたということを、いろいろたずね廻って、聞き出したので、わざわざやって来たのだ。その若い女を見なかったか。若《も》しやお前さんの知っている人じゃなかったかと、それはもう、一生懸命に尋ねるのです。

その人は市川清一と名乗りました。服装はあのころのことですから、軍人みたいなカーキ服でしたが、ちゃんとした会社員風の立派な人でした。三十を越したぐらいの年配で、近眼鏡をかけておりましたが、それはもう、ふるいつきたいような美男でございましたよ。オホホホ……。

わたしは、その人の話を聞いて、すぐに察しがつきました。その市川さんは、とんでもない思いちがいをしていたのです。そのときの相手がわたしみたいなお婆ちゃんとは少しも知らず、若い美しい女だったと思いこんでいるのです。いじらしいじゃございませんか、その女が恋しさに、えらい苦労をして、探し廻っているというのですよ。

きまりがわるいやら、ばかばかしいやらで、わたしは、ほんとうにどうしようかと思いました。若い女と思いこんでいる相手に、あれはこのわたしでしたなんて、云えるものですか。ドギマギしながら、ごまかしてしまいました。先方はみじんも疑《うたぐ》っていないのです。わたしがうろたえていることなんか、まるで感じないのです。

その美男の市川さんが、目に涙をためて、そのときの若い美しい女を懐かしがっている様子を見ると、わたしもへんな気持になりました。なんだかいまいましいような、可哀《かわい》そうなような、なんとも云えないへんな気持でございましたよ。

エ、そんな若い美男と、ひと夜のちぎりを結ぶなんて、思いがけぬ果報だとおっしゃるのでしょう。そりゃあね、この年になっても、やっぱり、うれしいような、恥かしいような、ほんとうに妙なぐあいでしたわ。相手が美男だけにねえ、いよいよ気づかれては大変だと、そ知らぬ顔をするのに、それは、ひと苦労でございましたよ。オホホ……。

日向《ひなた》／写真／月／合掌

川端康成

■**川端康成**　かわばたやすなり　一八九九（明治三二年）～一九七二（昭和四七年）

大阪生まれ。東大国文科在学中に「新思潮」に参加。同誌に発表した「招魂祭一景」が菊池寛らの好評を博す。横光利一、今東光らと共に「新感覚派」と称された。戦前の代表作に「伊豆の踊子」「雪国」など、戦後には「山の音」「みづうみ」「古都」などがある。日本ペンクラブ会長、国際ペンクラブ副会長も務めた。一九六一年文化勲章受章。六八年ノーベル文学賞受賞。

「日向」「写真」「月」「合掌」は、川端が二十代の頃から四十余年に渡って書き継いだ短篇群「掌の小説」中の四篇。

日向《ひなた》

二十四の秋、私はある娘と海辺の宿で会つた。恋の初めであつた。

娘が突然、首を真直《まつす》ぐにしたまま袂を持ち上げて、顔を隠した。

また自分は悪い癖を出してゐたんだなと、私はそれを見て気がついた。照れてしまつて苦しい顔をした。

「やつぱり顔を見るかね。」

「ええ。——でも、そんなでもありませんわ。」

娘の声が柔かで、言ふことが可笑《おか》しかつたので、私は少し助かつた。

「悪いかね。」

「いいえ。いいにはいいんですけど——。いいですわ。」

娘は袂を下ろして私の視線を受けようとする軽い努力の現はれた表情をした。私は眼をそむけて海を見てゐた。

私には、傍にゐる人の顔をじろじろ見て大抵の者を参らせてしまふ癖がある。直さうと常々思つてゐるが、身近の人の顔を見ないでゐることは苦痛になつてしまつてゐる。そして、この癖を出してゐる自分に気がつく度に、私は激しい自己嫌悪を感じる。幼い時二親《ふたおや》や家を失つて他家に厄介《やっかい》になつてゐた頃に、私は人の顔色ばかり読んでゐたのでなからうか、それでかうなつたのではなからうかと、思ふからである。

ある時私は、この癖は私がひとの家に引き取られてから出来たのか、その前自分の家にゐた時分からあつたのかと、懸命に考へたことがあつたが、それを明らかにしてくれるやうな記憶は浮んで来なかつた。

——ところがその時、娘を見まいとして私が眼をやつてゐた海の砂浜は秋の日光に染まつた日向であつた。この日向が、ふと、埋れてゐた古い記憶を呼び出して来た。

二親が死んでから、私は祖父と二人きりで十年近く田舎の家に暮してゐた。祖父は盲目であつた。祖父は何年も同じ部屋の同じ場所に長火鉢《ながひばち》を前にして、東を向いて坐《すわ》つてゐた。そして時々首を振り動かしては、南を向いた。顔を北に向けることは決してなかつた。ある時祖父のその癖に気がついてから、首を一方にだけ動かしてゐることが、ひどく私は気になつた。度々長い間祖父の前に坐つて、一度北を向くことはなからうかと、じつとその顔を見てゐた。しかし祖父は五分間毎《ごと》に首が右にだけ動く電気人形のやうに、南ばかり向くので私は寂しくもあり、気味悪くもあつた。南は日向だ。南だけが盲目にも微《かす》かに明るく感じられるのだと、私は思つてみた。

――忘れてゐたこの日向のことを今思ひ出したのだつた。

北を向いてほしいと思ひながら私は祖父の顔を見つめてゐたし、相手が盲目だから自然私の方でその顔をしげしげ見てゐることが多かつたのだ。それが人の顔を見る癖になつたのだと、この記憶で分つた。私の癖は自分の家にゐた頃からあつたのだ。この癖は私の卑《いや》しい心の名残ではない。そして、この癖を持つやうになつた私を、安心して自分で哀れんでやつていいのだ。かう思ふことは、私に躍り上りたい喜びだつた。娘のために自分を綺麗《きれい》にして置きたい心一ぱいの時であるから、尚更《なおさら》である。

娘がまた言つた。

「慣れてるんですけど、少し恥かしいわ。」

その声は、相手の視線を自分の顔に戻してもいいと言ふ意味を含ませてゐるやうに聞えた。娘は悪い素振りを見せたと、さつきから思つてゐたらしかった。

明るい顔で、私は娘を見た。娘はちよつと赤くなつてから、狡《ずる》さうな眼をしてみせて、

「私の顔なんか、今に毎日毎晩で珍らしくなくなるんですから、安心ね。」と幼いこと

を言つた。

私は笑つた。娘に親しみが急に加はつたやうな気がした。娘と祖父の記憶とを連れて、砂浜の日向へ出てみたくなつた。

写　真

ある醜い――と言つては失礼だが、彼はこの醜さゆゑに詩人になんぞなつたのにちがひない。その詩人が私に言つた。

僕は写真が嫌ひでね、滅多に写さうとは思はない。四五年前に恋人と婚約記念に取つたきりだ。僕には大切な恋人なんだ。だつて一生のうちにもう一度そんな女が出来るといふ自信はないからね。今ではその写真が僕の一つの美しい思ひ出なんだよ。

ところが去年、ある雑誌が僕の写真を出したいと言つて来た。恋人とその姉と三人で写した写真から僕だけを切抜いて雑誌社に送つた。最近また、ある新聞が僕の写真を貰《もら》ひに来た。僕はちよつと考へたんだよ、しかしたうとう、恋人と二人で写したのを半分に切つて記者に渡した。必ず返してくれるやうに念を押しておいたんだが、どうも返してくれないらしい。まあ、それはいいさ。

それはいいとしても、しかしだね、半分の写真、恋人一人になつた写真を見て僕は実に意外だつた。これがあの娘か。――ことわつておくが、その写真の恋人はほんとに、可愛くつて、美しいんだよ。だつて彼女はその時十七なんだ。そして恋をしてゐる。ところがだ、僕と切離されて僕の手に残つた彼女一人の写真を見ると、なあんだ、こんなつまらない娘だつたのかといふ気がした。今の今まであんなに美しく見えてゐた写真がだよ。――永年の夢が一時にしらじらと覚めてしまつた。僕の大切な宝物が毀《こわ》れてしまつたんだ。

してみると、――と、詩人は一段と声を落した。

新聞に出た僕の写真を見れば、矢張り彼女もきつと思ふだらう。たとへ一時でも、こんな男に恋をした自分が自分で口惜《くや》しい、とね。――これで、みんなおしまひだ。

しかし若《も》し、と僕は考へる。二人で写した写真がそのまま、二人が並んで新聞に出たとしたら、彼女はどこからか僕のところに飛んで帰つて来やしないだらうか。ああ、あの人はこんなに――と、言ひながら。

月

童貞――どうもこいつがいけない厄介物《やつかいもの》なんだ。惜しくはない荷物なんだが、そして薄暗い裏路《うらみち》や橋の上を歩いてゐる時に塵箱《ごみばこ》か大川に捨ててしまへばなんでもなかつたんだが、かう花やかな電燈の鋪石道《しきいしみち》に出てしまつたんでは、どうも捨場が見つかりにくいではないか。それに、女があの荷物には何がはいつてゐるんだらうと珍らしさうに眺めたりすると、ちよつと顔が赤くなるではないか。それからまた、まあここまで重い思ひをしてぶら下げて来たと言ふだけでも、道端《みちばた》の犬にはやりたくない気持がするではないか。しかし、この頃のやうにいろんな女に恋をされてみると、雪を食つた高下駄《たかげた》を穿《は》いて歩くやうな不自由さを一そう絶え間なしに感じる。跣《はだし》になつて雪の上を走り廻つたら、さぞ気持が軽々とするだらうな。――こんなことを彼は考へてゐる。

ある女は、彼の枕もとにつつ立つてゐたが、突然荒々しく膝《ひざ》を落して、彼の顔の上におつかぶさりながら、彼の匂ひを吸ひこんだ。

またある女は、二階の縁の欄干に凭《もた》れてゐる時、突き落す真似《まね》をして肩を押した彼に思はず抱きついたが、彼が手を離すと、もう一度自分で落ちさうな姿を見せて欄干に身を反らしながら、自分の胸を見つめて彼を待つた。

またある女は、風呂場で彼の背を流してゐるうちに、彼の肩を摑《つか》んでゐた片手をぶるぶる顫《ふる》はしはじめた。

またある女は、彼と坐《すわ》つてゐた冬の座敷から唐突にさつと庭に飛び出して、あづまやの長椅子に仰向けにひつくり返りざま両肘《りようひじ》で自分の頭を固く抱いた。

またある女は、彼が戯《たわむ》れにうしろから抱くと、動かなくなつてしまつた。

またある女は、床の中で眠つたふりをしてゐる時彼が手を握ると、脣《くちびる》をうんとつぐみからだをこはばらせて反り返つた。

またある女は、深夜彼がゐない間に彼の部屋に縫物を持ち込んで石のやうに坐り込みながら、彼が戻つて来ると、耳まで赤くして、電燈をお借りしてゐますのよ、と言ふ奇妙な嘘《うそ》を咽《のど》にひつかかるしやがれ声で言つた。

またある女は、彼の前でいつもじめじめ泣いてゐた。

もつと若い沢山の女が、彼と話してゐるうちにだんだん感情的な身の上話に落ちて行つて、それから一言も言はなくなると立ち上る力を失つたやうにじつと坐つた。

――そして彼は、いつもその時が来ると白く黙つてしまつた。でなければ、きまつて言つた。

ゐます。」

「私は生活を一つにしようと思ふ女の方からでなければ感情をいただかないことにして

　彼が二十五になると、かういふ女がますます多くなつた。そしてその結果は、彼の童貞を包む壁がだんだん厚く塗り立てられることであつた。

　しかし一人の女は、彼の外《ほか》の人間の顔を見るのも厭になつたと言ひ出した。ぼうつと日を送るやうになつた。養つてやらなければこの女は飢ゑ死する、と彼は思つた。すると、生活を一つにせずに、感情を貰《もら》はずに、そして養つてやらねばならない女の数がだんだん殖《ふ》えて来さうな気がした。彼は笑つた。

「さうすれば、少ししか財産のない自分は間もなく破産するだらう。」

　その時彼は、相も変らず童貞と言ふたつた一つの荷物をぶらさげて、乞食《こじき》に出るのであらうか。みすぼらしい身なりをしながら、しかし貰ふばかりで与へないため豊かになつた感情の驢馬《ろば》に跨《また》がつて遠い国へ――。

　――こんな空想を遊んでゐると、彼の胸は彼の内の感情で一ぱいにふくらんで来た。しかし、生活を一つにしようと思ふ女はもうこの世に見つかりさうには思へなくなつてしまつてゐる。

　空を仰ぐと満月だ。月が明るいので月が空にたつた一人だ。彼は両手を月に伸ばした。

「ああ！　月よ！　お前にこの感情を上げよう。」

合　掌

一

波の音が高くなつた。彼は窓掛を上げた。やつぱり沖に漁火《いさりび》があつた。しかし、さつきより遠くに見えた。それに海へ霧が下りて来るらしかつた。

彼は寝台を振り返つて、ぎよつと胸を冷やした。一枚の真白な布が平らに拡がつてゐるだけなのだ。

花嫁のからだは、その下の柔かい蒲団《ふとん》に沈み込んでしまつてゐるのか、寝床に少しも膨らみがないのだ。頭だけが広い枕に乗つて盛り上つてゐた。

その寝姿をじつと眺めてゐると、なんとはなしに静かな涙が出た。

白い寝床が、月の光の中に落ちた一枚の白紙のやうに感じられた。すると、窓掛を開いた窓が急に恐ろしくなつた。彼は窓掛を下ろした。そして、寝台へ歩み寄つた。

枕の上の飾りに肘を突いて、暫《しばら》く花嫁の顔を覗き込んでゐたが、寝台の脚を掌の間にするすると辷《すべ》らせながら膝を突いた。鉄の円い脚に額を押しあてた。金属の冷たさが頭に沁《し》み通つた。

静かに合掌した。

「いやでございますわ。いやでございますわ。まるで死んだ人にするやうなことをなすつて。」

彼はすつくと立ち上つて顔を紅《あか》らめた。

「起きてゐるんですか。」

「ちつとも眠つて居《お》りませんわ。夢ばかり見て居りましたわ。」

胸を弓のやうに張つて、花嫁が彼を見る拍子に、真白い布が温かく膨らんで動いた。

彼は布を軽く叩《たた》いた。

「海に霧が降つてゐますよ。」

「さつきの舟はもうみんな帰つたんでございませう。」

「それがまだ沖にゐるんですよ。」

「霧が降つてるんぢやございませんの。」

「浅い霧だから大丈夫なんでせう。さあ、お休みなさい。」

彼は白い布の上に片手を投げて、唇を持つて行つた。

「いやでございますわ。起きてゐるとこんなことをなさいますし、眠つて居りますと死んだ人のやうになさいますわ。」

二

合掌は彼の幼い頃からの習慣だつた。

両親に早く死に別れた彼は、祖父と二人きりで山の町に住んでゐたが、その祖父が盲目だつた。祖父は幼い孫をよく仏壇の前へ連れて行つた。そして、孫の小さい手を探りあてて合掌させ、その上に自分の手をあてて二重に合掌した。何と冷たい手だらうと、孫は思つた。

孫はかたくなに育つて行つた。無理を言つて祖父を泣かせた。その度に祖父は山寺の和尚《おしょう》を呼んで来た。和尚が来ると孫はいつもぴたりと静まつた。それが何故《なぜ》だか祖父は知らないのだが、和尚は孫の前へ端坐して瞑目《めいもく》しながら厳かに合掌して見せるのだ。この合掌を見ると、孫はからだに寒気を感じた。そして、和尚が帰つて行くと、彼は祖父に向つて静かに合掌するのだつた。盲目の祖父にはそれが見えなかつた。白い眼が空しく開いてゐた。しかし孫はその時、心が洗はれるのを感じた。

こんな風にして、彼は合掌の力を信じるやうになつた。それと同時に、肉親のない彼は多くの人々の世話になり、多くの人に罪を犯して育つた。しかし、彼の性質に出来ないことが二つあつた。面と向つてお礼を言ふことと、面と向つて許しを乞《こ》ふことだつた。だから彼は、他人の家で自分の床に行く時間を待ち兼ねて、毎夜のやうに合掌した。それで自分の言葉に出さない気持が誰にも通じると信じた。

三

青桐《あおぎり》の葉《は》蔭《かげ》に石榴《ざくろ》の花が燈火《ともしび》のやうに咲いてゐた。

やがて、鳩《はと》が松林から書斎の軒に帰つて来た。

またやがて、月光の足が梅雨晴れの夜風に揺れてゐた。

昼から夜まで、彼は窓にじつと坐《すわ》りつづけてゐた。そして合掌してゐた。簡単な置手紙をして、昔の恋人のところへ逃げて行つた妻を呼び返さうと祈つてゐるのだつた。

耳がだんだん澄んで来た。十町も離れた停車場で吹く助役の笛が聞えるやうになつた。無数の人間の足音が遠くの雨のやうに聞えて来た。すると、妻の姿が頭の中に見えた。彼は半日見つめてゐた白い路《みち》へ出た。妻が歩いてゐた。

「おい。」

と、肩を叩いた。

妻はぼんやり彼を見てゐた。

「よく帰つた。帰つてくれさへすればいいんだ。」

妻は彼に倒れかかつて、瞼《まぶた》を彼の肩に擦りつけた。

静かに歩きながら彼は言つた。

「さつき停車場のベンチに坐つて、パラソルの柄《え》を嚙《か》んでゐたらう。」

「まあ、ごらんになつたの。」

「見えたんだよ。」

「それで黙つていらしたの。」

「ううん、うちの窓から見えたんだよ。」

「ほんと？」

「見えたから迎ひに来たんだ。」

「まあ気味が悪い。」

「気味が悪いと思ふだけかい。」

「いいえ。」

「お前がもう一度家へ帰つて来ようと思つたのは、八時半頃だらう。それだつてちゃんと分つたんだよ。」

「もう沢山よ。――私は死んぢやつてるんですわね。思ひ出しますわ。お嫁に来た晩にはね、あなたが私を死んだ人にするやうに手を合はせて拝んでいらつしやいましたわね。あの時に私は死んぢやつたんですわね。」

「あの時？」

「もうどこへも行きませんわ。ごめんなさいね。」

しかし、彼はこの時、自分の力をためすために、世の中のあらゆる女と夫婦の交はりを結んで彼女等《ら》を合掌したい欲望を感じた。

「東京焼盡《しようじん》」より第三十八章、第五十六章

内田百閒

■内田百閒　うちだひゃっけん　一八八九（明治二二年）〜一九七一（昭和四六年）

岡山生まれ。東大独文科在学中に夏目漱石の知遇を得る。卒業後は陸軍士官学校、法政大学などでドイツ語を講じる一方、文筆活動を展開。一九三三年、随筆集『百鬼園随筆』がベストセラーとなる。翌年法大を辞職し、著述に専念。代表作に「冥途」「旅順入城式」「鶴」など。随筆にも卓越し、特に戦後の「阿房列車」シリーズは鉄道紀行文の傑作として阿川弘之、宮脇俊三などに影響を与えた。「東京焼盡」は一九四四年一一月から四五年八月にかけての日記であり、五五年に単行本として刊行された。

第三十八章

その晩

土手のしののめ

五月二十五日金曜日十三夜

五月二十六日土曜日十四夜

昨夜は古日《ふるひ》の帰った後、十一時半頃就眠した。午前零時忽《たちま》ち警戒警報にて目がさめた。後続の数目標ありとの事で身支度をして待っているとB29が一つ又は二つ宛《ずつ》で別別にやって来て新潟の方へ抜け日本海に出たらしい。富士山の左側ばかり通った様で、結局こちらには何の関係もない警報であった。暫らくしてから関東地区に警戒警報のサイレンが鳴ったのは誤りであったと放送した。

朝から天気よし。午前八時警戒警報。B29一機にして東京には近づかず同二十五分解除となる。午前十一時四十五分警戒警報、正午十二時空襲警報。B29二機の誘導によるP51六十機の編隊であって飛行場の攻撃に行ったらしく東京の上空には来なかった。午《ひる》過《すぎ》十二時四十分空襲警報解除。午後一時警戒警報解除。

午後出社す。本館係の高橋君に頼んでおいたロッカーを部屋に入れて貰った。家から持って行った著作本その他を入れておくつもりなり。夕帰りて貝原の配給を譲って貰った、白鹿五合の内、昨日の二合を家内の姉さんの所に返した。後の三合にて一ぱいやったが昨夜程おいしくない。酒の所為《せい》ではなく自分の調子によるらしい。左の顳顬《こめかみ》の血管が怒張して、鏡を見ただけで気持が悪い。別に気分が悪いでもなく頭痛がするでもないが、神経を起こして二本でやめた。それからすぐ寝る。午後九時半なり。すぐに寝ついたらし。家内は風呂に入った。自分は今日は這入《はい》らなかった。家内の姉さん一家が来て立てたのである。

忽ち警戒警報の音にて目がさめた。午後十時五分なり。未だ三十分しか眠っていない。今晩の様な気分の時にはぐっすり眠りたいと思ったが仕方が無い。後続目標ありと云うのですぐに起きた。家内は風呂から出たばかりである。十時二十三分空襲警報になった。

昨暁も玄関に置いてある持ち出しの荷物を表に出したが、今夜もあぶなそうだから持ち出した。すぐに向うの西南の方角の空は薄赤くなったが、それよりも今夜は段段に頭の上を通る敵機の数が多くなる様であった。火燄《かえん》を吐いて落ちて行くのは一つ見ただけである。焼夷弾が身近かに落ち出した。B29の大きな姿が土手の向う、四谷牛込の方からこちらへ今迄嘗《か》つて見た事もない低空で飛んで来る。機体や翼の裏側が下で燃えている町の燄《ほのお》の色をうつし赤く染まって、いもりの腹の様である。もういけないと思いながら見守っているこちらの真上にかぶさって来て頭の上を飛び過ぎる。どかんどかんと云う投弾の響が続け様《ざま》に聞こえる。お隣りの宮田の引越した後の表の防空壕に、宮田の後へ来る事になっている町内の川崎の娘さんが丁度家にいたらしく、その娘さんと家内と三人にて幾度も出たり這入ったりした。そんな時防空壕へ這い込んだのは初めてである。どうも形勢があぶなそうだから覚悟をきめて、家内に八畳の床の間に置いてあった目白の飼桶《こおけ》を表の荷物の傍に出させた。幾度もその飼桶の障子を開けてかねてこう云う時の為に古日から借りてある持ち運び用の小さな袖籠に目白を移そうとするのだが、やりかけると真上の飛行機から投下する焼夷弾が近くに降って来て、あわてて又障子を閉めてその儘《まま》家内と往来に寝たり隣りの防空壕に入ったりしなければならない。やっと隙を見て目白の籠に手を入れうまく一度でつかまえる事が出来て、小さな袖籠に移した。その後で玄関の駒と鶸《ひわ》の飼桶も表に出した。古日からは小さな鳥籠を二つ借りてある。もう一つの方に駒と鶸を一緒に入れてもいいと考えたりしたが結局目白だけしか手が廻らなかった。飼桶の戸や障子を外し鳥籠の戸を開けて外へ飛び出せる様にして置こうかとも思ったけれど、昔に読んだクオヴァヂスに羅馬《ローマ》の戦火を目がけて近郊の森の鳥が飛び込んで死んで仕舞う事が書いてあった。焼けて仕舞うとすれば何年も住み馴れた籠の中で死なせる様にしようと考えた。それにもう手が廻らなくなった。焼夷弾が落ちて来ると云う経験を初めて味わった。若《も》しそれでも無事に夜が明ける様になれば小鳥の飼桶を持って行く者もいないだろうから或《あるい》は二羽共ここで無事に今夜を過ごすかも知れない。向うのまことちゃんの後の大谷の家が見通しになって、その裏に白い色の燄が横流しに動いているのが見えた。もう逃げなければいけないと考えた。ひどい風で起《た》っていられない位である。土手の方へ行こうと思ったが家内が水島の裏へ抜けた方がよくはないかと云うのでそれもそうだと思い、裏の土手の道へ出た。二人共背中と両手に荷物が一ぱいなので、ただでさえ歩くのに困難である。その上風がひどく埃と灰と火の粉で思う様に歩けない。裏の土手に沿って二足三足市ヶ谷の方へ行きかけたが、盛んな火の手が有ってあぶなそうだから思い止まった。山口の軍需大臣官邸裏の屏《へい》の陰に荷物を下ろして一休みした。自分も苦しいが平生滅多にそんな事を云わない家内が苦しいから休みたいと云った。身持ちになった又隣りの岡本の娘さんに家内が会って鏡を持っているかと聞いたら、持っていないと云うので自分の持っていたのを上げたと云った。それをおなかに向けて持っていれば身持ちで火を見ても生まれる子供に痣《あざ》が出来ないと云うのだそうである。家内がその時もし私が今夜死んだらこの鏡は片身にして下さいと云ったそうだが、その時の事情ではそんな事を云ったのも大袈裟でない。一息休んでいる内に一寸《ちょっと》家の様子を裏から見て来ると云って家内を一人置いて、水島の裏へ行って見た。大きな火柱が立っている。多分私の家だろうと思ったけれどはっきり見定める事は出来なかった。家内の所へ戻って来ると、だれかが、此処《ここ》にいると塀の中が燃え出した時旋風《つむじかぜ》が起こるかも知れないとおまわりさんが云ったと云う事を教えてくれたからあぶないと云った。旋風の事は今迄少しも念頭になかった。つまり焼け跡へ行くに限ると云う事になって、目も開けられない向かい風の中を歩き出し塀の陰を離れて雙葉《ふたば》の前の土手迄辿りついた。雙葉の中で焼け跡の広っぱに焼夷弾が幾つも燃えていた。土手の腹には家内の姉の一家もいた。

午前一時空襲警報解除のサイレンを土手の腹で聞いて、先ず先ず《まずまず》無事で過ごし得たのを家内と共に喜んだ。家の前には未だ行って見ないけれど、勿論《もちろん》焼けたのである。未練もあり心残りも有るけれど仕方がない。兼ねて用意して置いた荷物を大体持ち出して途中で失う事もなかった。駒と鶸は可哀想な事をしたが、若《も》し小籠に移したとしてももうこれ以上持てなかったであろう。玄関迄出してあった言海と字源と又後から追加してそこに置いて有った英和と独和の字引と東京の地図とは持ち出す暇が無かった。東京の地図は東京がこんなになっている際、後で見るには特に惜しい事をした様に思われる。しかしこれ等も若し焼夷弾の隙を見て包む事が出来たとしても矢《や》っ張《ぱ》り持って歩く事は出来なかったに違いない。この前のいつかの空襲の時、古日が麦酒《ビール》六本の後居合わせて、形勢が切迫してから二階へ土足で上がって下ろしてくれた十一歳の時の南山寿の書の額と、下の八畳の座敷に掛けてあった漱石先生の偶坐為林泉の額は外した儘ずっと八畳の床の間に置いてあったが、今夜いよいよとなってから家内が玄関に出して来た。家内は頻《しき》りに額を出そうと云うのだが持ち出しても持ち運ぶ事が出来ないし、兼ねて考えて置いた通り切り取るには庖丁が手許《てもと》にない。ポケットに小さいナイフの有る事は気がついていたけれど、第一その時の形勢がもうそんな事をしている暇が無い。家内が若しその方に夢中になっている時、身近かに弾が落ちたりすると大変である。漱石先生の筆蹟も自分の幼少の折の書も残念ではあるが諦めようと決心した。頻りに家内が持ち出すと云うのを許さなかった。八畳の座敷にいつも懸けてあった金峯先生の雲龍の大字の軸も実に惜しかったが、これはせめて写真があるから記念は残る。琴三面はどうにもならない。家内と二人きりでは既に手一ぱいである。座布団五枚を包んだ風呂敷包みは出せないものと家内も観念していたが、丁度そこを平野力《つとむ》が自転車にて通りかかったので家内がそのうしろに座布団の包みを積んで行ってくれと頼んだ。平野が快く引き受け、しかし止《や》むを得《え》なかったら捨てますよと云って載せてくれたので、それは助かった。

　空襲警報解除になった後、火勢は愈《いよいよ》猛烈になった。私の家が焼けたのは十二時前後、多分十二時より少し前ではないかと思う。未だ立ち退かぬ少し前に新坂上の朝日自動車と青木堂の四ツ角に焼夷弾のかたまりが落ちたらしく、こちらから見るその辺りの往来一面が火の海になった。後で聞くと朝日自動車の二階は瞬時に崩れ落ちたそうである。お隣りの山口邸今の官邸は空襲警報解除後に炎上した。大変な火の手であった。町内や近所だけではなくどちらを見ても大変な火の手である。昨夜気分進まず飲み残した一合の酒を一升罎《びん》の儘持ち廻った。これ丈《だけ》はいくら手がふさがっていても捨てて行くわけに行かない。逃げ廻る途中苦しくなるとポケットに入れて来たコップに家内についで貰って一ぱい飲んだ。土手の道ばたへ行ってからも時時飲み、朝明かるくなってからその小さなコップに一ぱい半飲んでお仕舞になった。昨夜は余りうまくなかったが残りの一合はこんなにうまい酒は無いと思った。家の焼けたのを確認したのは夜が明けてからである。その前に一二度行って見ようとしたが、未だ近づけなかった。家並は焼け落ちて餤は低くなっているが、両側の電信柱が一本残らずみんな火の柱になって燃えている。昔の銀座のネオンサインの様で絶景だと思った。警戒警報の解除はラヂオがないから解らない。今後共そうである。その内に到頭《とうとう》夜が明けた。土手の前の道を怪我人を載せた救急自動車や消防自動車や荷物自動車がいくつもいくつも通った。又近所の道傍《みちばた》でも見た。

大変な負傷者だと思っていたら死人も非常な数に上ぼったそうであって特に町内や近所にも怪我人や死人が多いのを聞き、無事にすんだのが全く難有《ありがた》いと思う。五番町の死者は八人とか九人とかだと云った。後で聞くとその場で死んだ人が十四人だそうである。市ヶ谷の橋の下には死人が百人もいると云う話を聞いた。ここいらではそんな事はないだろうと考えていたのだが、敵の攻撃が烈《はげ》しかったのと風の為にそんな事になったのであろう。四谷駅の燕の雛はどうしたかと思う。

雙葉の前の土手の腹で夜が明けた。薄雲だか大火事の煙だか灰塵だかわからぬものが空を流れている。家内はおなかがすいたと云った。自分も腹はへってはいるが、そんなに食べたいとは思わない。しかしよそで道傍で御飯をたいていたりお結びを食べているのを見ると羨ましい。どこかの家から姉さんにお結びを幾つかくれたらしい。それを一つ自分にくれた。家内はその時傍にいなかったがその分はあるとそちらで云っているのが聞こえた。貰ったお結びは温かくてうまかった。家内が戻って来てから姉さんから半分貰った。九時近くなって雨が降り出した。大した事はないが困る。荷物は隣りの官邸の屏際に不思議に焼けなかった家があって、そこの爺やがもといた小屋に入れさして貰う事に家内が頼んで来た。家内の姉さんの一家の荷物もそこに入れさして貰う。別に四番町の青木と云う一家も荷物を入れている。小屋は三畳敷である。そこには到底居られないし又もともとこう云う際には郵船の部屋で二三夜は過ごすつもりでいたから疲れてはいるけれど兎《と》に角《かく》郵船まで行き度《た》いと思う。しかし雨が降り出したので困る。暫《しば》らく躊躇していたが大した雨でもないからと思い切って出かける事にした。家内は昨日貝原の配給酒を譲って貰う為九段上まで行ったとかで足の裏に豆が出来ているそうである。その足で郵船まで行った時、足袋を脱いで行ったと云う。可哀想だが仕方が無い事だから出かけた。荷物を置かして貰っている家の娘さんが日本橋の正金銀行に勤めているので一緒に行くと云ってついて来た。省線電車や市内電車は勿論不通であるから歩いて行く。九段上で一休みした。家内は足が痛くて歩けないと云ったが、自分も昨夜穿《は》いていた足袋を沓下《くつした》に穿きかえる暇がなくて、足袋で深護謨《ふかゴム》のキッドの靴を穿いたので今日も亦《また》その儘である。足袋が靴の中で無理に詰まっているから痛くて足が前に出ない様である。雨は九段迄来る間に上がったが、日が照り出すと暑い。牛ヶ淵からお濠端《ほりばた》を伝って歩き、中央気象台の前の和気清麿《わけのきよまろ》の銅像の前で又休んだ。それから大手町に出て段段郵船に近づくと向うの方から新らしい火事のにおいのする青い煙が流れて来た。辺りは昨夜焼けたと思われる所もないのに不思議だと思っていたら、和田倉門の凱旋道路に出て見ると東京駅が広い間口の全面に亙《わた》って燃えている。煉瓦の外郭はその儘あるけれど、窓からはみな煙を吐き、中には未だ赤い燄の見えるのもある。郵船ビルの正面玄関の三つの入口の内一つは閉まっている。休みらしい。這入って見たら停電で薄暗い。エレヴェーターは勿論動いていないから重たい足を引きずって家内をはげまし乍《なが》ら四階まで階段を上ぼったが、中央の階段には窓が無いから真暗である。上から降りて来る人と擦れ違うのにも難渋した。やっと四階の部屋へ辿りついて先ず一休みした。しかし洗面所へ行って見ると水が出ない。水道の水は時間給水で今迄も出なかったが、手洗の水も出ないのは停電の為である。停電では夕方になったら部屋の中も廊下も真暗でどうする事も出来ない。又水が無くては一日二日の仮りの宿りも出来ない。おまけに東京駅が焼けているのでは省線電車がすぐには通じないだろう。色色の配給物その他の関係で五番町には毎日聯絡《れんらく》をつけなければならぬが、その度《たび》に歩いて往復する事は出来ない。前から考えて置いた事であるが郵船の仮りの宿りは諦めなければならない。差し当りの用を弁ずる丈のつもりで持って来た荷物を更に軽くし、すぐにいらない物は部屋に残して置く事にして荷物の中に入れてあった林檎《りんご》一つを家内と半分宛食べて、又帰る事にした。来る時には未だ半分も歩かぬ内に足が前に出ない程苦しかった。途中で家内がこれで若し尋ねて行く家が行って見たら焼けていたと云う様な事だったらもう歩いては帰れないと云った。しかし矢っ張り帰らなければならない。今度は道を変えて九段へ出ずに竹橋を抜けて英国大使館の横から麴町四丁目の下の善国寺谷に出て右に坂を登って帰る事にした。二三年前まで毎日行き帰りにタクシーに乗っていた当時、料金で損をしない様にメートルをよく見ていたから郵船と家との間の道筋と、何処《どこ》を通るのが近いかは知っている。竹橋を抜けるよりは九段の牛ヶ淵に出た方が少し近いのだが、帰りは九段坂を登る事になるので竹橋を通る事にした。郵船の部屋を出る時家内が、来る時に見たら航空局の玄関で水道の水が出ていたから帰りに貰って行きましょうと云うので、部屋に置いてある罎を持って来た。

大手町の近くの交番の前を通ったら警戒警報発令中の木札が懸っていたので中の巡査に聞くと、三十分位前の発令だと云った。そう云えば未だ部屋にいた時遠くでサイレンが鳴っていた様な気がした。午後一時頃であったと思う。それより前午前七時十五分に警戒警報は出ている。しかし解除の時刻はわからない。航空局の玄関で水を貰い、竹橋内に入ってから一休みした。並樹の桜の下に桜の実が沢山落ちている。昨夜の風で振り落とされたのであろう。家内が頻《しき》りにさくらんぼが落ちてる、さくらんぼが落ちてると云った。大使館の横の坂を下りて少し行った左手の所で、荷車に筵《むしろ》をかけた荷物を載せて曳き出そうとしていると思ったら死人の様であった。天気が良くなったので疲れている上に暑くて弱った。歩きながら家内に、こうして痛い足を引きずってやっと家に帰って玄関を開けて帰ったよと云い、上がり口に腰を下ろして汗を拭いて一休みするその家が無くなったのは困るね、と話した。

郵船の部屋が駄目だとすれば一時の雨露を凌ぐにも屛の隅の小屋より外にない。軍需大臣の官邸になる前にいた山口さんは新潟に本邸がある由にてその方がこの五番町の屋敷よりも二倍も三倍も広大だと云う話を聞いた事がある。山口さんは夙《はや》くからそちらに引き上げて暫らく空いていた後を軍需省が出来てから官邸に借りたのである。山口さんの何番目かの娘さんが松木と云う男爵の所へお嫁に行き平河町の大きな家に住んでいたが段段女中や書生を使っている事が出来なくなったので、そちらの家を畳んでもとの山口邸の執事のいた邸内の屛際の家に松木一家が引越して来た。その後家内は松木男爵とも山口の娘の男爵夫人とも知り合いである。男爵は三十幾つ位で二人とも未だ若い。豪家の山口のお嬢さんで若い男爵夫人となった人が執事の家でもじきに女中もいなくなって一人で小さな子供三人を育てながら家事から配給物を取りに行く外の用事までやっていると云って何度も家内が感心して話した事がある。自分が一人で家にいた夕方にその夫人が配給物の事で家に来た事がある。口の利き方が学生当時の浜地常勝に似ていたので記憶に残った。その夫人も世間が段段切迫するにつれて小さな子供を東京で育てる事も出来なくなってから新潟へ行ってしまった。男爵は技術院に勤めているので東京に残ったが、男やもめである。今年の冬の寒い晩に郵船から帰って未だ落ちつかずにいる時、表の戸が開いて知らない女が這入って来た。防空頭巾を目深に被《かぶ》っているので顔はよく解らないが、おどおどしている。息子が胸を痛めて警察病院に入院しているので今夕飯のおかずを拵《こしら》え温かいのを持って行ってやろうと思って表に出ると真暗がりの中で変な男が後をつけて来る。引返すと又その通りついて来る。気味が悪いからお邪魔だが一寸ここに居らしてくれと云った。筋向うの六番町の河内と云うのだそうであって家内は知っていると云った。駒に餌を食べさせるので燈を見せる為、玄関の電気をつけておいたから、この辺りで家の前だけが明かるい。それで家を頼ったものと思う。大分後になってその河内のいる家が強制疎開で取りこわしになる事にきまって行き所がなくて困っていると云うので家内が松木へ話して上げた。河内は主人は去年の二月とかになくなって一番上が女の子で、それが正金銀行に勤務している。下に男の子が三人ある由にてそれ丈の家族が松木の家に入れて貰い同時に男やもめの松木の世話をする。松木は縁故の学生を二人連れて来るそうだから大家内であるが、河内はそれで今までいた家を毀《こわ》されても行き所が無いと云う心配はなくなり非常に喜んだ。昨夜の空襲で五番町は全部焼けてしまったが、ただこの邸内の屏際の三軒だけが残った。河内は強制疎開の立ち退きの時若し今のこの家が駄目だったら六番町側の露地の奥の家が一軒空いていたので、そこへでも移ろうかと思ったそうだが、その家には後に家内の姉の一家が這入って今度焼け出された。河内は松木の方に来たので助かった。その松木の家の屏の隅に三畳敷の小屋がある。尤《もっと》も一畳は低い棚の下になっているから坐ったり寝たり出来るのは二畳である。天井も壁もないがトタンの屋根の裏側には葦簾《よしず》が張ってあり、壁の代りに四方みんな蓙《ござ》を打ちつけてある。二枚ある硝子《ガラス》窓のカーテンも蓙である。少し前まで爺やが住んでいた小屋だそうである。今日はその小屋に家の持ち出した荷物と家内の姉一家の荷物と四番町の青木と云う家の荷物とを入れ、又入り代ってその狭い畳の上で休んでいる。そんな所に一緒にいられないから家内と二人は郵船の部屋に移るつもりで出掛けたのだが又引き返して、やっと五番町の通まで帰って来た。家内が焼ける前の四軒目の隣りの石橋の前の道傍で立ち話をしていると思ったら、後から追いついて来て、石橋さんの壕から出したのを戴いたと云って乾麵麭《かんパン》を一袋手渡ししてくれた。乾麵麭はこう云う時の配給食料の一つであって後では町会からもくれたが、石橋さんで貰ったのを一つ二つ口に入れた時の味は忘れられない。火に追われた挙げ句に夜通し起きていて、夜が明けてから丸ノ内迄歩いて往復したが食べた物は朝早く土手で貰ったお結び一つと郵船で食べた林檎半顆だけである。乾麵麭はうまい物ではないがその時道ばたで歩きながら食べた味は何とも云われない程うまいと思った。官邸の屏を土手の方へ曲がろうとする所で、向うから来る小林博士に会った。春夫ちゃんを連れている。御無事でしたかと聞いたら又焼け出されたと小林博士が云った。富士見町の仮診察所は多分無事だと思う、今見に行くところだとの話なり。少し前に小林博士の奥さんが表を通りかかり家の玄関で一休みした時、家内に向かって若しこのお家が焼ける様な事があったら今の自分の所へ来いと云って下さった由。なおずっと前に小林博士からも今いる朝倉邸は広いから焼け出される様な事があったら来ないかと云われた記憶もある。千駄ヶ谷は近くもあるし、出足の便利もいいから事に依ったらそうしようかと考えていたその朝倉邸が焼けてしまった。大井もそんな時には方南の家にお父さんとお父さんの世話をする人だけいるから一先《ひとま》ずそこへ立退く事にしては如何《いかが》と云ってくれた。方南の大井の家も立退所の一つに考えていたのだが後で聞くとそこも焼けたそうである。差し当り行く所は無い。小林博士と別《わ》かれて屏の隅の小屋に帰った。

夕方薄暗くなりかけて小屋に一人居残っているところへ松木氏顔を出し、実は松木氏の顔は未だ知らなかったのだがその時にわかった。布団は有りやと尋ねてくれた。焼いて仕舞ったけれど幸い座布団が五枚助かっているから、それをつなぎ合わせれば間に合うと云うと、ろくな布団ではないけれど一組あいているからお使い下さいと云った。それでは家内が帰ったら御願い申すかも知れないと答えておいた。間もなく薄暗い庭伝いに若い男爵が、質置く婆さんが質屋へ布団を運ぶ様な恰好《かっこう》で木綿布団上下二枚かついで来てくれた。好意を難有《ありがた》く思う。四番町の青木は荷物を置いた丈で寝には来ないが、家内の姉の一家は亭主だけが壕に寝て女三人、家内の姉と養女とその女の子は小屋へ寝に来た。三畳の内使える二畳の上に五人寝た。

昨夜は焼け出される前に三十分眠っただけで燄の風の中を逃げ廻り、今日はろくろく物を食べない上に郵船まで歩いて往復して余り疲れ過ぎた。寝苦しくて寝つきが悪い。午後十一時四十分頃警戒警報、午前零時四十五分解除。ラヂオは無いし電気も来ないから今迄の様に放送を聞く事は出来ないが、土手にいる兵隊が大きな声で情報を伝えるので解る。

第五十六章

戦争終結の詔勅
八月すでにこおろぎ鳴く
もうお仕舞かと思うのにまだ防空警報鳴る　八月十八日がその最後か
燈火管制の廃止　準備管制も撤廃

八月十五日水曜日七夜。朝曇り。午頃《ひるごろ》から晴。温度は三十一度半止まりにてF九十度には達せず。水曜不出社。午前五時三十分、さっき寝たばかりなのに警戒警報で起こされた。同四十五分空襲警報となったが、しゃもじラヂオが聴き取れぬ為情況わからず。家内が門内の藤田へ聞きに行って艦上機の来襲なる事が解った。大した数で来ているのではないらしいがよく解らぬ。その内に高森が学校へ出かけたと思うと急にしゃもじラヂオの声が大きくなった。はっきり聞こえてほっとしたけれど、その意地悪には呆れる外なし。八時空襲警報解除となる。

昨夜より今日正午重大放送ありとの予告あり。今朝の放送は天皇陛下が詔書を放送せられると予告した。誠に破天荒の事なり。午まえしゃもじ小屋に来りてラヂオを聞きに来る様案内してくれた。正午少し前、上衣を羽織り家内と初めて母屋の二階に上がりてラヂオの前に坐る。天皇陛下の御声は録音であったが戦争終結の詔書なり。熱涙滂沱《ぼうだ》として止まず。どう云う涙かと云う事を自分で考える事が出来ない。今日の新聞は右の放送後に配達せられる事になり時間が遅かったので今暁の空襲の記事あり。来襲のB29は二百五十機にて福島新潟関東及び東北の各地に焼夷弾攻撃を加え又昨日は大阪広島へも二百五十機が来襲している。

夕古日《ふるひ》来。土曜日以来出社しないので見に来てくれたのであろう。古日もこの何日来急に瘦せたり。古日と話している時小屋の前の薄暗がりにバロン松木起《た》ちポツダム宣言受諾の詔勅は下ったけれど陸軍に盲動の兆ありとの話をきく。こちらの戦闘機が出撃する事になれば向うも又大いにやって来るに違いないから若《も》し警報が鳴ったら間違いと思わずに矢張《やは》り防空壕に御這入《おはい》りになる様にと注意してくれた。今日は唐助の誕生日也。

八月十六日木曜日八夜。今日辺りから日本の新しき日が始まると思う。そのつもりにて昨日の欄と今日の欄の間をあけた。朝曇。午まえから晴れた。昨夜八時半就褥《しゅうじょく》。間で目はさめたが今朝は六時半に起床す。起きた後でよく寝たものと感心す。午前十時五分警戒警報、B29一機宛《ずつ》二機なり。初めに三機と放送したが内一つはB24であったと訂正した。東京の空へは来らず。昨夕の松木男爵の話の様な事は何人《だれ》も心配する処なれど幸いにそんな事もないとすれば防空警報のサイレンを聞くのも大体これがお仕舞となるのではないかと思う。午前十一時解除となる。午、今は鎌倉に行っているもとの又隣りの岡本の御主人来り自作の胡瓜《きゆうり》を三本くれた。この頃の胡瓜は昔に食べた林檎《りんご》バナナ水《すい》蜜桃《みつとう》葡萄等の水菓子から一切の野菜類は更なり清涼飲料の炭酸水ジンジャーエールやアイスクリームシャベエ迄も含めた食べ物になっている。毎日食べているが途切れると困る。

午後出社す。行きがけに神田駅にて降りてこないだの古本屋の蚊遣《かやり》線香を又二十把《わ》買った。後で使って見ると今度のはこの前のとは口が違うらしい。目方が軽く煙を吸うと咽喉が痛い。夕古日とお茶の水迄同車にて帰る。四谷駅に降りてからいつもの様に歩廊でゆっくり涼んでいたら後から又古日が来た。お茶の水駅からの市川行の電車が大変な混雑にて乗れぬ故、四谷から乗って行く為にここ迄来たとの事なり。それで一層腰を落ちつけてゆっくりしていると不意に小野貞が前に立って挨拶した。思い掛けなかったので初めは早稲田ホテルのおこうさんかと思った。お貞さんは古日とも知り合いなので三人で暫らく話した。段段お貞さんが饒舌になったから歩廊の腰掛に残しておいて帰った。

古日も一緒に起ち上がってお茶の水行の歩廊の方へ渡った。

八月十七日金曜日九夜。昨夜初めてこおろぎを聞いた。二三日前の晩に木鈴虫の声がした様であったが確かでない。方方が焼野原になったので今年は秋の虫も少いであろう。昨夜就褥して間もなく十一時頃きなくさいにおいがするので心配した。小屋の炊事場に残火があってもあぶないし、しゃもじの所で火を出されては小屋は大変である。暫らく様子を見たが何でもない、風の工合で大本営の書類を焼いている煙が流れて来たのかも知れない。

晴。午前十時四十分警戒警報、Ｂ29一機なり。頭上に聞き馴れた音がして遠ざかった。もう危害は加えないだろうと云う気がする。十一時十分解除。午後家内を伴ないて出社す。家内は部屋の掃除の為なり。中野がいなくなってから古日が一二度掃除してくれた事があるがそれも大分前の事にて、空襲がひどくなってからは会社にいる時間を少くする様にした為暗幕を下ろした儘《まま》の窓を昼間も開けず、埃やごみを成《な》る可《べ》く見ない様にしてすませておいたが、近頃あんまりひどくなったので家内に掃除に来てくれと云う事は大分前からそう云ってあった。半月以来は今日こそと云う日が一二度あったけれど果たさず、到頭《とうとう》今日に及べる也。掃除は古日も手伝う。五月二十五日の焼け出される日に部屋に入れて貰ったロッカーはごみだらけの儘末だ使わずにいたが、それも今日から使う事にして初めからの予定通り家から持って行った著作本その他を入れた。夕おそく帰る。

古日お茶の水迄同車。電車の中の明かりが今迄より明かるい。高架線から見える焼け残った所所の建物の窓に燈火が美しくともっている。今日はお米と乾麵麭《かんパン》の特別配給あり。一緒に帰って来た家内が一足遅れて頼んでおいた家へ寄って貰って来た。会社にいる時から腹がへって堪《たま》らなかった。以前は空腹は一つの快感であったが今は苦痛である。肺病が空腹を気にする気持が諒解出来る様である。尤《もっと》もこの頃の身体の工合は肺病やみと大して違わないかも知れない。昔京都の中島の所へ遊びに行って比叡山から坂本へ下りた。日吉神社の前を通ってヒエ神社と云ったら中島が成る程君は本当の読み方をする、僕等はヒヨシと云っていると云ったのを思い出した。琵琶湖の畔の茶店で休んだがそこで中島はあんこの沢山這入った餡麵麭をいくつも食べた。その晩は中島の家に帰れば猪の御馳走が待っているのであり又明石鯛《あかし》もあったかも知れない。出かける前から解っていたので楽しみにしていたのだが丁度いい工合に腹がへって来て帰ってから食べたら嘸《さぞ》うまかろうと思っているのに中島はその大切な空腹を餡麵麭で台無しにしている。よしなさいと云ったら、いやこの空腹感がいけないのだ、腹がへったと思うとそれだけ身体が弱ると云った。そんな事をこの頃の自分の身体にあてはめて考える。そんな気がする様である。今日も少し遅くなった為に何となくぐったりした様である。こないだ内から元気がないのだが一層衰弱した様な気がする。早速家内が請取って帰った乾麵麭を二つ三つ食べた。動物園の鹿が食う様な物だと思うけれど実にうまい。しかし考えて見ると五月二十六日の夕方郵船から歩いて帰った時家内が近所の石橋で貰って来た乾麵麭を食べた時程の味はない。腹のへり方がその時程でないからであろう。五月二十六日の夕方には自分も思わずすぐに乾麵麭を口に入れて歩き歩きいくつか食べたから人の事も云われないが、この頃往来でも電車の中でも何か食べている者が多くなったのは困った事である。若い女に特に多い。人前で若い女が一番不行儀な様である。しかし男も食べている。男でも女でも人の前で何か食べている顔はみんな猿に似ている様に思われる。

八月十八日土曜日十夜。晴。午前十一時四十分警戒警報。B29二機なり。解除は知らず。午後出社す。行きがけに四谷駅にて太田悌蔵君に会った。暫《しば》らく振りなり。会社から中川さんを訪う。臺湾《たいわん》を失うとすれば明治製糖はどうなるかと云うお見舞に行った。全く大変な事である。澱粉米を貰って一たん会社に帰り、夕お茶の水迄古日と同車にて帰る。家内は今日本郷西片町の小森沢へ行った。江戸川アパートの件なり。十五日の夕バロン松木に聞いた陸軍機の話はその後も引続いて何かしているらしく毎日ぶんぶん低空を飛び廻っている。中川さんの所にて見たのは明治産業の四階の窓の高さ位の所を飛んでいた。家内は帰りにお茶の水でビラを落とすのを見たと云った。

八月十九日日曜日十一夜。晴。一日かかって十五日以来の新聞の読み残した所を読んだ。草臥《くたび》れた。夕バロン松木来り小屋の上り口に腰を掛けて暫らく話して行った。その機会に、最初この小屋に落ちつかして貰った時戦雲のおさまる迄と申上げたその時が来た様であるが少し前からアパートに心当りの部屋の借りられるのを待っているけれど中埒《らち》があかない。今暫らくこの儘ここに居らして戴き度《た》いと挨拶しておいた。妹尾義勇来。夕行水を遣う。今日は警報を聞かず。もう聞く事もないのではないかと思う。昨日の午まえのが最後かも知れないと云う気がする。去年の十一月以来随分こわい目を見て来た。臆病だから人並以上に恐れたが、しかし心行くばかり恐れたと云う片づいた気持もある。こわい事をこわいと思うまいとしたり何かに気を取られて或《あるい》は遠慮して中途半端に恐れるのは恐怖以外の不快感を伴なう。この節の生活では恐れると云う事以外に人生の意義は無いのではないかと云う様な事も考えた。

八月二十日月曜日十二夜。朝曇り無く朝から晴。早く支度をして暫らく振りに午過から出社す。散髪。今月から五月度に遡《さかのぼ》って以後は月給の外に戦時手当と精勤手当と云うものがつき〆《しめ》て百円足らず位になる。自分の様な勤務にはどうなのか知らと思って永沢君に尋ねて見たら貰える事になっている由《よし》にて甚《はなは》だ難有《ありがた》いと思った。お蔭で交通公社の方がやめになったのを償いて余りあり。妹尾来室。昨夕の約束なり。妹尾が前に焼け出された時焼いて仕舞ったからくれと頼まれた百鬼園随筆を、会社に持って行って置いたので無事であったその百鬼園随筆と、唐助が昔に五中の見学旅行で奈良へ行った時買って来た鹿の角のパイプとを与う。

夕帰る。東京駅にて電車を待っていると屋根の無くなった歩廊の頭の上に日の丸のついた飛行機が低空にて飛んで来て歩廊の外れにビラを落とした。線路の上に散ったのをみんなが拾いに行った。電車が頻繁に行ったり来たりする時間なので見ていてひやひやした。今日正午から燈火管制は廃止と云う事になり準備管制も撤廃せられたり。

八月二十一日火曜日十三夜。晴。午後出社す。夕帰る。こないだ内から毎日麦酒《ビール》が飲みたくて困る。大分間があいたからである。麦酒やお酒が無い為の苦痛を随分嘗《な》めたがこの頃は以前程には思わない。世の中の成り行きで止《や》むを得《え》ないと云う諦めも手伝っているが、一つには焼け出された後はそれ迄とお膳の模様がすっかり変って仕舞ったので以前の様に座のまわりの聯想《れんそう》に苦しめられると云う事が無くなった所為《せい》もあるだろう。それでも欲しいと思いつめるのはよくよく欲しいのであって我儘だけでなく身体がほしがるのだと思う。それでも無ければ、無い物は仕様がない。この数日来の新聞記事を読んで今迄の様な抵抗感情を覚えなくなった。何しろ済んだ事は仕方がない。「出なおし遣りなおし新規まきなおし」非常な苦難に遭って新らしい日本の芽が新らしく出て来るに違いない。濡れて行く旅人の後から霽《は》るる野路のむらさめで、もうお天気はよくなるだろう。

昼の花火

山川方夫

■**山川方夫**　やまかわまさお　一九三〇（昭和五年）〜一九六五（昭和四〇年）

東京生まれ。慶大仏文科在学中より創作を始める。卒業後「三田文学」の編集に携わり、江藤淳らを見出す。一九五七年、同誌に「日々の死」を発表。翌年「演技の果て」が初めて芥川賞候補に挙げられる。「その一年」「海岸公園」「愛のごとく」などの優れた短篇をものする一方、小林信彦の依頼で「ヒッチコック・マガジン」にショートショートを連載する。多彩な才能で将来を嘱望されたが、交通事故により三十四歳の若さで死去。

「昼の花火」は「三田文学」一九五三年三月号初出。

野球場の暗い階段を上りきると、別世界のような明るい大きなグラウンドが、目の前にひらけた。

汎濫《はんらん》する白いシャツの群が、目に痛い。すでに観客は、内野スタンドの八分を埋めてしまっている。

グラウンドには、真新らしいユニホームの大学の選手たちが、快音を谺《こだま》するシート・ノックの白球を追って、きびきびと走り廻っている。日焼けした顔に、真上からの初夏の光が当って、青年たちは、野獣のように健康な感じだ。捕球する革具の、鈍い響き。固く鋭いバットの音。掛声。それが若々しい声援や拍手に入り乱れて、通路を歩きながら、彼も軽い昂奮に引き入れられた。

「うん。上手《うま》い」

「チェッ、まずいな」

そんなことを、席をさがしながら、無意識に口にしていた。

並んで坐ると、すぐに女は訊いた。

「これ、まだ練習なの？」

「うん。まだ練習なの」

場内の昂奮に感染したみたいに、女が拍手をする。弾ぜるような音だ。それが続く。肉の豊かな、やわらかな女の掌を感じさせて、瞳の隅で、その白い灯がちらちらする。避けるように、彼はグラウンドをみつめた。

フィールドの土は、湿っていて、その焦茶いろが新鮮だった。

昨夜の小雨のせいだろうか。

いま歩いてきた外苑の鋪道に、紙屑がべったりと貼りついたまま乾いて、枯れた花の色をしていたのを、彼は思い出した。

道の両側につづく木々は、皆、染まるような青葉だった。それが、次つぎとよく繁った枝を繋げていて、いくつもの幹をもつ緑の暗い雲のように、若い芝に影を落していた。その外苑の木立がいま、外野席の向うに、濃緑の帯のように見える。

「ねえ。練習に手をたたいちゃ、へん？」

女は、野球を知らないのだ。

大きく、彼は空気を吸った。日に焙《あぶ》られて、頬が熱い。

「ううん。たたいたって、いいの」

だが、女は拍手を止めた。

汗ばんだ掌の音が急に止んだのに、ふっとひっかかって、彼は、

「手、たたいたって、いいんだよ」

そううながすようにいった。そのとき、女は、なにも見ない目をしていた。

「……きっと、まっ黒けになっちゃう」

やがて、女は独りごとのようにいうと、敏捷な手つきで、白い手巾《ハンカチ》を前髪の上にひろげた。その日、女は濃紺の細いタフタで、髪を束ねていた。

十九歳の彼に逢うとき、四つ年上の彼女は、いつも若く粧《よそお》っている。態度にも、その努力が出ていた。ようやく此頃、彼はそれに無関心になった。

手巾の笹縁《ささべり》が、額に淡い三角の影をつくり、女は、豊かな髪を持ち上げるように、両手を首のうしろに廻した。すこし上目づかいに彼をながめ、その唇が笑った。

女の顔の上に、斜めに人びとの肩がそびえ、どの顔も申し合わせたような明るい表情で、グラウンドの球の行方を追い、眸が動いている。さらにその上、人びとの顔で埋った観客席の斜面を照りつけて、青空があった。

太陽は、その中央近くにある。

誘われたように、女も空を見上げる。口紅が、青空に映えて、印刷したような鮮やか

な色になった。

見ながら、突然彼はその女の頤《あご》から喉につづく線を、美しい、とつよく感じた。稲妻のように、その光が、記憶のなかの女の像にふれた。

ともすればそれを肉感的な衝撃と思いやすいのを、記憶に翻刻して現実を味わう、いつもの性癖のためと思った。

去年の夏、二人は両国の川開きに行った。

はじめて二人きりで約束をした日だった。女は、まだ女子大の四年にいた。

数十万の人出だといわれたその日、二人が雑沓を抜け、浅草橋のあるビルの屋上に出たとき、ちょうど、それを合図のように乱菊が打ち揚った。

空はまだ暮れきってはいず、昼の色を拭いのこした静かな夕空は、目にみえぬ無数の漣《さざなみ》の動くひろい川面のように見えた。

でも、そこには、思いがけぬほどの風が吹いているのか、花の凋《しぼ》むように乱菊の消えた平凡な黄昏《たそがれ》の空のなかに、煙は、流れに落ちた一滴の淡墨のように、見えぬ手に急速に掃かれ、滲まされて、たちまち跡形なく溶けていった。

「花火って無意味ね」女は声をたてて笑った。「……まるで、人間の夢だとか野心だとか、希望とかお祈りとかの構造を、そのまま描いて見せてくれているような気がする」

そのビルの下からは、夏の夕暮れの生温い風が、洗濯物の酸い臭気を、絶えず吹き上げてきていた。

「……でも綺麗だ」

と、彼はいった。地方出の彼には、東京の花火を見るのは、それが最初だった。

「結局、濫費の美しさね」

答えながら、女は仰向けた顔を動かさなかった。手巾で気忙しく頰を煽いでいた。

「花火って、なんだか、ほんとに花火みたいなものね。……そうは思わなくて？」

女は、赤いベレをかぶっていた。白い手巾の動きは、どこか蛾の羽搏《はばた》きに似ていた。

そして、そのかげにちらちらとのぞく女のあらわな喉の線は、仰向けた首を支え、何故かいつまでも可笑《おか》しそうにひくひくと動いていた。

その線の、やさしい起伏を、彼は美しいと感じた。健康な、のびやかな線だと思った。良い母になれる人だ、そう思った。

小暗くなって行く屋上で、彼は、そのやわらかな線の動きを、何べんも盗み見ていた。それは、肉慾とは無縁な誘惑とおもえた。むしろ、見ることのためにつねに彼女との距離を忘れてはいけないという、心のなかの制動のようなものだけが、彼の意識にあった。

「でも、川開きのなかった夏は、いま思うと、やっぱりとても淋しかったっていう気がするのよ。……あ、あれ、芽出柳《めだしやなぎ》っていうの。ご存知？」

丁字菊《ちょうじぎく》。銀爛《ぎんらん》。花苑《はなぞの》。……花火は次つぎと夜を彩り、女は、まるで姉のように、彼に花火の種類や名や、それぞれの特徴やを教えた。それに女の成長した環境を感じとりながら、だが、その区別を覚えるのに、彼はあまり身を入れてはいなかった。

彼はただ、花樹の苗に挿された副木のような、女のやさしい線の美しさに結びつけられている、そんな棒立ちの気持だけを反芻していた。どこか頑なに背を反らした姿勢の、甘く、快い満足があった。

緑いろの華が、色とりどりの無数の光の造花が、そんな彼の目に咲き、夜空を賑わせては滑り落ちた。

もう、いくつか瞬く星も明るく、数えきれなかった。花車《はなぐるま》が、次つぎと競いあうように夜の深みへと馳せ上って、人びとの歓声がひときわ高くなった。

ふと彼が、聞きなれぬ発音の歓声に振り返ると、ビルの屋上の出入口の近くで、大柄な外国婦人に手を引かれた金髪のまだ幼い少女が、絶え間なく夜空に咲くさまざまな色の花車に、手を振って、なにか大声に叫んでいた。幼ない真白い腕と脚が、ひどく長い。白い服の、眼の碧《あお》い、まるでお人形のような少女だった。

銀髪に紅い頬の、年老いた伴《つ》れの婦人が、気難かしげにそれを押し止めている。だが、桃いろのリボンを結んだその少女は、花火の打ち揚げられるごとに、頬を輝かせ、繋がれた仔犬のように跳ねまわって、手を振り、狂人のようにたかく歓呼するのだ。

彼は、そのとき、こんなことを想った。

幾年か後、アメリカかどこか、異国の都市に住まいながら、成人したこの少女は、問われるままに、きっとこう答えるだろう。——え？　ハナビ？　日本のハナビなら、私、六つのときトウキョウで見ましたわ。ええ、よく憶えています。それは、とても素晴らしかったわ。……

突然、拍手が湧き起って、群衆の歓声が、巨大な濤《なみ》の音のように耳に鳴った。観客たちのどよめきが、スタンド中に波紋のようにひろがり、大きくなる。フィールドには誰もいない。シート・ノックは終ったのだ。

「はじまったの？」

「いや。練習が終ったの」

「まだはじまらないの？」

「うん。サイレンが鳴らなきゃ、はじまらない」

興をそがれたように、女は黙った。二人は沈黙して、グラウンドの焦茶を甦らせて引かれて行く、灰白のラインに見入っていた。

奇妙にしずかな緊張が感じられた。そのせいか、女は小さな声でいった。

「あなたの学校の試合、この次ですって？」

「そう。今日は二試合だから」

納得したふうにうなずき、一言、女はいった。

「待つのって、くたびれるわ」

彼は笑った。

「もうすぐだよ」

女は繰り返した。呟く、というのでもなかった。

「……つらいわ。待つのって」

「なにがさ」

「私、この秋に結婚するの。……試合がすんでから、いうつもりだったけれど」

「……でも、それがどうしたっての?」

彼は笑っていた。

女は、ふたたび黙った。

二人は、グラウンド中にどよもす、他校の校歌の斉唱のうちに、二箇の人形のようにじっとしていた。

彼には意外だった。――女の結婚の話も。それを告げられた瞬間、急激にいきいきとしてきた、この女といることの幸福感も。

この一年間、彼は花火の夕にとった姿勢のまま、女とつきあってきていた。強いて自分を抑えたのでも、その逆でもなかったのだが、何故か手ひとつ握ろうという気にならなかった。二人の距離は、いつも同じだった。だが、彼は、ようやくその満足に倦いてきていた。

しかし、いま女の示したその期限は、急に、彼を得体の知れぬ幸福に火照るような気持ちにした。女といっしょにいることの幸福を、彼は、かつてこんなに深く、たしかなものとして感じたことはなかった。

奇妙な安らぎと、充実とが、彼に来ていた。期限の意識が、慣れて見失いかけていた女の存在を、よみがえらせたのだろうか。それとも、これは狡猾な解放のよろこびなのだろうか。

「お祝い、あげてもいいの」

女の耳のうしろを括っている、木目の浮いた紺のタフタを、目でたどりながら彼はいった。

答えはない。

微笑をつくりつけたまま凝固したような女の頬は、白粉が浮いて、一瞬、ひどく醜かった。

醜い。——しかし、かつてこれほど親身に女の肌を感じた記憶はない。彼女への愛を、素直に信じられた記憶もない。

だが、彼には、このまま深入りも仲違いもせず、秋の別離を迎えるだろう、そういう自分たちがわかっていた。そのようにして、僕はこの女への愛を、この女との季節を、完成させることしかできぬだろう。

女は、きっと良い妻になるだろう。良い母になるだろう。――でも、それは僕の幸福と同じではないか。手ひとつ握らず、唇ひとつ重ねず、身をはなしたまま彼女といっしょに時をすごしている幸福。僕は、彼女の中でそんな一つの季節を生き、そして僕の愛は、二人の距離を蹂躪《じゅうりん》し破壊するそれとは性質が異るのだから。

彼はそう思った。これは遁辞だろうか。彼は女の横顔を強くみつめた。

「……おめでとう」

低く、彼はいった。

グラウンドに止っていた女の眸が動いた。それが彼に帰ったとき、女はもう、ふだんの表情で笑っていた。

「今度、いつ帰省なさるの」

「夏休みになったら、すぐ」

「そう。……じゃ、川開きには、もう行けないわね」

女は、前髪にのせた手巾を下ろし、二つに折る。白い指先きが、丹念に、いくども折り直しながら手巾を小さく畳んでゆく。彼は、ふと仔細に、それを眺めていた。

「……今年もあるでしょうね。花火大会」

ぼんやりと、彼は女の声を聞いた。金髪の少女のことを想った。

たしかに、花火はあの金髪の少女の記憶にのこったろう。だが、あの大正時代にできたという、老朽のビルの屋上、そこに行く道と雑沓、貧しげな匂いを吹き上げてきた風、緋毛氈《ひもうせん》の敷かれていた俄か造りの涼み台は、そして浴衣がけの手に団扇《うちわ》をもった日本人の男女たちは、はたして少女の記憶にのこったことだろうか。

いや、のこることはあるまい。ましてその夜、少女の周囲に犇《ひし》めいていた日本人たちの視線を、憶えているはずはあるまい。もとより、その群衆に混って、勝手な想像をめぐらせた一人の青年の存在など、それと知ろうはずもないのだ。

そして、もしかしたら、少女にとり東京とは、いや、日本とは、一夜の花火の記憶だけかもしれない。花火だけが、そこで過した一つの季節の記憶であり、ただ一つのそのイメージであるのかもしれない。成人した少女は、いうだろう。――え？　ハナビ？　日本のハナビなら、私、六つのときトウキョウで見ましたわ。ええ、よく憶えています。それは、とても素晴らしかったわ。……でも、そのときのことは、もう憶えてはいません。ほかのことは、もうぜんぶ忘れました。トウキョウについても、日本についても。……憶えているのは、ハナビだけです。夜の空に、いつまでもいつまでも咲きつづけた、綺麗だったハナビのことだけ。それは、とても素晴らしかったわ。……とても、とても素晴らしかったわ。……

彼は思った。しかし僕自身、後日、この女と過した季節を振り返って、そこに花火の夜をしか思い出せないのではないだろうか。いや、僕の、彼女への愛、僕が彼女に見ていたもの、それこそが一つの花火ではないのか。……年上のこの女との一年、僕は、じつは空中楼閣のような、美しい数多の、しかしただ一つの花火だけを、眺めつづけてきたのではなかったのか。いまさき信じた一つの愛、それも、地上をはなれた虚空の中でのみ花をひらく、美化された一つの空費、ただ初夏の夜空にのみ存在する、はかない架空の仇花《あだばな》にすぎないのではないのか。

場内のざわめきが、そのときいちだんと高くなった。拍手。口笛。叫喚。湧き起るさかんな声援のうちに、選手たちが颯爽とダッグ・アウトから飛び出す。向いあって整列して、礼を終える。

プレイ・ボール。いろめきたつ観客の、海のような底深い喧騒にかぶさり、またしても校歌の合唱がはじまる。

試合開始のサイレンといっしょに、

「さあ、試合がはじまったよ。おまちかねの」

わざと威勢のいい口調で、彼はいった。

「みんな、元気ね」

間の抜けたことをいう。彼は思った。

グラウンドに、白い線が飛び交っている。その速い白球の線で結びあって、声をかけ激励しあう若々しいナインを、だが、彼は強烈な光のように感じていた。目を細め、眉をしかめるようにして、それを見ていた。

青年の、その健やかな若さが、急に眩しかった。全身での運動に、彼は渇いていた。

「絶好の野球日和、か」

ごまかすようにいって、みんな、元気ねと女の言葉を口の中で真似した。

「ねえ」

そのとき、女が囁くようにいった。

「……あなた、何故もっと私に甘えてみなかったの」

肩がさわっていた。円いその肩に吊られたスリップの細い紐が、白い絹ブラウスに透けて見える。——盛夏だ。感じて、彼は目をそらした。

香水と汗の匂いとが混りあって、女の体臭がなまなましく彼を包んでくる。が、反射的にそれから身をはなそうとする自分が、いまはひどく憤ろしいのだ。

背を反らした姿勢の、あの子供っぽい快さを、僕は、いつまでも後生大切にかかえこんで行くつもりだろう。

カーン。

そのとき、白球が三遊間を抜いた。ヒットだ。

打者は一塁を廻り、帽子を飛ばして二塁へと突進する。レフトが塀際から返球する。

観客は総立ちの熱狂ぶりだ。その底に石のように取り残され、彼は疼くように、固い一個の自分だけを感じていた。彼は、泳ぐような気持ちになった。

ひしめきあう人ごみの混雑のあいだを、がむしゃらに、盲めっぽうにかきわけ、突き進んでいるみたいな、行先も不明な、ただ人知れず自分を主張したい、そんな孤独な感情の動きだった。

打者は二塁にいる。女が拍手している。

「ねえ、よせよ。ヒット打ったのは、一塁側の選手なんだよ」

「……いけないの？　ちがうの？」

「いけなかないけど、見てごらん、こっちは三塁側だろ？　誰も手をたたいてないだろ？」

「あら。ほんと」

笑いあって、だが、たぶん今日が、この女とみる花火の最後かもしれない、と彼は思った。いまに、目前の、この現実の細かな部分や出来事などはすっかり忘れ果てて、僕はきっと、すべてのこの季節の記憶を、一つの花火のそれとして眺めるのだ。

でも、僕の花火には、漆黒の夜の花床は無い。青春のその花床は、昼の光に充ちた青空が、それのはずではないか。

固い板の座席に、腰が痛んでいた。

坐り直しながら、彼は、頭上のひろびろとした青空を仰いだ。光をたたえた巨大な泉に似た青空。鋭い雷声を合図に、白い雲ひとつないその天空に打ち揚げられ、細かな白金の矢をきらめかせ茶褐色の煙をただよわせて、透明な、はてしない大空の滴るような紺青のなかに溶け、音もなく消えて行く花火。昼の花火。いま、現に見ているのも野球ではない。女との、そして自分だけの、真昼のその花火なのにすぎない。

女が、また拍手をはじめた。野球に、慣れてきたのだろうか。

放心したようなその目が、じっと前をみつめている。

「……どこ見てるの」

軽くいった。

「森。森を見てるの」

すぐ答えた。

はっと、彼はわかるような気がした。女の瞳には、それまでは焦点がなかったのだ。いま、もしかすると二人は、同じものを見ていたのかもしれない。

女は拍手を止めなかった。それは、いやに間のびした拍手だった。

女にならって、はるかな森の青葉に、彼も拍手をはじめていた。

遠く、森のやわらかく膨らんだ葉末が、波を打つように動いている。風が渡るようだ。緑の枝を繋げていた外苑の木立の、ざわめいて嫩葉《わかば》がきらきらと氾《あふ》れるように一面に光るさまを、彼は目に浮かべた。若い夏の、みずみずしい新緑の光だけを、彼はみつめていた。

競いあうように、二人はいつまでもゆっくりと拍手をつづけていた。女が止めるまでつづけるのだ、そう彼は思っていた。

大炊介《おおいのすけ》始末

山本周五郎

■山本周五郎　やまもとしゅうごろう　一九〇三（明治三六年）〜一九六七（昭和四二年）

山梨生まれ。横浜の小学校を卒業後、東京木挽町の山本周五郎商店に徒弟として住み込む（後に店主の名を筆名とする）。一九二三年、関東大震災に罹災し関西に移住。帰京後の二六年「須磨寺附近」が「文藝春秋」に掲載され文壇に登場する。多数の少年少女小説、探偵小説などを書く。四三年には「日本婦道記」が直木賞に推されたが受賞を固辞。戦後「樅ノ木は残った」「赤ひげ診療譚」「青べか物語」「さぶ」など数々の傑作を生んだ。

「大炊介始末」は「オール讀物」一九五五年三月号初出。

一

大炊介高央《おおいのすけたかなか》は相模守高茂《さがみのかみたかもち》の長子に生れた。母は松平氏で、高央の下に弥五郎《やごろう》、亀之助《かめのすけ》という二人の弟が生れたが、その二人の母は側室の石川氏であった。

彼の幼名は法師丸といい、十三歳までその名のままでいた。それは、彼が生れたとき「この和子《わこ》はそだたないかもしれない」と陰陽家《おんようか》が云《い》い、厄《やく》を除《よ》けるために、法師という名をつけたのだそうである。そして、高茂は彼を鍾愛《しょうあい》するあまり、もし改名してまちがいがあってはというおそれから、そんな年まで幼な名で呼んでいたということであった。

陰陽家の予言にもかかわらず、法師丸はきわめて健康にそだった。麻疹《はしか》も軽く、疱瘡《ほうそう》も軽く済んだ。軀《からだ》つきは肥えて骨太で、背丈も高く、動作はきびきびと敏捷《びんしょう》だった、ふっくりと頰の赤い顔は、一文字なりの濃い眉《まゆ》と、切れながのすずしい眼と、線のはっきりした唇《くち》つきとで、いかにも高い気品と、頭のよさをあらわしているようにみえた。

彼は健康で賢い子にそだった。

七歳の春、家臣のなかから選ばれた、同じ年の子供たち十五人が、学友としてあがり、学問と武術との稽古《けいこ》をはじめた。学友たちのほうはたいてい五歳くらいから、素読もやり、袋竹刀《しない》も持たされていたが、法師丸は父の意見で、それまでに稽古ごとはなにもしていなかった。彼はすぐにそのことに気づいた。

——みんなは自分よりよくできる。

法師丸はそう思ったようである。しかし、一年あまり経つうちに、学問も武術もめざましい進境をみせ、やがて学友十五人を抜いて第一位を占めてしまった。自分ではそれが信じられなかったらしい、——彼にはその頃からそんな神経があった、——教官がそのことを学友たちに向って云ったとき、その教官を呼びつけて怒った。

「自分を特別あつかいにしないでくれ」

教官は返辞のしようがなかった。

法師丸は力も強く、相撲が好きで、学友たちとよくやったが、誰もかなう者はなかった。十五人のなかでは柾木小三郎《まさきこさぶろう》がいちばん強かったので、誰よりも多く相手をさせられたが、いちども法師丸には勝てなかった。あるときよほどくやしかったとみえ、泣きながらむしゃぶりついたことがある。法師丸は当惑した。

「だって相撲じゃないか、こさぶ」と云ってなだめようとした、「よせよ、相撲じゃないか、よせよ、こさぶ」

だが小三郎はなおとびかかった。法師丸は彼を投げとばして逃げたが、彼は投げられても投げられても追ってゆき、どうしても捉《つか》まらなくなると、泣きながら家へ帰っていった。法師丸は明くる日、小三郎に自分の短刀をやった。小三郎は赤くなって、昨日の無礼をあやまり、「これからは決してあんなまねはしない」と誓った。

そのときの短刀は伝家の菊一文字だったので、父の高茂から祐定《すけさだ》のを貰《もら》い、「おれの代になったら菊一文字のほうをやる」と約束して小三郎ととり替えた。もちろんその約束は問題ではないが、法師丸にはそのじぶんから、そんなふうな思いやりがあったのである。

父の高茂は法師丸を溺愛《できあい》した。家臣たちも「この君こそ藩家の中興になられるだろう」とたのもしく思っていたが、高茂があまり可愛がるので、却《かえ》って法師丸のためにならないのではないかと心配するくらいであった。

法師丸は無事に成長した。十三歳で菊二郎と改名し、学友は五人に減らされた。（小三郎はそのなかに残った）そして学問も武術も、他から一流の師を招いて稽古を始めたが、十七歳になるまで、やはり首位を占めとおした。そして、その年から五人の学友の任を解き、大炊介高央となって、藩主となるための勉強にかかった。

ここまでは無事であった。

高茂の溺愛にもかかわらず、彼の明朗率直であり、勤勉で思いやりが深く、いかにも好ましい性質と、健康に恵まれた軀と、明晰《めいせき》な頭脳とは、少しもそこなわれることがなく、ますますその長所を伸ばしてゆくようであった。しかし、それは十八歳の秋までで、それからの彼はすっかり変ってしまった。

大炊介は十八歳の秋、吉岡進之助《よしおかしんのすけ》という侍臣を手打ちにした。進之助は二百石ばかりの小姓組で、そのとき年は二十一歳。芝浜の中屋敷の庭で、大炊介と二人だけで話していたとき、手打ちにされた。一と太刀で頸《くび》から胸まで斬りさげられ、その場で絶命した。

「無礼なことをしたから成敗した」

大炊介はそう云った。

進之助が手打ちになったと聞くと、その父の五郎左衛門《ごろうざえもん》夫妻は「申し訳なし」という遺書をのこして自殺した。わが子が若殿に無礼をしたので、謝罪のために死んだのであろう。高茂は大炊介を呼びつけて、初めて強く叱《しか》った。大炊介はただ「無礼なことをした」というだけで、具体的になにをしたかも説明しなかったし、悪かったと思うようすもなかった。

「逆意でもない限り、自分で手にかけることはならぬ」と高茂は云った、「罪があればその由《よし》を老職に申し、掟《おきて》にしたがって罰しなければならぬ、そのくらいのことがわからぬおまえではあるまい」

「彼の無礼はゆるせないものだったのです」

「それならどうゆるせなかったかを申してみろ」

「いや申しますまい」と大炊介は云った、「人の気持はそれぞれ違うものです、私にはゆるせないことでも、父上には笑って済ませるかもしれません、私にはゆるせなかった、というほかに申上げることはございません」

高茂は黙って太息《といき》をつくばかりだった。

大炊介は麻布《あざぶ》二ノ橋の下屋敷で三十日の謹慎を命じられた。藩主の世子《せいし》が「三十日の謹慎」に服するなどということは、おそらく他に例がないといってもいいだろう。大炊介のひととなりを知っている家臣たちは、連署して相模守に宥恕《ゆうじょ》を訴えた。しかし、当の大炊介はそれを承知せず、自分からすすんで、約半年のあいだ下屋敷にこもっていた。

芝桜川町の本邸へ帰ったとき、大炊介の性質はすっかり変っていた。顔色も悪く、軀も痩《や》せ、ひどくむら気で、神経質で、つまらないことにすぐ嚇《かっ》となった。酒も飲みはじめたが、飲むと乱酔し、喚《わめ》き叫んだり、乱暴をしたり、器物を毀《こわ》したりするのであった。

——これは病気にちがいない。

みんながそう思い、医者にみせようとしたが、大炊介はどうしても承知しなかった。むりに診察させようとすると、刀を抜いて、危うく医者を斬ろうとさえした。

——いったいどうしたことなのか。

なぜ、そんなことになったのか、誰にも理由がわからず、家中《かちゅう》ぜんたいが途方にくれた。

高茂の落胆と嘆きの深さは、周囲の者の眼をそむけさせるほどであった。ひそかに加《か》持祈禱《じきとう》などもこころみたが、もちろん効果はないし、高央の狂態は増悪するばかりのようにみえた。そこで、静閑な国もとで保養させよう、ということになり、幕府へは「相模守に代って国入りをさせる」と届けたうえ、十人の侍臣を付けて国もとへ送った。

国もとでの大炊介は、一年ちかいあいだおちついていたが、出府するまぎわになってまた暴れだし、そのため「病気」という届けを出して、出府を延ばさなければならなくなった。

それから乱行が始まった。

その年に城を出て椿《つばき》ケ岡《おか》の山荘へ移り、江戸から付いて来た十人の侍臣と、気ままな生活をはじめたのであるが、遠乗りに出ると、農家の娘を掠《かす》めてゆき、五日も七日もとめておいて酒宴をしたり、また城下の遊女や芸妓《げいぎ》を集めて、松屋川で船遊びをしたりした。

酔うとすぐに逆上し、刀を抜いて暴れるのはいつものことで、そうなるともう周囲の者は遠く逃げて、鎮《しず》まるのを待つより手段がなかった。

こうして二年経つあいだに、江戸から老臣が諌《いさ》めにいったが、諌言《かんげん》など受けつけもしないし、また「江戸へ帰れ」という高茂の命令もきかなかった。しかも行状はますます悪くなるばかりで、ついには和泉屋《いずみや》仁助という、藩の金御用を勤める商人を斬ったり、遠乗りの途上、城西大井郷の豪農、瀬木《せぎ》久兵衛《きゅうべえ》を斬るなどという、狂暴なことをするようになった。二人とも死にはしなかったが、仁助は左の腕を斬りおとされ、久兵衛は太《ふと》腿《もも》を斬られて、右の脚を失ってしまった。

――もう狂気にまちがいはない。

江戸で老臣の密議が繰り返された。座《ざ》敷牢《しきろう》を造って監禁するか、さもなければ命をちぢめるよりしかたがない。このままでは藩家の大事になるという意見に一致した。

相模守高茂は病弱だったので、国もとにおける大炊介の行状は、ある程度まで内密にしてあったのだが、こうなっては隠しておけないので、老臣列座のうえすべてを報告し、命をちぢめるという点は云わず、「監禁」のゆるしを願った。高茂はひどくまいったようにみえたが、監禁の説には首を振り、命をちぢめるようにと云った。

「狂気にまちがいがないなら、監禁するのは可哀そうだ」と高茂は云った、「あれが檻《おり》の中で、けもののように生きていることは、おれにはとうてい耐えられそうもない、むしろ命をちぢめるほうが、あれのためにも慈悲だと思う」

老臣たちは黙って頭《こうべ》を垂れた。

「おれが命ずる」と高茂は云った、「大炊介の命をちぢめるがいい」

二

寛保《かんぽう》二年九月、柾木《まさき》兵衛《ひょうえ》は松村の城下町へ着き、二の丸下の広岡《ひろおか》主殿《とのも》の屋敷を訪ねた。広岡は八百七十石の筆頭家老であるが、江戸からの知らせで、兵衛の来ることはもうわかっていたから、すぐにとおして、鄭重《ていちょう》にもてなした。

兵衛は風呂を浴び、着替えをしてから、主殿と会った。主殿は五十四五の、痩せた小柄な軀つきで、髪にも眉《まゆ》にも白毛が混っていた。挨拶《あいさつ》が済むと、主殿が「酒を飲むか」と訊《き》いた。

「飲みます」と兵衛は答えた。

「平十郎どのは下戸《げこ》だったが」

「父は死ぬまで飲みませんでした」と兵衛が云った、「父を御存じなのですか」

「知っている、そこもとには祖父に当る、兵衛どのも知っている」と主殿が云った、

「兵衛どのは酒豪で、酒では家中に敵のない人だった、そこもとは名といっしょに、兵衛どのの酒を受け継がれたのであろう」

「私はそれほど飲みません」

「どうだかな」

「本当にそれほどは飲まないのです」

「まあいい」と主殿は云った、「あとでみせてもらうとしよう」

夕餉《ゆうげ》まで休むようにと云われて、兵衛はいちど（自分に与えられた）部屋へ戻った。そこには供をして来た内田十右衛門が、兵衛のぬいだ物を片づけていた。十右衛門は五十七歳になり、祖父の代からの家僕《かぼく》なので、亡き父と主殿との関係を訊いてみた。

十右衛門はよく知っていた。

兵衛の亡くなった父、平十郎はもと国詰めで、五百石ばかりの中老を勤めていた。酒も煙草《たばこ》ものまず、謹直を型にしたような、くそまじめな性格だったが、あまりまじめでありすぎたため、同席の人たちとも折合いが悪く、或《あ》るとき些細《ささい》なことで老職と喧嘩《けんか》をした結果、病気と称して隠居を願い出た。――仲のいい知友でもあればとりなしたのだろうが、ふだん周囲からけむたがられていたので、誰一人それをとめる者がなかった。隠居願いは藩主の手に届き、その事情もわかった。当時、相模守高茂は若かったし、ちょうど病気ちゅうで、気も立っていたのだろう。不届きだから食禄《しょくろく》を召上げて追放しろと怒った。——そこで老臣たちが初めてとりなしに出、ようやく、食禄半減のうえ江戸詰、ということにおちついたのだという。

「そうか、そんなことがあったのか」

「貴方《あなた》はまだお小そうございました」と十右衛門は云った、「たしかお四つの春だったと思います」

「すると、——」と兵衛は声をひそめた、「そのとき父が喧嘩した相手の老職というのは、もしかするとここの」

「いや、私は存じません」十右衛門は話をそらした、「それよりも、貴方のお祖父《じい》さまは豪酒家で、酒の気の絶えたことのない方でしたが、百五十石の番頭から、五百石の中老に御出世をなさいました」

「それを謹直一方の父が半分に減らしたというわけか」

「世の中には皮肉なことがあるものです」

「しかし、——」と兵衛は云った、「主殿どのはなぜあんな話をもちだしたのだろう、祖父が酒豪だったとか、私も酒のみだろうとか」

十右衛門は咳《せき》をした。兵衛は彼を見た。

「おまえにはわかるのか」

「いや、なにも存じません」と十右衛門が云った、「ただ、さきほど、ちょっとおみかけしたのですが、こちらにはお美しいお嬢さまが、いらっしゃるようでございます」

「よしてくれ」と兵衛は云った、「母上とおまえはそんなことばかり考えている、たくさんだ」

　いま自分がどんな立場にいるか、話したらさぞ吃驚《びっくり》するだろう。そう思ったがもちろん口には出さなかった。十右衛門はまた咳をした。しかし兵衛は気づかないふりをしていた。夕餉の席で、広岡家の人たちにあった。

　長男の又十郎夫妻、主殿の夫人と、みぎわという娘である。長男夫妻は邸内の別棟に住んでいるという、みぎわは十九歳、――十右衛門が話していた娘だろう、小柄な軀《からだ》つきで、痩せがたの、とんがったような（少しも美しくない）顔だちをしていた。

　夕餉は早く済んだ。

食膳《しょくぜん》には酒が付いたし、主殿夫人と又十郎の妻女が給仕に坐《すわ》り、しきりに取持ってくれたが、主殿も又十郎も殆《ほと》んど飲まないので自分ばかり飲むわけにはいかなかった。

「遠慮なしにお重ねなさい」と主殿は幾たびもすすめた、「その飲みぶりなら大丈夫だ、さっきのは冗談だからもっとお重ねなさい」

　兵衛は赤面して盃《さかずき》を伏せた。

　その夜、寝間へはいろうとしていたときのことであるが、廊下に忍び足で、人の来るけはいがした。兵衛は主殿だろうと思った。

――あのことを話しに来たのだな。

そう思って坐り直したが、障子の向うから聞えたのは、若い女の声であった。彼は不審に思いながら「どうぞ」と云《い》った。すると、障子をあけてはいって来たのは、娘のみぎわであった。兵衛は驚いて、必要もないのにまた坐り直した。

「ひと言お断りにまいりました」みぎわはこう云って、障子際《しょうじぎわ》に坐った。なにか怒ってでもいるらしく、とんがったような顔が硬《こわ》ばり、眼はこちらを刺すような、きつい光りを帯びていた。

「なんでしょうか」と兵衛は云った。

「わたくしあなたと結婚は致しません」とみぎわは云った、「あなたに限らず、どなたとも結婚はしないつもりですから」

「ちょっと待って下さい」

兵衛はあっけにとられた。

「失礼ですが」と彼は吃《ども》った、「私には仰《おっ》しゃることがよくわからないんですが」

「ですからお断りにまいったんですわ」

「いやそうではなく」彼は唇を舐《な》めた、「つまり私は、いや貴女《あなた》は、いまその」と彼は娘を見た、「いまその、結婚をなさるとかなさらないとか云われたようですが」

「そんなことは申しませんわ」とみぎわは云った、「わたくしあなたと結婚は致しません、と申したんですわ」

「はあ、そうですか」

「ええそうですわ」とみぎわは云った、「おわかりになりまして」

兵衛は「わかりました」と頷《うなず》いた。

「しかし、――」と兵衛は云った、「どうして貴女は、そんなことをわざわざ断りにいらしったんですか」

みぎわは兵衛の眼をみつめた。じっとみつめて、そして云った。

「申してもようございますの」

「ええ、うかがいたいですね」

「では申しましょう」とみぎわは云った、「それはあなたが、ここへいらしったからですわ」

そして彼女はしとやかに出ていった。

兵衛は閉った障子を眺め、遠ざかってゆく忍び足の音を聞いていた。その足音が聞えなくなってからも、やや暫《しばら》く茫然《ぼうぜん》と坐っていたが、やがて静かに首を振った。

「へんな娘だ」と彼は呟《つぶや》いた、「あたまがどうかしているんじゃないか」

兵衛はその夜よく眠った。

明くる朝、食事のあとで、兵衛は初めて主殿と要談をした。手紙で頼んだことは、すべて箇条書にしてあったし、注意すべきことは主殿が話してくれた。兵衛は椿ケ岡山荘の図面と箇条書に、ひととおり眼をとおして、それをしまった。

「一つ聞きたいのだが」主殿が云った、「そこもとはこの役を申しつけられたのか、それとも自分から望んだのか」

「私から願って出たのです」

「むつかしい役目だということを知っているか」

「知っているつもりです」

「非常にむつかしい役だ」と主殿は云った、「現在はやむを得ないということがわかっている、一藩の安危にかかわる事だし、こうするほかに手段のないということは、いまはみんなが知っている。しかし、年月が経つと人の気持も変るし、いまのこの事情をよく知らぬ者も出てくる、そのときでも若殿のお命をちぢめたという事実と、誰がおちぢめ申したかということは忘れられはしない、そして、どんな批評が起こるかということはわかるだろう」

「私の気持を申しましょう」と兵衛は云った、「私がこの役を願い出たのは、若殿がおいたわしいからです、どうしてもそうしなければならないのなら自分がやろう、ほかの者にはやらせたくない、と思ったのです」

「のちの批判などは構わぬというのか」

「そのときはそのときのことだと思います」

主殿は「うん」といった。それから、ふと訝《いぶか》しげに兵衛を見た。

「だが、――」と主殿は云った、「なぜそこもとが自分でやらなければならないのだ」

「むかし若殿の学友にあがっていたからです」

「それだけの理由か」

兵衛はなにか云おうとしたが、唾《つば》をのんで、頷きながら「そうです」と答えた。

それから四五日、彼は、城下の町々やその近郊を歩き、椿ケ岡へもいってみた。九月下旬の気候のいいときで、山や丘の多いその土地は、眼を向けるところに美しい眺めがあり、どんなに歩きまわっても飽きることがなかった。

或る日、雨が降った。

兵衛は合羽《かっぱ》をはおり、傘をさして、巽新田《たつみしんでん》という村へでかけていった。訪ねたのは五郎兵衛という百姓の家で――、箇条書によるとそこにはうめといって、大炊介がいちばん初めに掠《さら》った娘がいる筈《はず》であった。

その家にその娘はいた。

うめは二十歳だという、日にやけているが、まるっこい、健康そうな、眼の可愛い娘であった。兵衛は隠居所を借りて、うめと二人だけで話した。

三

話は半刻《はんとき》ばかりで終ったが、うめの云うことは兵衛をおどろかした。彼女はまず「自分は掠われたのではない」と云った。

「掠われたのではないって」

「はい」とうめはこっくりをした、「あたしは自分から御殿へあがったんです」

兵衛はそこで説明した。これは彼女自身のために訊くので、どんなことを云っても咎《とが》められはしないし、ばあいによっては藩から償《つぐな》いが出るかもしれない。だからぜひ「正直」なことを話してもらいたい、と念を押して云った。

「でもあたし、嘘は云いません」とうめははっきり答えた、「お父《とっ》つぁんやおっ母《か》さんに聞いてもわかります、あたし本当に、自分で御殿へあがったんですから」

「どうしてだ」

「それは、――」うめは眼を伏せた。

「なにかわけがあるんだな」

「はい」とうめはこっくりをした。

「ではそのわけを話してごらん」

「それは、——」とうめは云った、「それは、あの、若さまが、お可哀そうにみえたからです」

兵衛は口をつぐんだ。それから云った、「若殿が可哀そうにみえたって」

「はい」とうめはこっくりをした、「御家来がたと遠乗りにいらしってこの家へ御休息にお寄りになったとき、あたしがお茶をさしあげました、そのまえにも二度ばかり、馬で駆けていらっしゃるのを、遠くから拝見したことがあります、でも、お側《そば》へよったのはそれが初めてでした」

兵衛は頷いた。

「そのときお顔やごようすを見て、あたし胸のここがしぼられるようになりました、……こんなこと申しあげていいでしょうか」

兵衛はまた頷いた。

「でも云えませんわ」うめは首を振った、「口ではよく云えません、若さまは淋《さび》しそうな、悲しそうな、ちょうど捨てられた子供が、母親を捜しているような、いいえ、もっと独りぼっちなお顔をしていらっしゃいました、あたしは胸が痛いような、苦しいような気持になって、どうしてもなにかしてさしあげずにはいられなくなったんです」

「なにかしてさしあげたのか」

「はい」とうめは云った、「山女魚《やまめ》の煮たのがありましたから、親たちはよせと云いましたけれど、どうぞお口よごしにとさしあげました」

大炊介はそれを喰《た》べて「うまい」と云った。なんという魚だ。山女魚でございます。おまえの料理か。あたしが焼いて、干して、そして煮ました。もうないか。まだございます。では屋敷へ持ってまいれ。そんな問答をして、大炊介は帰っていった。

「そして椿《つばき》ケ岡《おか》へ届けたのか」

「あたしがゆきました」とうめは云った、「若さまはお庭まであたしをお呼びになり、お手ずからお菓子を下さいました、あたしはまた胸のここが切なくなって、夢中で、——御殿のお端《はした》にお使い下さいましって、そう云って泣いてしまいました」

大炊介はうめのようすを眺め、それから「よし」と云った。家へは使いを遣《や》るから、よかったらいまから此処《ここ》にいるがいい。有難うございます。おれは癇癪《かんしゃく》もちだぞ。はい。酒を飲むと暴れるぞ。はい。よければいたいだけいろ、いやになったら帰してやる。いやになんかなりません。おれを知らないからだ。いやになんか決してなりません。よし、いてみろ、だがおれに触ってはならんぞ。大炊介はそう云った。

うめは半月ほどいて、むりに家へ帰された。理由は大炊介に触れようとしたからである、うめは「触ってはならん」という言葉が、それほど大事だとは思っていなかったし、かきいだいて慰めたいという気持が、どうしても抑えきれなくなった。

「お側にあがってから、若さまがどんなに独りぼっちだかということがよくわかりました」とうめは云った、「お酒に酔って乱暴をなさるときでさえ、こちらの胸がしぼられるほどお淋しそうなんです、悲しい、苦しい、辛《つら》いことがお胸にいっぱいあって、それをじっと嚙《か》みころしていらっしゃるような、……本当に堪《たま》らなくなるほど、お淋しそうなんです」

うめは見ていられなくなった。じっとしていられない、どうにかしてあげなければ、自分のほうが耐えられなくなった。うめは大炊介の寝所へいった。大炊介はうめを突きとばし、衿《えり》がみをつかんで曳摺《ひきず》ってゆき、広縁から庭へ投げとばした。

――二度と顔をみせるな。

と大炊介は叫んだ。うめは泣いて詫《わ》びたが、大炊介はきかなかった。うめは家へ帰され、百日ばかりは病人のようになっていた。

「いまでも」とうめは云った、「これからさきも、あたしはきっと若さまのことが忘れられないでしょう、いっそ死んでしまおうかと思ったこともありました、けれど、――若さまが生きていらっしゃるうちは死ねない、若さまが生きていらっしゃるうちは生きていよう、そう気がついて思いとまりました」

うめは泣きだした。泣きながら大炊介を哀れがり、もういちど側仕えができたら死んでもいい、などと云った。

雨の中を帰りながら、兵衛は自分が深く感動しているのに気づいた。

「吉岡進之助を斬《き》ったことが原因か」と彼は呟いた、「それが心の傷になって、いまなお自分を苦しめていらっしゃるのだろうか」

そうかもしれない、おそらくそうだろう。と兵衛は心のなかで思った。兵衛は大炊介を法師丸のじぶんから知っている、十五人の学友のなかでも、学友が五人に減らされてからも、彼は誰より大炊介に好かれていた。たしかに「好かれていた」と思うし、彼のほうでも、自分がいちばん大炊介を理解していると信じていた。

「やはりそうだ、原因はそれだ」と兵衛は呟いた、「あの御気性で人を手にかけて、そのまま忘れることのできるような方ではない、やはりおれが来てよかった、ことによるとうまくゆくかもしれないぞ」

兵衛はにわかに勇気が出たようであった。

彼は「掠われた」娘たちを、箇条書に従って訪ねた。一年ばかりのうちに、ぜんぶで十七人いた。彼はその娘たちに会い、口書を取って拇《ぼ》印《いん》を捺《お》させた。彼女たちの話は、巽新田のうめのものとよく似ていた。うめ以外の者は自分から望んだのでなく、初めは強要されて山荘へいった。なかには、殆《ほと》んど「掠われ」たといっていい手段で、伴《つ》れてゆかれた者もある。しかし椿ケ岡で数日くらすと、みないちように大炊介に惹《ひ》きつけられ、大炊介からはなれられなくなるのであった。

——若さまはお可哀そうな方です。

娘たちは（おのおの）そう云った。

――なにかずいぶん不仕合せなことがあるのでしょう、誰かが付いていてお慰めしなければ、もっと御不幸になるにちがいありません。

そして「誰か」とは、娘たちそれぞれがみな自分だと信じていた。

大炊介はどの一人とも親しまなかった。ながくて十日、たいていは五六日で帰してしまい、「帰れ」と云いだしたが最後、どんなに懇願してもゆるされなかった。

娘たちの（うめのも）口書が揃《そろ》った夜、兵衛の部屋へ十右衛門がやって来た。十右衛門は家士長屋のほうにいるので殆んど話をする機会がなかったのである。

「今夜は申上げなければならぬことがございます」と十右衛門が云った。

「あとにしてくれ」

「いや申上げなければなりません」

「おれは多忙だ」

「なんで御多忙ですか」と十右衛門が云った、「もう半月ちかいあいだ、貴方《あなた》は少しもおちつかず出てばかりいらっしゃる、いったいなんのためにそう外出ばかりなさるのですか」

「おれは国もとへ見学に来たのだ」と兵衛は云った、「うちに籠《こも》っていて見学ができるとでもいうのかね」

「御見学はわかっております、しかし外出ばかりなさるのは、そのためだけではありますまい」

「なんだって」兵衛はびくっとした。

「十右衛門はめくらではございません」

「そうらしいな」

「貴方はみぎわさまがお気にいらぬのでございましょう」

兵衛はじろじろと十右衛門を見た。

「あのとんがったような娘か」と兵衛は云った、「――おまえはお美しいなどと云ったが、なんだあのとんがったような顔は」

「失礼なことを仰《おお》せられる」

「おまけにあの娘は頭もおかしい」

「お口が過ぎますぞ」

「おまえが云いだしたんだ」と兵衛は云った、「おれはまだ覚書を書かなければならない、済まないが用を云ってくれないか」

「貴方がそのおつもりなら、もう申上げることはございません」

「怒ったのか」

「どうぞ覚書をお書き下さい、私はこれでさがります」

そして十右衛門は出ていった。

「なんだ」と兵衛は呟いた、「おかしなやつだな」

明くる日、兵衛は和泉屋《いずみや》を訪ねた。

和泉屋の店は城下町の中央で、青柳《あおやぎ》通りという処《ところ》にあり、大きな呉服商を営んでいた。先代から藩の金御用を勤めているそうで、五棟の土蔵があり、やはり土蔵造りの店の奥に、庭を構えた別棟の住居がある。敷地は三百坪ほどらしいが、住居の造りなどは、筆頭家老の広岡《ひろおか》家よりも立派にみえた。

仁助は在宅で、すぐに兵衛と会った。

四

仁助の話は兵衛を失望させた。

大炊介は彼を酒の相手に呼び、乱酔のうえとつぜん斬りつけた。侍臣が抱きとめたから腕一本で済んだが、危うく一命を失うところだった。もちろん狂気というほかはない、と仁助は云った。

なにか機嫌に障《さわ》るようなことでも云ったのではないか。どう致しまして乱酔のお癖のあることは聞いていましたから、それこそ腫《は》れ物へ触るように注意していたのです。その席にいた侍臣は誰と誰だったか。私はそれまでに前後三度、御機嫌うかがいにあがりましたが、お側にいるのはいつも松原、井上、岡本のお三人でした。わかった。江戸からおしらべに来られたのですか。正直に云ってしまおう、――兵衛はうちあけて話した。仁助はもう五十六七になるし、藩とは深い関係があるので、大炊介の助命に協力してくれるかもしれないと思った。

仁助は首を振った。彼は大炊介を憎悪していた、藩家が大事なら眼をつむるべきときだ、などと云った。

事情を話したのは失敗だった。

正直にうちあけたことを悔みながら、兵衛は大井郷へまわった。そこは城下町から西へ一里あまりいった処で、瀬木《せぎ》の家は遠くから見てもすぐわかった。

その屋敷は松原川を前にし、うしろを丘にかこまれていた。領内でも指折りの地主で、苗字《みょうじ》帯刀をゆるされ、庄屋《しょうや》のほかに「郷預り」という役を兼ね、あるじ久兵衛《きゅうべえ》は城中にも席があった。――屋敷は築地塀《ついじべい》をまわし、黒い冠木門《かぶきもん》で、前栽《せんざい》から玄関の構えなど、まるで堂々たる武家屋敷のようであった。

久兵衛は寝ていた。

太腿から切断した傷痕《きずあと》が、ちかごろまた化膿して、治療し直さなければならないということであった。久兵衛は三十六七歳の、肥えた逞《たくま》しい軀《からだ》つきであり、肉の厚い顔も、眉《まゆ》が太く唇が厚く、いかにも「精悍」という感じであった。

――これも望みはないな。

兵衛はそう直感した。

望みがないどころではなく、久兵衛は逆に大炊介の罪を数えたてた。大炊介は遠乗りに来てたちより、酒を要求したので、酒肴《しゅこう》をととのえて接待した。久兵衛はもう和泉屋の出来事を知っていたから、自分は挨拶をしただけでさがり、妻と女たちだけで給仕をさせた。大炊介は機嫌よく飲み、帰るというので、久兵衛が挨拶に出た。すると「無礼者」と叫んで、抜き打ちに斬りつけた。

――あるじが接待に出ず、下女に給仕させた。

というのである。侍臣が五人いて、三人が大炊介を抱きとめ、他の二人が久兵衛をたすけて逃げた。そのときのひと太刀で太腿の骨まで斬られ、医者はすぐ外科を呼んで切断した、ということであった。

「和泉屋と私だけではありません」と久兵衛は云った、「江戸では御存じないかもしれないが、ほかにも三人、若殿に斬られて怪我《けが》をした者がおります」

そして久兵衛はその三人の名をあげた。

「監禁するか、もっと思いきった方法をとるか」と久兵衛は云った、「とにかく一日も早く処置をしないと、取返しのつかぬことになりますぞ」

藩家のために必要とあれば、若殿ひとりの命をちぢめるくらい、稀《まれ》なことではない時代だった。幕府歴代の将軍のなかにさえ、「暗殺された」と伝えられる例がある。——兵衛はがっかりして瀬木家を出た。

久兵衛のあげた三人、——やはり大炊介に傷つけられたという三人のことは、もう当ってみるまでもないと思った。

「もうじかに会うよりほかにない」兵衛は自分に云った、「会って話してみよう、昔の学友の気持になって話せば、あの方もわかってくれるかもしれない」

彼はそう決心した。

その日、下城して来た広岡主殿は、兵衛を呼んで「江戸の殿が病臥《びょうが》されて、かなり悪いらしい」と云った。その朝、江戸から急使の知らせが来て、「早く大炊介の始末をするように」という上意があった、とも告げた。

「そこもとのしていることはよくわかる」と主殿は云った、「しかしここに至っては、多少の好条件を集めたくらいでは、事を挽回《ばんかい》するわけにはいかない、現に、椿ケ岡にはいまでも娘が一人、掠われたまま帰されずにいるのだ」

「明日、山荘へゆくつもりです」

「助《す》け太刀《だち》を出そう」と主殿が云った、「腕のたつ者が二人いる、それを伴れてゆくがいい」

「いや、一人でまいります」

「侍臣が十人いるぞ」

「知っています」

「しかも葉山丈右衛門という者は槍《やり》、定正市之助《さだずみいちのすけ》と新井久馬は、刀法の達者だと聞いている」

「それも知っています」と兵衛は云った、「新井とは手合せをしたことはありませんが、葉山や定正とはたびたびやりました」

主殿は兵衛の顔を見まもった。

「ではいいように、――」と主殿が云った、「私はそこもとが、めでたく役目をはたして、江戸へ復命に帰るものと、信じているぞ」

兵衛は答えなかった。

夕餉《ゆうげ》の膳《ぜん》には、あれ以来はじめて、酒が付いた。兵衛は盃《さかずき》に三つ飲んでやめた。――その夜十時ころのことであるが、兵衛は江戸の母に手紙を書いていた、「国もと見学という名目で来たが、じつはしかじかの役を仰せつけられ、明日は山荘へゆくつもりである。誠心を尽して御改心を願ってみる。まだ御改心の望みはあると思うが、もしだめなら仰せつけられたとおりにする、おいたわしいが御家万代のためであり、相模守《さがみのかみ》さまの御意志であるからやむを得ない。また役目をはたしたら、自分もその場で切腹し、黄泉《よみ》のお供をする覚悟でいる、先立つ不孝は詫《わ》びようがないけれども、御馬前に討死をしたと思ってゆるして頂きたい、――」そこまで書いてきて、兵衛はふと振返った。障子をあけて、みぎわが静かにはいって来た。

兵衛は書きかけの手紙を隠した。

「声をおかけしたのですけれど」とみぎわは云った、「お返辞がないものですから」

「なにか用ですか」

「お詫びにまいりました」

兵衛は娘を見た。娘は美しかった。化粧をしているためだろうか、いや、このまえも化粧はしていた。変っているのは着物や帯だけだろう、しかし顔つきは見違えるように美しい。ふっくらとした頬や、うるみを帯びた眼や、恥ずかしそうにすぼめた唇《くち》もとなど、むしろ﨟《ろう》たけたといいたいくらい、優雅にみえた。

――これがあの晩のとんがったような娘か。

兵衛は化かされたような気持になった。

「柾木さまがなぜこちらへいらしったかという、本当のことを、わたくし今夜はじめてうかがいました」

「そんなことを誰が、――」

「父が母に話しておりましたの」とみぎわは云った、「わたくし知らなかったものですから、あんなはしたないことを申上げてしまって、お詫びを申すよりも、わたくしあんまり恥ずかしくって死にたいような気持ですわ」

そして彼女は身をもむようにした。その言葉のとおり、耳まで赤くして、まさに羞《はじ》らいのために消えもいりたそうなようすだった。

「勘違いは誰にだってあるものです」と兵衛は云った、「しかし、いったいあの晩は、どうしてあんなことを云いに来られたんですか」

「それは御存じの筈《はず》ですわ」

「いやわかりません、私には見当もつきませんね」

「だって、――そんな筈はないと思いますわ」

みぎわは兵衛の顔を見あげ、彼の云うことが事実らしいのに気づいて、こんどはもっと恥ずかしくなったとみえ、片方の袂《たもと》で自分の顔を掩《おお》った。

「わたくしどうしましょう」

「いったいなにごとです」と兵衛は云った、「わけを云って下さい、なにがどうしたというんですか」

「どうぞ堪忍して下さいまし、わたくしからは申上げられません」

そして「ごめんあそばせ」と云いながら、顔を掩ったまま廊下へ出ていった。

「――どういうことだ」

あけたままの障子を眺めながら、兵衛は（また）化かされでもしたような気持になった。

「しかし、きれいじゃないか」と彼は呟《つぶや》いた、「あの晩はあんなにとんがったような娘だったのに、……わけがわからない」

彼は母への手紙を書き続けた。

明くる朝、主殿は兵衛に三献の式をしてくれた。兵衛はすなおに祝儀を受けた。新しい肌着に、白の下衣《したぎ》、父のかたみの小袖《こそで》を重ねたが、これはいつでも両袖をぬげるように（少しくつろげて）着た。十右衛門は着替えの世話をしながら、低く囁《ささや》くように云った。

「い、いかさまのことを、御存じなかったのですか」

「なにを、――」兵衛はうわのそらだった。

「御縁談のことです」

「縁談だって」兵衛は振返った。

「こちらさまから御母堂にはなしがあり、それで、御見学という名目で、いらしったのではございませんか」

兵衛は疑わしげに十右衛門を見た。

「御存じなかったのですか」

「知らなかった」と兵衛は云った、「母上はなにも仰《おっ》しゃらなかったし、広岡さんからもべつに、――」

云いかけて彼は口をつぐんだ。

「べつに、――どうだったのです」

「扇子をくれ」と兵衛は云った、「それから、刀だ」

「私はお嬢さまから、話をうかがいました」

「あの人はきれいだ」と兵衛は云った、「おまえの云ったとおりきれいだ、おれの眼はどうかしていたらしいな」

「貴方のお役目のこともうかがいました」

「机の上に手紙がある」と兵衛は云った、「おれに万一のことがあったら、母上に届けてくれ」

五

十右衛門は供をすると云い張ったが、兵衛はゆるさなかった。泣いて頼む十右衛門を残して、彼は一人で椿ケ岡へいった。

山荘ではまず松原忠太夫《ちゅうだゆう》と会った。忠太夫は大炊介の用人で、三十六歳になり、江戸邸にいたころからずっと高央の側《そば》に仕えていた。彼は兵衛の来た目的を、すぐに察したようで、顔色を変えたまま、しばらくものを云わなかった。

「殿の御意《ぎょい》ですか」

「そうです」

「御赦免《ごしゃめん》を願う余地はないでしょうか」

「わかりません」と兵衛は云った、「もし若殿に御行跡を改めて下さるお気持があれば、まったく望みがないわけはないと思います、しかし私にはいまなんと申しようもありません」

「私はお供をするつもりです」

もちろん殉死するという意味だろう、それは考えていなかったので、兵衛はちょっと狼狽《ろうばい》し、「断じてゆるされない」と強く注意した。忠太夫は自分ひとりではなく、小姓頭の井上五左衛門、葉山丈右衛門の二人も、お供をする覚悟であると云った。それは御上意で禁じられている、と兵衛は云った。もしも違反すれば、その親族まで罰するという上意である、自分はそれを殿からじきじきに仰《おお》せつかって来た、と兵衛は云った。

「貴方がたは付人として責任をお感じになるでしょうが」と兵衛は云った、「若殿の御乱行は江戸からのことで、貴方がただけの責任ではないでしょう」

「むろん責任もあるが、単にそれだけではない」

「というのは、――」

「はっきり理由は云えない、口では云いあらわしにくいが」と忠太夫は云った、「しいて云うとすれば、いや、――申すまい」

「若殿が御不憫《ごふびん》だということですか」

忠太夫は不審そうな眼をした。

「ちがいますか」と兵衛が云った。

「そこもとにどうしてわかるのです」

「よそでたびたび聞いたのです」

兵衛は娘たちのことを語った。すると、忠太夫の眼が動いた。

娘たちに会った兵衛の意図を察したらしい、そこで兵衛は、和泉屋や瀬木久兵衛にも会い、かれらの主張を聞いたことも話した。いったいこれはどういう意味であるか、誘拐された娘たちが、口を合わせたように云うことと、瀬木や和泉屋の云うこととはまったく相反している。片方が無条件な愛とあわれみであるのに、片方は激しい憎悪だけであった。むろんその責は大炊介にあるだろうし、娘たちが「なにか大きな御不幸があったようだ」と云うとおり、吉岡進之助を斬った後悔が、いまも心を苦しめているのだろうが、それなら和泉屋や瀬木や、瀬木のいった他の三人、――に対してはなぜあのように狂暴になったのか。それについて思い当ることがあるかどうかと兵衛は訊《き》いた。

忠太夫は「わからない」と答えた。

「久兵衛のいう他の三人の一人は」と忠太夫は云った、「じつは、御菩提寺《ぼだいじ》の住職だったのです」

兵衛は「あ」と眼をみはった。

「これは江戸へはもちろん、当地でも厳秘にしてきたのですが、――」忠太夫は頭《こうべ》を垂れ、太息《といき》をついた、「そのときわれわれは、今日のあることを覚悟しました」

住職は名を智円《ちえん》といい、年は六十三歳であった。大炊介は徒歩で野がけに出、その帰りに慈眼寺へたち寄った。寺では客殿に席を設けて接待し、高央の求めで酒を出した。すここでも酒癖のことは知っていたから、住職が相伴《しょうばん》でよくよく接待に気をくばった。するると、それほど酔ったともみえないのに、高央は智円に盃を投げつけ、それをよけると、「余のつかわした盃を投げたな、無礼者」といって、斬りつけた。侍臣たちが抱きとめたので、右の太腿を斬っただけで済んだが、その傷のために智円は跛になった。

兵衛は一種のだるさを感じた。軀じゅうの力がぬけてしまったような、「もうだめだ」という感じだった。

「しかも私どもには、若殿が苦しんでいらっしゃる、ということがわかるのです」と忠太夫は続けた。吉岡進之助を成敗したことが、苦悩の原因かもしれない。そのことは決して口に出さないし、ほかに思い当ることもない。だが、いかにも深く苦しんでいる、大炊介自身は隠そうと努めているが、側の者にはその苦悩がよくわかるし、殆《ほと》んど見るに耐えないくらいである、と忠太夫は云った。

兵衛はやがて顔をあげた。

「ではお目どおりを願いましょう」

忠太夫はうかがうように兵衛を見た。

「どうぞ」と兵衛は云った、「むかし御学友にあがった柾木兵衛と、お取次ぎを願います」

忠太夫は立っていった。

大炊介は居間で酒を飲んでいた。側には若い女が一人、ほかに三人の侍臣がいた。二人は葉山丈右衛門と定正市之助《さだずみいちのすけ》、もう一人は知らない顔であるが、小姓頭の井上五左衛門であった。——女は年のころ十八九で、眉《まゆ》や眼鼻だちのはっきりした、縹緻《きりょう》はいいが、気の強そうな顔つきをしていた。

「なんだ、こさぶではないか」

高央は盃を持ったまま云った。

「兵衛などというからわからなかった」と高央は続けた、「きさま、まだ生きていたのか、こさぶと知ったら会うんではなかったが、まあいい、盃をやるから寄れ」

兵衛は久濶《きゅうかつ》を述べながら見た。高央は痩《や》せていた。骨太だから逞《たくま》しくみえるが、昔のふっくらと固く肥えた、血色のいい、健康な明るい俤《おもかげ》はまったくない。額には深く竪皺《たてじわ》が刻まれ、眼はぎらぎらしていた。その眼は不安定で、暗く憂鬱《ゆううつ》な色に掩《おお》われるかとおもうと、すぐにまたぎらぎらと光った。頬骨があらわれ、(痩せたためだろう)唇が薄く、大きくなったようにみえた。

「こいつは小三郎という名だった」高央はそこにいる者たちに云った、「弱いくせに口《く》惜《や》しがりの泣きむしで、おれが相撲で投げとばすと、泣いて追っかけて来たものだ。寄れ、こさぶ、盃をやる」

兵衛は膝行《しっこう》した。高央は「もっと進め」と云い、自分の手から兵衛に盃を渡した。手から手へ、盃が渡ったとき、高央はじっと兵衛の眼を見、口の中で「こさぶが来るとは」と呟いた。葉山丈右衛門が給仕をした。

「こいつは泣きながら追っかけて来た」と大炊介は云った、「もうよせと云ってもきかない、おれは三度か四度も投げとばし、相撲で負けて怒るやつがあるか、もうよせと宥《なだ》めた、だがこいつは蜂《はち》に刺されでもした赤ん坊のように、わあわあ泣きながらどこまでも追っかけて来た、そうだろう、こさぶ、――もっと重ねてやれ丈右衛門、そいつは飲めるんだ」

丈右衛門が給仕をした。兵衛は三つ重ねて飲み、懐紙を出して盃を包もうとした。

「まだならん」と高央が云った、「きさまの用事はわかってる、もっと飲め」

高央は大きな盃を取って、酒を注がせた。兵衛はくるんだ盃をふところに入れ、「おそれながら」と手をついた。

「御意にそむくようですが、申上げたいことがございます」と兵衛は云った、「どうぞお人ばらいを願います」

「おちつけ、用はわかってるぞ」

「どうぞお人ばらいを願います」

兵衛は高央を見あげた。高央は盃を女に渡し、「みんな暫《しばら》くさがれ」と云った。すると井上五左衛門が否《いな》といい、葉山丈右衛門も拒んだ。いや、さがりますまい、たとえ御意であろうともこの座はさがりません。二人はこもごもそう云った。高央は脇息《きょうそく》を打った。

「おれに恥をかかせる気か」と高央は叫んだ、「江戸から来た使者の前で、大炊介に恥をかかせたいのか、さがれと申したらさがれ」そして女に向って云った、「なお、おまえもさがれ、そむく者は勘当だ」

かれらは去っていった。

兵衛は侍臣たちの足音を聞いていた。そして、かれらがお次でなく、焼火の間あたりまで遠ざかるのを慥《たし》かめた。高央はそれに気がついたらしい、冷やかな声で、「気にするな」と云った。かねてから申しつけてある、焼火の間にいるから安心しろ、と云った。

「もう邪魔はない、やれ」

と高央は坐《すわ》り直した。兵衛の使命を知って、待っていたという態度であった。

「御学友に召されましたよしみを以《もっ》てお願い申します」と兵衛は云った、「いかなる仔《し》細《さい》がございますのか、御心うちをお聞かせ願いとう存じます」

「きさまはおれの命をちぢめに来た、そうだろう」と高央は云った、「それならその役目をはたせ、おれには云うことはない」

「いや、ぜひともお聞かせを願います」

「きさま臆《おく》したな」と高央が云った、「きさまが手を出さぬならおれは自決するぞ」

「御側近の者をお供にですか」

「なに」と高央が云った、「——側の者をどうすると」

「お供にあそばすかと申上げたのです」

「それは、どういうことだ」

「御用人の松原どのはじめ、井上、葉山らはあの世へお供をする覚悟です」と兵衛は云った、「三人がお供をすれば、ほかの者も手をつかねてはおりますまい、それは大殿の御上意で禁じられている、違反する者はその親族まで罰せられる、そう申しましたが、かれらの決心は変りません」

「ばか者」高央は吐きだすように云った、「あのばか者ども」

兵衛は高央の顔をじっと見あげた。

六

かれらが殉死するということは、大炊介にとってまったく予想外であり、ひじょうな苦痛と負担であることが、兵衛には明らかにわかった。

「念のために申上げます」と兵衛は云った、「もちろんおわかりではございましょうが、役目をはたしましたうえは、私もその場を去らずお供をつかまつります」

「黙れ、きさままでがそんな」と高央は叫んだ、「そんなたわけたことを申して、このうえなおおれを苦しめるつもりか」

「では仔細をお聞かせ下さい」

「ばか者、――」

「私どもはみな若殿を」

「ばか者」と高央は叫んだ、「このばか者」

高央は上段からとびおり、兵衛の衿《えり》がみをつかんでねじ伏せようとした。兵衛は「お手向い致します」と云い、高央の腰に手をかけると、巧みに足をはらって投げた。高央はすぐにはね起きた、二人はがっしと組んだが、兵衛は押すとみせて軀をひらき、ひきおとして、仰向《あおむ》けになった高央をすばやく押えこんだ。

「いまだ、兵衛」と高央は云った、「役目をはたせ」

兵衛は息をきらしていた。高央はもっと大きく喘《あえ》いでいた。兵衛は押えこんだまま、涙のあふれてくる眼で、高央を見た。

「昔は、十五人の、御学友のなかで」と兵衛は息をきりながら云った、「ちからわざでも、武術でも、学問でも、若殿に及ぶ者は一人もなかった、温たかく、なさけ深い、思い遣《や》りのある御性質に、家中《かちゅう》ぜんたいが希望をよせ、やがては御家の中興になられるものと、お信じ申上げていましたのに、いかなる理由か、にわかに御行跡が乱れ、ついには、かようななさけないことになられてしまった、いまでは、この私にさえ組みしかれるほど、御躰力《たいりょく》も衰えておしまいなされた」

「きさま、それで勝ったつもりか」

「若殿」と兵衛が云った、「私どもはみな若殿のお味方です、御乱行には仔細があるにちがいない、それを聞かせて下さい若殿、しだいによって私どもの命を賭《か》けて、大殿に御赦免のお願いをします、どうかその仔細をお聞かせ下さい」

「聞きたかったら腕で聞け」と大炊介は云った、「勝負はまだこれからだ」

兵衛は「若殿」と叫んだ。高央は下から、兵衛の顎《あご》を突きあげ、軀を一転させてとび起きた。しかし兵衛は隙《すき》を与えず、おどりかかって組むと、激しく投げをうち、転倒する高央の上へ、馬乗りになった。

高央は仰向けに、しっかりと押えつけられたが、ふいに「あ」と眼をみはり、「なお、やめろ」と絶叫した。

「よせ、ならんぞ」

兵衛には高央の絶叫する意味がわからなかった。ただ本能的に振向こうとしたが、それより早く、右の肩へ火を突刺されたような打撃を感じ、同時に（うしろから）躰当りをくらって前へのめった。

――あの女だ。

兵衛はそう気づいた。お側《そば》にいたあの女だ、そう気づいたのは、一瞬間のことであるが、そのときは右の下腹へ、またしても火を当てられたように感じ、われ知らず手を振って、そこにあった腕をつかんだ。

「こさぶ動くな」と高央が叫んだ、「その短刀を動かすな、短刀を抜いてはならんぞ、じっとしていろ」

兵衛はつかんでいた腕を放し、手さぐりで、脇腹《わきばら》に刺さっている短刀に触れた。高央の喚《わめ》く声がし、人の倒れる音と、女の悲鳴に似た泣き声が聞えた。忠太夫、これを伴《つ》れてゆけ、と高央が云った。医者を早く、誰も来るな、医者を早く呼べ、ほかの者は来るな、と高央の喚くのが聞えた。

——たいして深くはないな。

兵衛は眼をつむっていた。短刀の柄《つか》と、着物との間に指がはいる、そう深くはない。肩の傷は骨へ当ったらしいが、これも浅手だろう。兵衛はそう思った。左向きに横臥《おうが》し、足をちぢめたまま、じっと左手で短刀を押えていると、それはまるで血がかよってでもいるように、搏動《はくどう》のたびごとに微《かす》かに動いた。そして、突刺さっている刃の部分では、筋肉がひきつるように緊縮するのが感じられた。

傷はまだ痛まなかった。どちらも痺《しび》れたような感じだった。短刀を抜かないのは出血を防ぐためで、医者が来るまで、兵衛は息をひそめたまま動かずにいた。

医者は二人来た。手当にかかると痛みが始まった。医者は「軀を楽にして」と云ったが、兵衛は苦痛のあまりつい軀に力をいれる。すると劈《つんざ》くような痛みが起こった。大炊介は側にいた。ほかの者は誰も近よせなかった。

「傷は腸まで届いてるか」「いやそうではなさそうです」「よほど深いか」「腸は大丈夫のようです」高央と医者がそんな問答をしていた。兵衛はそれを、苦痛のために痺れた頭で、とぎれとぎれに聞いていた。

「明朝までこのまま寝かせておいて下さるように」と医者が云った、「動かすことも、話すこともいけません、食物はもちろん、渇いた舌を濡《ぬ》らすだけでございます」

「わかった」と高央が云った、「おれが自分でみとっている」

「私はあちらに控えております」

「そうしてくれ」

「重ねて申上げますが、口をきくことは固くお禁じ下さるよう」もう一人の医者が念を押した、「血の管がふさがるまえに口をきくと、ひどい出血を起こすことがありますから」

　大炊介は「わかった」と云った。

　肩はそれほどでもないが、腹部の傷は、縫い合せたあとのほうが痛みが激しく、兵衛はともすると（激痛のために）気が遠くなりそうであった。

「口をきくな」

「誰もおりませんか」

「兵衛、――」と高央は云った、「おまえの傷はいま縫ったばかりで、口をきくとひどい出血を起こしかねない、おれが命ずるから口をきくな」

「しかし私は、いずれお供をする軀です、若殿」

「おれは聞かぬ、供もゆるさぬ」

「こ、こさぶを、このまま死なせるおつもりですか」と兵衛は云った、「――ゆるさぬと仰《おっ》しゃっても、いまひと動きすれば、あの世への御先途ができます、ひと動き致しましょうか」

大炊介は眼をつむった。

「お願いです」と兵衛は云った、「若殿の苦しみをお分け下さい、こ、さ、ぶがその荷の半分を背負いましょう」

「それはできない」

「私にできませんか」

「誰にもできない」と高央は云った、「誰にも、——これはおれ一人が背負わなければならないものだ、話してやるから黙って聞け、黙って聞くと約束するか」

兵衛は眼で答えた、大炊介は頷《うなず》いた。

「おれは密夫の子だ」

兵衛はけげんそうに眼をすぼめた。

「おれは相模守高茂の子ではない」と高央は云った、「おれは父上の子ではない、母と密夫のあいだにできた子だ」

高央の頰が突然げっそりとこけたようにみえた。兵衛は口をあいた。その刹那《せつな》に起こった高央の相貌《そうぼう》の変化は形容しがたいものであった。見るまに骸骨《がいこつ》に化するのではないかと思われるほど、げっそりと肉がこけ、どす黒い影に隈《くま》どられた。兵衛は口をあけ、大きく眼をみひらいたまま、ひたと大炊介を見あげていた。

「それを知らせたのは吉岡進之助だ」

「――若殿」

「なにも云うな」と高央は云った、「まことの父、密夫が、重い病気で恢復《かいふく》の望みはない、息のあるうちにひとめ会いたい、――吉岡がおれにそう云った、おれは眼が眩《くら》んだ。そして気がついたら、そこに吉岡の死躰があり、おれは血刀を持って立っていた」

兵衛は痛みを感じて低く喘いだ。それは傷が痛んだのか、べつの痛みか判別しがたかったが、心臓の凍るような痛みであった。

「おれは母上に訊いてみた」

高央は声をひそめた。それは喚き叫ぶよりも、却《かえ》って痛切なひびきをもっていた。

「母上は答えなかった」と高央は云った、「そうだともそうでないとも仰しゃらず、おれの眼からお顔をそむけられた、だがそのとき、母上のお軀がふるえ、お顔が蒼《あお》くなるのを、おれは見た、おれはいまでも、そのときの母上の姿を、ありありと眼に描くことができる」

吉岡進之助が成敗されたと聞いて、進之助の父はその妻とともに自殺した。おそらく倅《せがれ》が成敗された理由を知っていたのだろう、ことによると、父親が進之助に伝言を命じたのかもしれない。したがって、母と密夫との詳しい事情は知ることができなくなった。ただ、それが結婚まえのことであったという以外には、その人の名を知るてだてもなくなった。もちろん大炊介は知りたいとは思わない、むしろ（もしできるなら）そんなことはなにもかも忘れてしまいたかった。

「おれの苦しいのは、自分が密夫の子だということだけではない、このおれという者が、そのままで父上を裏切っていることだ」

大炊介は呻《うめ》き声を抑えるために、暫《しばら》く口をつぐんだ。

「父上はおれを愛してくれた、おれにとっても、父上はなにものにも代えがたい人だ、父上とおれとは、他のどんな父子にも似ないほど、お互いを愛し大事にしあった、おまえはそれを知っているだろう、兵衛、――老臣たちは、父上があまりおれを寵愛《ちょうあい》するので、おれをなまくらにするのではないかと心配したくらいだった、それもおまえは知っている筈《はず》だ、家中《かちゅう》ぜんたいの者が知っている筈だ」

七

「しかもおれは父の子ではない、父の子だと偽られた密夫の子だ」と高央は云った、「おれはそのときから、べつの人間に変った。おれは大炊介高央ではない、おれはそうではない、大炊介高央ではないんだ」

彼は母のことは云わなかった。しかし女ぜんたいに不信と厭悪《えんお》をもった。彼は父に対する愛情に苦しみ、自分に対する相模守の愛情に苦しんだ。じつに苦しい、他のいかなることよりも、相模守の無条件な愛ほど苦しく、耐えがたいものはない。大炊介は酒を飲むことを覚えた。乱酔と狂暴、そのなかにだけ、僅《わず》かに苦悶《くもん》を忘れることができた。ごく僅かな時間だけ、――父の愛から解放されたい、もしも父から憎まれることができたら、いくらか償罪感が得られるかもしれない。大炊介はすすんで、乱酔と狂暴へ自分を追いやった。

相模守は絶望し、悲しみ、嘆いた。大炊介を憎もうとはしないで、彼がそんなになったことを、怒るよりも悲しみ、落胆した。

「これは二重の罪だ」と高央は呻吟《しんぎん》するように云った。「父上から憎み疎《うと》まれようとして、却って父に失望と悲嘆を与えている、どうしたらいいか、――母上にとっても、おれが生きていることは、御自分の罪が生きていることだ、おまえならどうする、兵衛」

「御方《おかた》さまは」と兵衛が云った。「若殿お一人をもうけられただけで、あとには一人の和子《わこ》さまもお産みあそばしません」

「それがどうした」

「弟ぎみお二人は、お部屋さまのお子でございます」と兵衛は云った、「とすれば、御方さまは、若殿の実の父ぎみを、しんじつ愛しておられ、御結婚ののちも、その方に操《みさお》を立てておられた、のではないでしょうか」

「だからどうだというのだ」

「諸侯のあいだの御縁組には、昔からずいぶん、非情なことが、あったようです、これは、もちろん私の、想像でございますが、——御方さまがその後、和子さまをお産みあそばさぬのは、大殿さまがその事情をお察しになって」

「ああよしてくれ」と高央は遮った、「もしそうだからといって、おれの立場が少しでも変ると思うのか」

「少なくとも、御自分から死をお選びに、なるようなことは、ないと思います」

「兵衛は密夫の子という経験があるか」

「お待ち下さい」

「おまえは経験したか」と高央は云った、「意見を云うなら、自分で経験し自分でたしかめたことを云え、そうでなかったらわかったようなことを云うな」

「若殿、——」

「眠れ」と高央が云った、「おまえが立てるようになるまで待っている、もう口をきくな」

兵衛は眼をつむった。

——若殿は待っておられたのだな。

と彼は心のなかで思った。自分の命をちぢめるための使者が、江戸から来るのを待っていたのだ。乱酔狂暴は、自分を罰してもらうためであった。相模守の「意志」によって自分を「始末してもらう」ことが、大炊介には唯一の償罪だと思えたのだ。

「――だがおれにはできない」と兵衛は心のなかで呟《つぶや》いた、「おれにはこの役目をはたすことはできない」

兵衛はまもなく眠った。眼がさめると、ひどく喉《のど》が渇いていた。唾《つば》をのもうとしたが、口の中はすっかり乾いて、舌が貼りついたようになっていた。

「お口をしめしましょうか」

という声がした。そちらを見ると、なおと呼ばれるあの女がいた。兵衛は頷いた。

なおは箸《はし》で綿をはさみ、水に浸して兵衛の口へもって来た。飲んではいけません、喉をしめすだけにして下さい、となおは云った。兵衛は頷いた。彼は舌で綿を吸い、僅かな水で喉をうるおした。

「いまなん刻《どき》ですか」と兵衛が訊いた。

「お話をなさらないで下さい」となおが云った、「――もうまもなく明ける時刻ですわ」

兵衛は頷いた。

なおは自分のしたことを詫《わ》びた。夢中でやったのである、若さまが二度も組みしかれ、これはもう刺されるのだと思った。すると眼が眩んだようになって、夢中でとびかかったのだ、と云った。兵衛は頷いて、「わかるよ」と云った。

「いいえおわかりにはなりませんわ」となおは云った。「わたくしがなぜあんなに逆上したか、あなたにわかる筈がございませんわ」

「私にはわかるんだ」と兵衛は云った。「私はみんなに会った、この御殿へ来た娘たちぜんぶに会って、みんなから話を聞いているんだ」

「それでもなお、若さまのお命をちぢめようとなさるんですか」

「知っていたのか」

「若さまが仰しゃるのを聞きました、若さまは『やれ』と仰しゃいました」

「聞いたのはそれだけか」

兵衛はなおの眼を見た。なおは「はい」といった。兵衛は頷いた。そうだ、あの話はそのあとだ、自分が刺され、医者に手当てをされたあと、二人だけになってからのことだ、と兵衛は思った。

なおは云った。自分は城下町の「木曾文」という材木問屋の娘である、やはり半ばむりやりに山荘へ伴れて来られたが、五日めに「帰れ」といわれた。自分は帰らないと答えた。それから五日め十日というふうに「帰れ」といわれたけれども、自分は一生お側にいる決心で、今日までずっと我をとおして来た。しかし、他の娘たちと同じように、自分も若さまに指ひとつ触れられたことはない、あなたはこれをどう思うか、となおは云った。

——母ぎみのためだ。

と兵衛は心のなかで思った。自分の出生の秘密をとおして、女性というものが信じられなくなった。ことによると憎悪さえ感じているかもしれない。そうだ、おそらく憎悪だろう、と兵衛は思った。それが娘たちを掠って来させ、また手も触れずに追い帰させたに違いない、兵衛はそう思った。

「それは若さまは、お酒もずいぶんめしあがります」となおは云った。「わる酔いをすれば乱暴をなさることもあります、でも、あなたがみんなの話をお聞きになったのならわかるでしょう、若さまは酔って乱暴はなすっても、非道なことは決してあそばしませんわ」

「しかし、――」と兵衛が云った、「娘たちはそうだとしても、和泉屋や瀬木久兵衛、また菩提寺の住職などを斬ったのは」

「ああ」となおは遮った、「それを御存じないんですか」

「わけがあるんだな」

「ふしだらだからです」となおは云った、「誰がということは申せませんけれど、みんな自分の家の召使や、他人の妻や娘などに手をつけたり、幾人もの後家に子を産ませたりしたからですわ」

「――菩提寺の住職もか」

「五人ともです」となおは云った、「おんなぐせが悪いのではみんな評判の人ばかりですわ」

兵衛は胸に（するどい）痛みを感じた。

「少し眠ろう」と彼は云った、「私はもう大丈夫だから、貴女《あなた》もいって休んで下さい」

なおは、「はい」といったが、立ってゆくようすはなかった。兵衛は眼をつむった。

——これでもお命をちぢめなければならないだろうか。

兵衛はそう叫びたかった。

——若殿にはなんの罪もないし、どんな罪をもつぐなうほど苦しんでこられた、もう充分だ、若殿は生きなければならない。

若殿を生かすのだ、と兵衛は繰り返し思った。どんなことをしても生かしてあげなければならない、——どんなことをしても。そして、兵衛はまた眠った。

彼は人の声で眼をさました。

もう日が高くなっていて、あけてある襖《ふすま》から、入側《いりがわ》を越して向うの広縁に、冬の午前の暖たかそうな日光があふれているのが見えた。

ひと声は表の間のほうで聞えた。なにやらただならぬけはいで、「若殿、若殿、——」という声がし、ばたばたと足音がした。兵衛は蒼くなり、起きようとしたが、傷の痛みで身動きができなかった。

「騒ぐな」と高央の声がして、「みぐるしい、騒ぐな、おれはなにもしない」

休息の間へ続く襖があき、大炊介がこちらへはいって来た。兵衛はぞっとした、大炊介は白の小袖《こそで》に白の袴《はかま》をはき、右手に短刀を持っていた。

——自殺するつもりだ。

と兵衛は直感した。白の衣装と右手の短刀とが、そのまま「死」を示すように思えたのである。大炊介はうしろを振返って、誰も来てはならぬと云った。

「若殿、——」という声がした。

「よし、はいれ」と大炊介が云った、「主殿《とのも》ははいれ、他の者は一人もならんぞ」

すると広岡主殿が、腰を跼《かが》めたままはいって来、ずっとさがって坐《すわ》った。大炊介は兵衛に向って上座に坐り、短刀を左の手に持ち替えて膝《ひざ》の上に置いた。

「若殿、——」と兵衛が喉声で云った、「あなたはお約束をなさいました、私が立てるようになるまで待つと」

「待つ必要はなくなった」

大炊介はそう云って、主殿を見た。

「主殿、もういちど急使の口上を申せ」

「は、——」と主殿は平伏して云った、「おそれながら大殿、相模守さまには、かねて御《ご》病臥《びょうが》ちゅうのところ、にわかに御容態変じ、十一月七日亥《い》ノ下刻、御他界とのおんことにございます」

兵衛は大きく喘《あえ》いだ。

「なお、――」と主殿は顔をあげて続けた、「御臨終にさきだって、御家督には弥五郎ぎみを直すようにと、御遺言あそばされたとの使者の口上にございます」

「兵衛、きいたか」と高央が云った。

兵衛は裂けるほど眼をみはり、大炊介を見あげながら喘いだ。

「主殿、さがってくれ」と高央は云った、「おれは父上のお使者としての兵衛に話がある、誰も近よせないでくれ」

兵衛が「御家老」と云った。救いを求めるような声であった。大炊介は強い調子で、「さがってくれ」と主殿に云った。

「お願いです、若殿」と兵衛が云った。

主殿は入側から退出した。

「兵衛、そのほうは父上のお使者だ」と高央は云って、短刀の柄を握った、「よく見ていてくれ」

兵衛は「あ」といって、片手を伸ばした。大炊介は短刀を抜いた。そして左右の手を頭のうしろへまわし、髻《もとどり》を切った。そして手を放すと、髪毛はばらっと背と肩へ垂れた。伸ばした兵衛の手が、力をなくして畳へ落ちた。兵衛は口をあいて喘いだ。

大炊介は懐紙を出して短刀をぬぐい、鞘《さや》におさめて脇《わき》へ置くと懐紙で顔を押えながら、声をひそめて泣いた。兵衛の喉へも嗚咽《おえつ》がこみあげてきた。投げだした手をちぢめ、両手で顔を掩《おお》いながら、兵衛も泣いた。

「父上、――もういちど、父上と呼ぶことをおゆるし下さい」と高央は囁《ささや》いた、「父上は御霊《みたま》になられたから、もはやなにもかもおみとおしでございましょう、私はお供を致しとうございます」高央の囁きは嗚咽のためにとぎれた、「それでなくとも、――」と彼は続けた、

「御勘気を蒙《こうむ》って死を賜《たま》わったのですから、できることならお供をしたいのですが、私が死ねば、私の供をすると申してきかぬ者がおります、かれらはどうしても決心を変えようと致しません、それで、――私は断念いたしました、私は今日から出家となり、一生、父上のお墓守《も》りを勤めたいと思います、おゆるし下さいますか、父上」

兵衛が「若殿」といった。

「若殿、かたじけのうございます」と彼は云った、「かたじけのうございます」

大炊介は暫《しばら》くして顔をぬぐい、短刀を取って、兵衛のほうへ押しやった。

「約束の菊一文字だ、取っておけ」

兵衛は涙を拭《ふ》き、濡れた眼で、訝《いぶか》しそうに大炊介を見あげた。

「忘れたのか」と高央が云った、「法師丸のころそのほうを泣かせて、詫びのしるしにいちど遣った、伝家の品とわかってとり換えたが、おれの代になったら遣わすと約束し

てあった」兵衛は思いだした。

「しかし、勿体《もったい》のうございます」

「取っておけ」と高央が云った、「それはあのときから兵衛のものだったのだ」

そして大炊介は立ちあがり、黙って兵衛を見おろした。兵衛も（まだ濡れたままの）眼をあげてじっとみつめた。大炊介の眼が、「こさぶ」と呼びかけるようであった。

「みとりの者が来ている」と高央が云った、「ゆっくり眠るがいい」

大炊介は休息ノ間のほうへ去った。

「――わかぎみ」と兵衛は囁いた。幼いころの呼び名を口の中で囁きながら、彼は、大炊介の去ったほうをじっと見まもっていた。

白い袴の裾《すそ》をけりながら、静かに去っていったうしろ姿が、いつまでも眼に残るようであった。

やがて、入側から一人の娘がはいって来た。広岡家のみぎわであった。大炊介が「みとりの者」といったのは、彼女のことをさすのだろう、――兵衛はまだ気がつかなかった。みぎわは敷居を隔てて坐り、手をついて兵衛のほうを見た。

「おゆるしを願って御介抱にあがりました」と彼女は云った、「――みぎわでございます」

「侏儒《しゆじゆ》の言葉」より

芥川龍之介

■芥川龍之介　あくたがわりゅうのすけ　一八九二（明治二五年）～一九二七（昭和二年）

東京生まれ。東大英文科在学中の一九一六年、第四次「新思潮」に発表した「鼻」が夏目漱石に激賞される。初期は主に古典をテーマに据え、のちには現実生活を題材に自己告白的な作品を多く書いた。代表作に「羅生門」「蜘蛛の糸」「地獄変」「杜子春」「藪の中」「トロッコ」「河童」「或阿呆の一生」などの短篇がある。自死の八年後、親友の菊池寛により「芥川龍之介賞」が設立された。

「侏儒の言葉」は「文藝春秋」一九二三年一月号～二五年一一月号初出。また「遺稿」が二七年一〇月号、一二月号に掲載された。

修身

道徳は便宜の異名である。「左側通行」と似たものである。

×

道徳の与へたる恩恵は時間と労力との節約である。道徳の与へる損害は完全なる良心の麻痺《まひ》である。

×

妄《みだり》に道徳に反するものは経済の念に乏しいものである。妄に道徳に屈するものは臆病ものか怠けものである。

×

我我を支配する道徳は資本主義に毒された封建時代の道徳である。我我は殆《ほとん》ど損害の外に、何の恩恵にも浴してゐない。

×

強者は道徳を蹂躙《じゅうりん》するであらう。弱者は又道徳に愛撫されるであらう。道徳の迫害を受けるものは常に強弱の中間者である。

×

道徳は常に古着である。

×

良心は我我の口髭のやうに年齢と共に生ずるものではない。我我は良心を得る為にも若干の訓練を要するのである。

一国民の九割強は一生良心を持たぬものである。

×

我我の悲劇は年少の為、或は訓練の足りない為、まだ良心を捉へ得ぬ前に、破廉恥漢《はれんちかん》の非難を受けることである。

我我の喜劇は年少の為、或は訓練の足りない為、破廉恥漢の非難を受けた後に、やつと良心を捉へることである。

×

良心は厳粛なる趣味である。

×

良心は道徳を造るかも知れぬ。しかし道徳は未だ嘗《かつ》て、良心の良の字も造つたことはない。

良心もあらゆる趣味のやうに、病的なる愛好者を持つてゐる。さう云ふ愛好者は十中八九、聡明なる貴族か富豪かである。

×

侏儒の祈り

わたしはこの綵衣《さいい》を纏ひ、この筋斗《きんと》の戯を献じ、この太平を楽しんでゐれば不足のない侏儒でございます。どうかわたしの願ひをおかなへ下さいまし。

どうか一粒の米すらない程、貧乏にして下さいますな。どうか又熊掌《ゆうしよう》にさへ飽き足りる程、富裕にもして下さいますな。

どうか採桑《さいそう》の農婦すら嫌ふやうにして下さいますな。どうか又後宮の麗人さへ愛するやうにもして下さいますな。

どうか菽麦《しゆくばく》すら弁ぜぬ程、愚昧にして下さいますな。どうか又雲気さへ察する程、聡明にもして下さいますな。

とりわけどうか勇ましい英雄にして下さいますな。わたしは現に時とすると、攀《よ》ぢ難い峰の頂を窮め、越え難い海の浪を渡り――云はば不可能を可能にする夢を見ることがございます。さう云ふ夢を見てゐる時程、空恐しいことはございません。わたしは龍と闘ふやうに、この夢と闘ふのに苦しんで居ります。どうか英雄とならぬやうに――英雄の志を起さぬやうに力のないわたしをお守り下さいまし。

わたしはこの春酒《しゆんしゆ》に酔ひ、この金縷《きんる》の歌を誦し、この好日を喜んでゐれば不足のない侏儒でございます。

人生

――石黒定一君に――


もし游泳を学ばないものに泳げと命ずるものがあれば、何人も無理だと思ふであらう。もし又ランニングを学ばないものに駈けろと命ずるものがあれば、やはり理不尽だと思はざるを得ない。しかし我我は生まれた時から、かう云ふ莫迦《ばか》げた命令を負はされてゐるのも同じことである。

我我は母の胎内にゐた時、人生に処する道を学んだであらうか？　しかも胎内を離れるが早いか、兎に角大きい競技場に似た人生の中に踏み入るのである。勿論游泳を学ばないものは満足に泳げる理窟はない。同様にランニングを学ばないものは大抵人後に落ちさうである。すると我我も創痍《そうい》を負はずに人生の競技場を出られる筈はない。

成程世人は云ふかも知れない。「学人の跡を見るが好い。あそこに君たちの手本がある」と。しかし百の游泳者や千のランナアを眺めたにしろ、忽ち游泳を覚えたり、ランニングに通じたりするものではない。のみならずその游泳者は悉《ことごと》く水を飲んでをり、その又ランナアは一人残らず競技場の土にまみれてゐる。見給へ、世界の名選手さへ大抵は得意の微笑のかげに渋面を隠してゐるではないか？

人生は狂人の主催に成つたオリムピック大会に似たものである。我我は人生と闘ひながら、人生と闘ふことを学ばねばならぬ。かう云ふゲエムの莫迦々々しさに憤慨を禁じ得ないものはさつさと埒外《らちがい》に歩み去るが好い。自殺も亦《また》確かに一便法である。しかし人生の競技場に踏み止まりたいと思ふものは創痍を恐れずに闘はなければならぬ。

又

四つん這ひになつたランナアは滑稽であると共に悲惨である。水を呑んだ游泳者も涙と笑とを催させるであらう。我我は彼等と同じやうに、人生の悲喜劇を演ずるものである。創痍を蒙るのはやむを得ない。が、その創痍に堪へる為には、——世人は何と云ふかも知れない。わたしは常に同情と諧謔《かいぎやく》とを持ちたいと思つてゐる。

人生は一箱のマッチに似てゐる。重大に扱ふのは莫迦々々しい。重大に扱はなければ危険である。

又

人生は落丁の多い書物に似てゐる。一部を成すとは称し難い。しかし兎に角一部を成してゐる。

地獄

人生は地獄よりも地獄的である。地獄の与へる苦しみは一定の法則を破つたことはない。たとへば餓鬼道の苦しみは目前の飯を食はうとすれば飯の上に火の燃えるたぐひである。しかし人生の与へる苦しみは不幸にもそれほど単純ではない。目前の飯を食はうとすれば、火の燃えることもあると同時に、又存外楽楽と食ひ得ることもあるのである。のみならず楽楽と食ひ得た後さへ、腸加太児《ちようカタル》の起ることもあると同時に、又存外楽楽と消化し得ることもあるのである。かう云ふ無法則の世界に順応するのは何びとにも容易に出来るものではない。もし地獄に堕ちたとすれば、わたしは必ず咄嗟《とつさ》の間に餓鬼道の飯も掠《かす》め得るであらう。況《いわん》や針の山や血の池などは二三年其処に住み慣れさへすれば、格別跋渉《ばっしょう》の苦しみを感じないやうになつてしまひさうである。

悲劇

悲劇とはみづから羞《は》づる所業を敢てしなければならぬことである。この故に万人に共通する悲劇は排泄作用《はいせつさよう》を行ふことである。

瑣事《さじ》

人生を幸福にする為には、日常の瑣事を愛さなければならぬ。雲の光り、竹の戦《そよ》ぎ、群雀《むらすずめ》の声、行人の顔、——あらゆる日常の瑣事の中に無上の甘露味《かんろみ》を感じなければならぬ。

人生を幸福にする為には？——しかし瑣事を愛するものは瑣事の為に苦しまなければならぬ。庭前の古池に飛びこんだ蛙は百年の愁を破つたであらう。が、古池を飛び出した蛙は百年の愁を与へたかも知れない。いや、芭蕉の一生は享楽の一生であると共に、誰の目にも受苦の一生である。我我も微妙に楽しむ為には、やはり又微妙に苦しまなければならぬ。

人生を幸福にする為には、日常の瑣事に苦しまなければならぬ。雲の光り、竹の戦ぎ、群雀の声、行人の顔、——あらゆる日常の瑣事の中に堕地獄の苦痛を感じなければならぬ。

好人物

女は常に好人物を夫に持ちたがるものではない。しかし男は好人物を常に友だちに持ちたがるものである。

又

好人物は何よりも先に天上の神に似たものである。第一に歓喜を語るのに好い。第二に不平を訴へるのに好い。第三に——ゐてもゐないでも好い。

文章

文章の中にある言葉は辞書の中にある時よりも美しさを加へてゐなければならぬ。

又

彼等は皆樗牛《ちよぎゆう》のやうに「文は人なり」と称してゐる。が、いづれも内心では「人は文なり」と思つてゐるらしい。

作家

文を作るのに欠くべからざるものは何よりも創作的情熱である。その又創作的情熱を燃え立たせるのに欠くべからざるものは何よりも或程度の健康である。瑞典式《スエエデンしき》体操、菜食主義、複方《ふくほう》ヂアスタアゼ等を軽んずるのは文を作らんとするものの志ではない。

又

文を作らんとするものは如何なる都会人であるにしても、その魂の奥底には野蛮人を一人持つてゐなければならぬ。

又

文を作らんとするものゝ彼自身を恥づるのは罪悪である。彼自身を恥づる心の上には如何なる独創の芽も生へたことはない。

又

百足《むかで》　ちつとは足でも歩いて見ろ。

蝶　ふん、ちつとは羽根でも飛んで見ろ。

又

気韻は作家の後頭部である。作家自身には見えるものではない。若し又無理に見ようとすれば、頸《くび》の骨を折るのに了《おわ》るだけであらう。

又

批評家　君は勤め人の生活しか書けないね？
作家　誰か何でも書けた人がゐたかね？

又

あらゆる古来の天才は、我我凡人の手のとどかない壁上の釘に帽子をかけてゐる。尤《もつと》も踏み台はなかつた訳ではない。

又

しかしああ言ふ踏み台だけはどこの古道具屋にも転がつてゐる。

又

あらゆる作家は一面には指物師《さしものし》の面目を具《そな》へてゐる。が、それは恥辱ではない。あらゆる指物師も一面には作家の面目を具へてゐる。

又

のみならず又あらゆる作家は一面には店を開いてゐる。何、わたしは作品は売らない？　それは君、買ひ手のない時にはね。或は売らずとも好い時にはね。

又

俳優や歌手の幸福は彼等の作品ののこらぬことである。——と思ふこともない訳ではない。

処世術

最も賢い処世術は社会的因襲を軽蔑しながら、しかも社会的因襲と矛盾せぬ生活をすることである。

理性

理性のわたしに教へたものは畢竟《ひつきよう》理性の無力だつた。

芸術

最も困難な芸術は自由に人生を送ることである。尤も「自由に」と云ふ意味は必しも厚顔にと云ふ意味ではない。

小説家

最も善い小説家は「世故に通じた詩人」である。

或物質主義者の信条

「わたしは神を信じてゐない。しかし神経を信じてゐる。」

恐　怖

我々に武器を執らしめるものはいつも敵に対する恐怖である。しかも屢《しばしば》実在しない架空の敵に対する恐怖である。

恋愛

恋愛は唯性欲の詩的表現を受けたものである。少くとも詩的表現を受けない性欲は恋愛と呼ぶに価しない。

人間的な、余りに人間的な

人間的な、余りに人間的なものは大抵は確かに動物的である。

自己嫌悪

最も著しい自己嫌悪の徴候はあらゆるものに譃《うそ》を見つけることである。いや、必しもそればかりではない。その又譃を見つけることに少しも満足を感じないことである。

外見

由来最大の臆病者ほど最大の勇者に見えるものはない。

わたし

わたしは良心を持つてゐない。わたしの持つてゐるのは神経ばかりである。

又

わたしは度たび他人のことを「死ねば善い」と思つたものである。しかもその又他人の中には肉親さへ交つてゐなかつたことはない。

又

わたしは度たびかう思つた。――「俺があの女に惚れた時にあの女も俺に惚れた通り、俺があの女を嫌ひになつた時にはあの女も俺を嫌ひになれば善いのに。」

又

わたしは三十歳を越した後、いつでも恋愛を感ずるが早いか、一生懸命に抒情詩を作り、深入りしない前に脱却した。しかしこれは必しも道徳的にわたしの進歩したのではない。唯ちよつと肚の中に算盤をとることを覚えたからである。

又

わたしはどんなに愛してゐた女とでも一時間以上話してゐるのは退屈だつた。

又

わたしは度たび譃をついた。が、文字にする時は兎に角、わたしの口ずから話した譃はいづれも拙劣を極めたものだつた。

又

わたしは第三者と一人の女を共有することに不平を持たない。しかし第三者が幸か不幸かかう云ふ事実を知らずにゐる時、何か急にその女に憎悪を感ずるのを常としてゐる。

又

わたしは第三者と一人の女を共有することに不平を持たない。しかしそれは第三者と全然見ず知らずの間がらであるか、或は極疎遠の間がらであるか、どちらかであることを条件としてゐる。

又

わたしは第三者を愛する為に夫の目を偸《ぬす》んでゐる女にはやはり恋愛を感じないことはない。しかし第三者を愛する為に子供を顧みない女には満身の憎悪を感じてゐる。

又

わたしを感傷的にするものは唯無邪気な子供だけである。

又

わたしは三十にならぬ前に或女を愛してゐた。その女は或時わたしに言つた。——

「あなたの奥さんにすまない。」わたしは格別わたしの妻に済まないと思つてゐた訳ではなかつた。が、妙にこの言葉はわたしの心に滲み渡つた。わたしは正直にかう思つた。——「或はこの女にもすまないのかも知れない。」わたしは未だにこの女にだけは優しい心もちを感じてゐる。

又

わたしは金銭には冷淡だつた。勿論食ふだけには困らなかつたから。

又

わたしは両親には孝行だつた。両親はいづれも年をとつてゐたから。

又

わたしは二三の友だちにはたとひ真実を言はないにもせよ、譃をついたことは一度もなかつた。彼等も亦譃をつかなかつたから。

あとがき——危険なマッチ箱

石田衣良

だいたい「日本文学秀作選」という副題がいけない。

そんなに立派な冠をいただいたら、どうしても選ぶほうも読むほうも硬くなってしまう。ニッポン国の立派なブンガクの選りすぐりのシューサクなのだ。畏れおおいというか、もったいないというか、あまり関係ないというか。

だから、ぼくは最初にいっておきたい。

「ここに選んだ十四篇は、どれもバツグンにおもしろいよ」

もちろん文学的にも素晴らしいけれど、そんなことはほんのおまけに過ぎない。人は長い歴史を重ね、言葉をつかい物語をつくり続けてきた。それは当初、自然や共同体の掟、創世の神話を伝えたものだったかもしれない。だが、数千年のときは物語を極限まで進化させた。どの方向にすすんだのか。「おもしろい」方向にすすんだのだ。ことに文字が発明されてからは、世界中で毎年無数の物語が書かれ、進化は累積されてきた。人間を描く。別世界に連れだす。表現の新鮮さを磨く。小説の力は、さまざまに伸びたけれど、その進化の方向性を決定したのは、なによりも書き手以外の読者を魅了する「おもしろさ」だった。小説がもつこの無類の吸引力が、これほどの爆発的な進化を生んだのだ。だから、小説は「おもしろさ」をなによりも大切にしなければいけない。それこそ小説の命なのだから。

映画やテレビドラマやマンガなど、物語を入れる器は時代に応じて新たに生まれてきた。けれど命の水である「おもしろさ」を運ぶ器として、小説に優るジャンルはまだ登場していない。映像作品を見てから、原作を読んでみる。順番はこれでなくてはダメなのだ。原作を越えるおもしろさをもつ映像など、ごくまれにしか存在しないのだから。

ここに選んだ作品の選定基準は、でたらめでばらばらだ。ぼくが学生時代から読んで、個人的な好みにあうものという以外に共通点はない。この手の文学アンソロジーにはめったに選ばれることのない、星新一や江戸川乱歩もはいっている。ひとりはSFショートショートの元祖で、ひとりは猟奇推理の大御所だ。エンターテインメントの世界では見慣れた名前でも、日本文学となるとなぜかみな篩《ふるい》から落ちてしまう。

けれど日本中の学校図書室から、新一と乱歩がいなくなったら、どれほど読書の楽しみと未来の読書人口は減ることだろうか。あまねくポピュラーであるという理由で、こうした優れた作家を顕彰しないのは、あまりにもったいないとぼくは思う。

それにしてもこのラインナップをあらためて眺めると、いささかエキセントリックな書き手が多いことに驚く。都会的で、文章の切れがよく、モダンな作家。でもすこし変わっている。そういう作家が好きで、自分もそんなふうになりたかった。ぼくの好みは昔から単純なのだ。芥川龍之介や斎藤緑雨などの寸鉄、吉田健一や西東三鬼のエッセイを見ると、それがよくわかる。アフォリズムはいかにシャープでも、なかなか人生の奥底には届かないものだ。そうとわかっていても、ぼくは表面の切れ味や華やかな機智が好物なのである。皮相である、表面である、いかにも軽いと非難されても、好みというのはそうそう変わらないものだ。

けれど鋭い文章ばかり読んでいると、だんだんと飽きてくる。人間はとかく飽きる生きものだ。そこで人生や世のなかの実感派として、井伏鱒二や山本周五郎、色川武大が登場してくる。こちらは切れや鋭さよりも、ずしりと重い鉈《なた》のように心にくいこんでくる文章だ。鈍いけれど、深い力が印象的である。自分では到底書けない世界とあきらめているけれど、やはり作品は素晴らしい。

こうして短篇を編んでいると、なにかに似ていると気がつく。高校生のころ、あこがれだったラジオのＤＪである。リスナーの気もちと番組の流れを読みながら、つぎつぎと自分の好きな曲をつないでいく。短篇の編者はまさに物語のディスクジョッキーなのだ。今回で味をしめたので、ぜひいつか忘れ去られた作家たち（今度は中間小説がいい）の短篇を集めて、ＤＪをやってみたい。

さて、では収録作品をひと言ずつご紹介。

「紫苑物語」　石川淳

時代小説はこのごろ考証に厳しいけれど、これくらい自由でファンタジーにあふれてもいいのではないだろうか。知の矢、殺の矢、魔の矢という三重射が魅力的。こういう作品を日本風の絵柄でアニメーションにするとカッコいいのだけれど。

「ふうふう、ふうふう」　色川武大

フリーターをしていたころ読んでしびれた。こういう自由な生きかたもあると勇気づけられもした。エッセイとも私小説ともつかない作風だが、最後におかねさんが出現する場面は、どんなホラー小説よりも何倍も恐ろしい。

「神戸」　西東三鬼

三鬼は現代俳句では、久保田万太郎とならんで好きな俳人。この「神戸」もどうにもならないダメ男の描きかたが出色だ。あまり有名ではない、好きな句をいくつか。「梅を嚙む少年の耳透きとほる」「眼帯の内なる眼にも曼珠沙華」「みづすまし遊ばせ秋の水へこむ」

「おーい　でてこーい／月の光」　星新一

子どもたちに人気というけれど、この抽象化の激烈さとアイディアの斬新さは、モダンアートを見ているよう。最低限に切り詰められた表現から、数学や物理学がもつような硬質なポエジーがにじみだす。星新一を正当に評価できなかったことは、ぼくたちの過失だと思う。

「朽助のいる谷間」　井伏鱒二

鱒二はどれくらいの時間をかけて、この一篇を書いたのか。それが気になる。徹底した描写が全篇に満ちているからだ。物語をすすめるのは容易でも、密度のある描写を連続するには、たいへんな時間と力量を要するのだ。タエトという混血の美少女に萌える読者も多いのでは。

「眼前口頭」他　斎藤緑雨

緑雨という俳人風のペンネームがまずいい。寸鉄の大家だが、この切れ味のよさは、やはり漢文脈の文体にかかるところがおおきい。現代の文章ではこれほどのリズムの切れや回転力はだせないだろう。誰かアフォリズムを復活させてくれないものか。

「饗宴」　吉田健一

文体と人柄がしっかりしていれば、なにを書いてもおもしろいというお手本。底のしれない大人風《ターレン》のとぼけかたが絶妙だ。ぼくは最後のほうにでてくるコロッケ蕎麦に悶絶した。

「鮨」　岡本かの子

今回のアンソロジーのために読んで、すぐ採ることに決めた。工芸品のような日本の鮨の美しさ、それに対比されるのは高等遊民の五十男である。先の吉田健一といい、この湊という遊び人といい、この手のキャラクターに対してあこがれがあるのかもしれない。

「防空壕」　江戸川乱歩

空襲の夜、防空壕で出会った美女。生命の危機のなかでの抱擁は青年に忘れがたい快楽を刻みこむ。その絶世の美女の正体は……。人の悪い乱歩らしい落ちのつけかただが、反戦一色でなく、空襲の最中の愛欲を描くところに、乱歩の真骨頂がある。

「日向／写真／月／合掌」　川端康成

計測器のように鋭敏な感覚をもとに、ありふれた単純な言葉だけをつないでいく。そうしてあらわれるのが、唯一無二の川端ワールドだ。この文章を奇術だという人もいるけれど、ぼくにはもっとも滑らかで自然な文体に感じられる。といっても安易な真似は必敗につうじる。読んで感心するだけで、やめておこう。

「東京焼盡」　内田百閒

どの作家の日記を読んでも、東京大空襲の夜の記述は全篇の白眉だ。焼けだされた当日、火の柱となって燃える電柱のならびを見て、「昔の銀座のネオンサインの様で絶景だ」と感心する。この目こそ作家の目である。

「昼の花火」　山川方夫

日本のサリンジャーだと思う。舞台は野球場で、これから別れようとしている男女の会話だけで、これだけ読ませる。上質なセンチメントと表現のみずみずしさ。とても敗戦後八年目の作品とは思えない。三十四歳の若さで亡くなったのが残念。

「大炊介始末」　山本周五郎

いつも安心して身をまかせられる山周節。これほどの分量の短篇を、テンションをさげずに書き続ける。当人も毎回自作に感動していたのではないだろうか。実際に作家になってから、金太郎飴のようだと思っていた周五郎の怖さがわかった。もう何度も読んでいるのに、このアンソロジーのゲラ刷りでまた泣かされた。くやしい！

「侏儒の言葉」　芥川龍之介

「人生は一箱のマッチに似てゐる。重大に扱ふのは莫迦々々しい。重大に扱はなければ危険である。」このアンソロジーの題名は、このアフォリズムから採った。龍之介のむきだしの神経と機智は、やはり華やかに読み手を誘惑する。この文章はそのまま「人生」を「小説」に替えても通用するのかもしれない。小説、このバカバカしくも、危険なもの。

子どものころから読み続けてきた小説によって、ぼくの人生はこんなふうに捻じ曲がってしまった。もう引き返すことはできないし、方向転換も困難だろう。その善し悪しはさておき、これからも小説という危険とおもしろさの谷に張った細いロープのうえを歩いていきたいと思う。冷や汗を隠し、鼻歌をうたいながら。

なあに、作家などといっても、余裕なんてぜんぜんありませんよ。

＊収録に当たり、左の本を底本としました。なお、字体は原則として新字体とし、またルビは読みやすさを重んじ、適宜新かなを用いて振りました。

「紫苑物語」　紫苑物語（講談社文芸文庫　一九八九年）
「ふうふう、ふうふう」　怪しい来客簿（文春文庫　一九八九年）
「神戸」　神戸・続神戸・俳愚伝（講談社文芸文庫　二〇〇〇年）
「おーい　でてこーい／月の光」ボッコちゃん（新潮文庫　一九八七年改版）
「朽助のいる谷間」　山椒魚（新潮文庫　一九九六年改版）
「眼前口頭」他　斎藤緑雨全集　巻四（筑摩書房　一九九〇年）
「饗宴」　日本幻想文学集成16　吉田健一（国書刊行会　一九九二年）
「鮨」　ちくま日本文学全集　岡本かの子（筑摩書房　一九九二年）
「防空壕」　江戸川乱歩全集　第十九巻（光文社文庫　二〇〇四年）
「日向／写真／月／合掌」　川端康成全集　第一巻（新潮社　一九八一年）
「東京焼盡」　内田百閒集成22　東京焼盡（ちくま文庫　二〇〇四年）
「昼の花火」　山川方夫全集　第一巻（筑摩書房　二〇〇〇年）
「大炊介始末」　山本周五郎全集　第二十六巻（新潮社　一九八二年）
「侏儒の言葉」　芥川龍之介全集　第十三、十六巻（岩波書店　一九九六、一九九七年）

この本に収録された作品の中には、今日からすると差別的ととられかねない表現を含むものもあります。しかしそれは作品に描かれた時代が抱えた社会的・文化的慣習の差別性によるものであり、時代を描く表現としてある程度許容されるべきものと考えます。また、各篇はすでに文学作品として古典的な価値を持つものでもあり、表現は底本のままといたしました。読者の皆さまが、注意深くお読み下さるよう、お願いする次第です。

文春文庫編集部

文春文庫

危険《きけん》なマッチ箱《ばこ》
心《こころ》に残《のこ》る物語《ものがたり》——日本文学秀作選《にほんぶんがくしゅうさくせん》

定価はカバーに
表示してあります

2009年12月10日　第1刷

編　者　石田衣良《いしだいら》
発行者　村上和宏
発行所　株式会社　文藝春秋

東京都千代田区紀尾井町3-23　〒102-8008
TEL 03・3265・1211
文藝春秋ホームページ　http://www.bunshun.co.jp

落丁、乱丁本は、お手数ですが小社製作部宛お送り下さい。送料小社負担でお取替致します。

印刷・凸版印刷　製本・加藤製本
Printed in Japan
ISBN978-4-16-717415-6

（　）内は解説者。品切の節はご容赦下さい。

石田衣良
池袋ウエストゲートパーク

刺す少年、消える少女、潰し合うギャング団……命がけのストリートを軽やかに疾走する若者たちの現在を、クールに鮮烈に描いた人気シリーズ第一弾。表題作など全四篇収録。（池上冬樹）

い-47-1

石田衣良
少年計数機
池袋ウエストゲートパークII

他者を拒絶し、周囲の全てを数値化していく少年。主人公マコトは少年を巡り複雑に絡んだ事件に巻き込まれていく。大人気シリーズ第二弾、さらに鋭くクールな全四篇を収録。（北上次郎）

い-47-3

石田衣良
骨音
池袋ウエストゲートパークIII

最凶のドラッグ、偽地域通貨、ホームレス襲撃……さらに過激なストリートをトラブルシューター・マコトが突っ走る。現代の青春を生き生きと描いたＩＷＧＰ第三弾！（宮藤官九郎）

い-47-5

石田衣良
電子の星
池袋ウエストゲートパークIV

アングラＤＶＤの人体損壊映像と池袋の秘密クラブの関係は？マコトはネットおたくと失踪した親友の行方を追うが……。「今」をシャープに描く、ストリートミステリー第四弾。（千住　明）

い-47-6

石田衣良
赤《ルージュ》・黒《ノワール》
池袋ウエストゲートパーク外伝

小峰が誘われたのはカジノの売上金強奪の狂言強盗。だが、その金を横取りされて……。池袋を舞台に男たちの死闘が始まった。シリーズでおなじみのサルやＧボーイズも登場！（森巣　博）

い-47-7

石田衣良
反自殺クラブ
池袋ウエストゲートパークV

今日も池袋には事件が香る。風俗事務所の罠にはまったウエイトレス、集団自殺をプロデュースする姿なき〝クモ男〟――。切れ味がさらに増したＩＷＧＰシリーズ第五弾！（朱川湊人）

い-47-9

石田衣良
うつくしい子ども

九歳の少女が殺された。犯人は僕の弟！　なぜ、殺したんだろう。十三歳の弟の心の深部と真実を求め、兄は調査を始める。少年の孤独な闘いと成長を描く感動のミステリー。（村上貴史）

い-47-2

（　）内は解説者。品切の節はご容赦下さい。

石田衣良
波のうえの魔術師
謎の老投資家とプータロー青年のコンビが、預金量第三位の大都市銀行を相手に知力の限りを尽くし復讐に挑む。連続TVドラマ化された新世代の経済クライムサスペンス。（西上心太）
い-47-4

石田衣良
アキハバラ@DEEP
五人のおたく青年とコスプレ喫茶のアイドルが裏秋葉原で出会ったとき、ネットに革命を起こすeビジネスが始まる！　ドラマ化、映画化され話題沸騰の長篇青春電脳小説。（森川嘉一郎）
い-47-8

伊集院　静
受け月
願いごとがこぼれずに叶う月か……。高校野球で鬼監督と呼ばれた男が、引退の日、空を見上げていた。表題作他、選考委員に絶賛された「切子皿」など全七篇。直木賞受賞作。（長部日出雄）
い-26-4

伊集院　静
冬のはなびら
親友真人《まこと》の遺志を継ぎ、小島に教会を建てた元銀行員月丘と彼を支える真人の両親との温かい心の交流を描く表題作など、市井の人々の確かな〝生〟を描く六つの短篇小説集。（清水良典）
い-26-10

伊集院　静
眠る鯉
六月晦日の朝、一人の老人が鉄橋の下で眠るように死んでいた。生涯独り身を通した老人の秘められた過去の美しい物語、表題作他、「花いかだ」など胸を打つ七つの短篇小説集。（清水良典）
い-26-11

伊集院　静
乳房
愛する妻は癌に冒されていた……。何気ない会話の中に潜む情愛。そっと甦る、優しく切ない過去の記憶。吉川英治文学新人賞を受賞、映画化もされた珠玉の短篇集。（小池真理子）
い-26-12

伊集院　静
機関車先生
新しい先生は、口をきかんのじゃ……瀬戸内の小島の小学校に、北海道からやってきた「機関車先生」。生徒は七人、けれどもそれはかけがえのない出会いだった。柴田錬三郎賞受賞作。
い-26-13

（　）内は解説者。品切の節はご容赦下さい。

井上ひさし
本の運命
本のお蔭で戦争を生き延び、本読みたさに闇屋となり、本の重みで家を潰した著者が語る、楽しく役に立つ読書の極意。氏の十三万冊の蔵書で、故郷に図書館ができるまで。（出久根達郎）
い-3-20

北村　薫
詩歌《しいか》の待ち伏せ1
三好達治、石川啄木、塚本邦雄、石垣りん、西條八十の詩歌との幸福な出会い。子供の詩を貶める文章への凜々しい批判。博覧強記の北村薫さんのフレンドリーな個人文学館。（齋藤愼爾）
き-17-2

北村　薫
詩歌《しいか》の待ち伏せ2
土井晩翠、藤原定家、高知の詩人・大川宣純や版画家として知られる谷中安規、中井英夫と中城ふみ子の往復書簡。健やかな好奇心と鋭敏な感性に心地よく耕される北村文学館。（島内景二）
き-17-3

呉　智英
現代人の論語
「学びて時にこれを習う」は、〝勉強して時々おさらいをする〟と解釈する人が多い。だが、礼・楽の真の意味を知ると、全く異なる思想の魔力が立ち上がる——興奮の論語入門決定版！
く-28-1

河野多恵子
小説の秘密をめぐる十二章
「デビューについて」「タイトルをどうつけるか」「虚構の作り方」……。小説家にしか書けない極めて実践的な創作心得。「創作の秘密」を惜しげもなく明かす画期的な本。（高橋源一郎）
こ-28-2

小谷野　敦
恋愛の昭和史
ヒロインの婚前交渉は是か非か、男の貞操、姦通のモラルとは。男と女の機微に真正面から切り込んだ、真摯で骨太な恋愛評論。これで初めて恋愛も恋愛文学もよく分かる。（赤川　学）
こ-41-1

斎藤美奈子
読者は踊る
私たちはなぜ本を読むのか？　斬新かつ核心をつく辛口評論で人気の批評家が、タレント本から聖書まで、売れた本・話題になった本二五三冊を、快刀乱麻で読み解いてゆく。（米原万里）
さ-36-1

（　）内は解説者。品切の節はご容赦下さい。

斎藤美奈子
文壇アイドル論
「文学バブルの寵児」村上春樹、俵万智、吉本ばなな。「オンナの時代の象徴」林真理子、上野千鶴子など、膨大な資料を分析した、八〇—九〇年代作家論にして、時代論。（松浦理英子）
さ-36-4

斎藤美奈子
麗しき男性誌
これが男の興味を惹く〝ツボ〟だったのか。オヤジ雑誌『レオン』、失楽園カップルの『日経おとなのOFF』など、男性誌三十一誌を俎上に、ユーモア、皮肉まじりの快刀乱麻。（亀和田　武）
さ-36-5

斎藤美奈子
文学的商品学
商品情報を読むように小説を読んでみると思いがけない読み方ができる。村上春樹から渡辺淳一まで八十二作品を、風俗から食べ物まで九つのテーマに分けて読み解く。（さとなお）
さ-36-6

池波正太郎　編
鬼平犯科帳の世界
著者自身が責任編集して話題を呼んだオール讀物臨時増刊号「鬼平犯科帳の世界」を再編集して文庫化した、決定版〝鬼平事典〟……。これ一冊で鬼平に関するすべてがわかる。

い-4-43

佐藤隆介　編
池波正太郎・鬼平料理帳
登場人物が旨そうに食べる場面は「鬼平犯科帳」の一つの魅力。シリーズ全巻から〝美味〟の部分を抜き出し、平蔵の食の世界とその料理法を再現。池波正太郎の「江戸の味」を併載。

さ-14-1

里中哲彦
鬼平犯科帳の真髄
「鬼平犯科帳」全篇をつうじて、いちばん幸せな男は誰か？　鬼平役者の秘話あれこれ等、テレビから映画に到るまで、本格派のファンが気ままにつづって笑いを誘う副読本。（梶　芽衣子）
さ-37-1

里中哲彦
鬼平犯科帳の人生論
お金の使い方から女にモテるコツ、そして部下とのつきあい方など、人生のイロハのすべてを「鬼平犯科帳」に学んでしまおうという、鬼平マニアならではの大胆な教養書。（真田健一郎）
さ-37-2

（　）内は解説者。品切の節はご容赦下さい。

立花 隆
ぼくはこんな本を読んできた
立花式読書論、読書術、書斎論

実戦的読書法、書斎・書庫をめぐるあれこれ、そして少年時代以来の驚異的な読書遍歴——。旺盛な取材、執筆活動の秘密と「知の世界」構築のためのノウ・ハウを全公開する。

た-5-8

立花 隆
ぼくが読んだ面白い本・ダメな本 そしてぼくの大量読書術・驚異の速読術

ふだん書評では扱われない面白本三百冊を紹介し、ダメな本は徹底的に批判する。立花隆の知的好奇心、知的ノウハウを凝縮した一冊。『「捨てる！」技術』批判論文をあわせて収録する。

た-5-15

坪内祐三
文庫本福袋

話題作、古典の中の古典、懐かしい作家……。文庫本はさまざまな顔を見せてくれる。本書は、当代随一の本読みの達人が贈る極上の文庫本読書案内。中は開けてのお楽しみ！　（中野 翠）

つ-14-2

中野孝次
わたしの唐詩選

人生の半ばを過ぎて出会った唐詩の素晴らしさ。既存の選集に飽き足らず、いっそ自分でと作った中野版「唐詩選」。流謫、閑遊、老境……人の世の諸相を寸言に凝縮した名文の宝庫です。

な-21-11

林 真理子
林真理子の名作読本

文学少女だった著者が、「放浪記」「斜陽」「嵐が丘」など、今までに感動した世界の名作五十四冊を解説した読書案内。また簡潔平明な内容で反響を呼んだ「林真理子の文章読本」を併録。

は-3-27

半藤一利
漱石先生 お久しぶりです

『ぞな、もし』から十年。作品、手紙はもとより、文明観、個人主義という覚悟、俳句や漢詩の世界など、人間・漱石の尽きぬ魅力を横溢させた好随筆。漱石ワールドの楽しさをご一緒に！

は-8-16

間 羊太郎
ミステリ百科事典

眼、首、時計、人形、手紙…等々、ミステリ小説で好んで用いられるモチーフ、トリックを、古今東西の名作、奇作から映画、落語に至るまで渉猟、解説した名著。待望の復刊。　（新保博久）

は-31-1

（　）内は解説者。品切の節はご容赦下さい。

宮本　輝
本をつんだ小舟
コンラッドの『青春』、井上靖の『あすなろ物語』、カミュの『異邦人』等、作家がよるべない青春を共に生きた三十二の名作。自伝的な思い出を込めて語った、優しくて痛切な青春読書案内。

み-3-11

三浦佑之　訳・注釈
口語訳　古事記
神代《かみよ》篇
記紀ブームの先駆けとなった三浦版古事記が文庫に登場。語り部による親しみやすい口語体の現代語訳で、おおらかな神々の物語をお楽しみ下さい。詳細な注釈、解説、神々の系図を併録。
み-32-1

三浦佑之　訳・注釈
口語訳　古事記
人代《ひとよ》篇
神代篇に続く三十三代にわたる歴代天皇の事績と皇子や臣下の物語。骨肉の争いや陰謀、英雄譚など「人の代の物語」を御堪能下さい。地名・氏族名解説や天皇の系図、地図、索引を併録。
み-32-2

三浦佑之
古事記講義
「神話はなぜ語られるか」「英雄叙事詩は存在したか」など四つのテーマから、古事記の神話や伝承の深みに迫る刺激的な集中講義。『口語訳　古事記』がより面白く味わえる必携副読本。

み-32-3

村上春樹
若い読者のための短編小説案内
戦後日本の代表的な六短編を、村上春樹さんが全く新しい視点から読み解く。自らの創作の秘訣も明かしながら論じる刺激いっぱいの読書案内。「小説って、こんなに面白く読めるんだ！」

む-5-7

山本容子
本の話　絵の話
文学とアートの幸福な結婚——72人の文豪の肖像とオマージュに加えて、銅版画を選んだ理由、好きな本のかたちなどなど、山本容子の挑戦と冒険の全てがここにあります。　（小林恭二）
や-36-1

養老孟司
臨床読書日記
酒に、嬉しい酒、悲しい酒があるように本もまた然り。では、疲れたときに読む本、草の根をかき分けても読みたい本とはどんな本？　つい読んでみたくなる「本の解剖教室」。　（長薗安浩）
よ-14-3